Miljenko Jergović

Buick Rivera

Roman

Aus dem Kroatischen
von Brigitte Döbert

Schöffling & Co.

Gefördert vom Literarischen Colloquium Berlin
mit Mitteln des Auswärtigen Amts und der
Senatsverwaltung für Wissenschaft, Forschung und
Kultur Berlin.

Erste Auflage 2006

Originaltitel: *Buick Rivera*

Satz: Reinhard Amann, Aichstetten
Druck & Bindung: Pustet, Regensburg
ISBN (10) 3-89561-390-8
ISBN (13) 978-3-89561-390-6

www.schoeffling.de

Buick Rivera

Spätfrühling in Toledo, Oregon. Hasan Hujdur befreit sein Auto schon seit zwei Stunden von Schnee und Eis. Zunächst hat er mit bloßen Händen weggefegt, was im Lauf der Nacht gefallen war; ohne vor der eisigen Berührung zurückzuschrecken, umarmte er den Schnee und schob ihn von der Motorhaube, von der Windschutzscheibe und vom Dach, dann ging er um den Wagen herum, noch zwei, drei Arm voll und es sah so aus, als wäre er fast fertig. Ein zufälliger Beobachter – den es nicht gab, denn wer würde bei minus zwanzig Grad herumspazieren und schauen, was die Leute so treiben – hätte geschworen, dass dieser Mann seinen silbernen Buick Rivera aus der ersten Modellreihe von 1963 mehr liebte, als Männer ihr Auto gewöhnlich lieben, wahrscheinlich keine Kinder hatte und ganz bestimmt nicht in Oregon geboren war. Nur ein Fremder konnte so gleichgültig gegenüber der Kälte sein, und zwar ein Fremder, der aus einem weit entfernten, unmenschlichen Land kam, in dem der Körper nicht leicht friert und die Menschen nichts von Krankheit wissen. Den Arzt brauchen sie nur, damit er den Tod feststellt, denn es ist ihre größte, genau genommen einzige Sorge, lebendig begraben zu werden. In allem – oder doch mit dem meisten – hätte jener zufällige Beobachter Recht gehabt, wenn es ihn gegeben hätte und wenn er gesehen hätte, wie es nach den Umarmungen weiterging. Nachdem Hasan Hujdur den frischen Schnee vom Auto gewischt hatte, begann er mit dem, womit er in diesem Augenblick beschäftigt war und was ihn noch mindestens eine Stunde beschäftigen sollte. Vor dem Auto breitete er ein Schaffell aus, wie man es in Osteuropa für das islamische Gebet verwendet, und legte darauf sein Werkzeug zurecht: zwei Kehrbleche mit Gummirand, ein kleineres und ein größeres, einen kleinen Kanister mit Auftaumitteln für die Glasscheiben, Enteiserspray für die Schlösser, Handfeger, Gummischaber und -spachtel, mehrere Ahlen aus Plastik, deren Funktion nicht ganz klar war, drei von Hand gesäumte Lappen aus grobem Zwillich und noch einen Lappen aus weichem Hirschleder. Zum Schluss legte er die Zigarettenschachtel dazu und das Wegwerffeuerzeug obendrauf, trat einen Schritt zurück, kontrollierte, dass alles da war und in der richtigen Reihenfolge lag, rieb sich die Hände, mehr aus Vorfreude als wegen der Kälte, und dann fing er an. Zentimeter für Zentimeter entfernte er das Eis, so vorsichtig wie ein Archäologe mit der Mumie eines Königs umgeht, damit er das Auto nicht zerkratzte. Er arbeitete außerordentlich geschickt, nutzte jedes von dem guten Dutzend Werkzeuge, die er auf dem Schaffell zurechtgelegt hatte, und legte jedes nach Gebrauch an seinen Platz zurück, sorgsam noch vom letzten Krümel und Eispartikel gesäubert. Wenn er das nicht schon immer so halten würde, wäre das Fell des Schafs längst schwarz vor Schmutz und nicht schneeweiß, als wäre es soeben aus einer Reklame für sardischen Käse entstiegen. Man sah, dass der Mann Erfahrung hatte, die Winter in Oregon sind lang, und dies ist bereits sein zweiundzwanzigster, man sah auch, dass Hasan Hujdur nur an wenigen Dingen mehr Freude gehabt hätte. Er ist keiner dieser krankhaft pedantischen und ordentlichen Menschen, die jede Arbeit mit demselben Eifer erledigen, denn wäre er es, er käme nie zum Ende, fände keine Zeit mehr zu schlafen und würde an einer Ordentlichkeit irrewerden, die seinem sozialen Status vollkommen unangemessen wäre. Er ist kein König und kein Adeliger, er wird nicht bedient und es gibt keine Hofleute, die hinter ihm herputzen und aufräumen. Aber selbst wenn er es sich leisten könnte, würde er wohl kaum jemanden diese Arbeit in Kälte, Eis und Schnee überlassen, gleichgültig, wie viel Zeit sie beansprucht und wie oft sie sich wiederholt. Jeder Mensch hat ein oder zwei Dinge, zu denen er ein solches Verhältnis hat, auf jeden wartet irgendwo sein Buick Rivera, es mag ein Auto, ein Fahrrad, ein Füllfederhalter oder sogar ein Computer sein, es kann ein Hund oder ein Pferd sein, etwas, das einen kümmert und beschäftigt, das einen besser und geduldiger macht, nur ist es nicht allen vergönnt, dieser Sache im Lauf ihres Lebens zu begegnen. Hasan Hujdur musste über einen Ozean fahren und, nachdem sein Stipendium ausgelaufen war, in einsamen Zimmern und Stundenhotels wohnen, Hunderte verschiedener Arbeiten annehmen, bevor ihm jemand glaubte, dass er ein Filmregisseur war; er musste von einer Stadt in die andere und von einem Staat in den anderen ziehen, um endlich in Toledo, Oregon, anzukommen und dort, auf dem Parkplatz vor dem Supermarkt, ihn zu sehen (oder vielleicht auch – sie), Buick Rivera, wie er in der Augustsonne glänzte, dass einem die Augen davon wehtaten. Da steht er, wie ein neuer Stern im Hollywood-Boulevard, dachte er, ging in den Supermarkt, verlangte den Geschäftsführer, der bot ihm eine Probefahrt an, »den muss ich nicht Probe fahren«, sagte er und zählte 800 Dollar ab. Nur Ausländer haben so viel Bargeld in der Tasche, und nur sie tragen ihr ganzes Geld bei sich. Der Geschäftsführer holte seine Sachen aus dem Kofferraum, händigte Hasan Schlüssel und Papiere aus, erinnerte ihn daran, auf den Ölstand und das Wasser zu achten, verabschiedete sich von seinem Auto, und das Geschäft war erledigt.

Von diesem Tag an war Hasan Hujdur gegen die meisten Enttäuschungen gefeit, auf böse Worte reagierte er wie ein Mystiker, erfüllt vom tiefsten Frieden, die Nervosität von anderen nahm er in sich auf wie eine Brücke den Fluss: Der Fluss kann noch so sehr tosen, die Brücke steht ruhig darüber. Buick Rivera wurde zum Ort seiner inneren Sammlung; einer dem anderen ergeben, der Mann und sein Auto, gaben sie sich, was Menschen, wenn sie nicht Geistliche oder Psychiater sind, einander nie zu geben vermögen. Hunde, die vor dem Supermarkt auf ihr Herrchen warten müssen, würden das verstehen. Die Besorgnis der Hunde, dass sie nicht mehr abgeholt werden, dass das Herrchen für immer im Supermarkt bleibt oder drinnen einen besseren Freund findet, legt sich nie. Selbst wenn sie ihr ganzes Leben lang jeden Tag vor dem Supermarkt warten müssten, Hunde gewöhnen sich nicht daran und winseln jedes Mal, bellen und schauen so traurig, als müssten sie zum ersten Mal warten. Sie sind nicht zu dumm, um es zu verstehen, aber sie ziehen die Angst dem Verstehen vor, denn ihre Freude ist unermesslich, wenn der Freund zurückkehrt. Gewöhnung würde die Freude töten, und das lohnt sich weder in der Welt der Menschen noch in der der Hunde. Der Mensch steht vor seinem Gebrauchtwagen wie ein Hund vor dem Supermarkt. Das werden Menschen nie begreifen, die neue Autos fahren, und auch jene nicht, die von einem neuen träumen, während der Gebrauchte ihnen nur ihre vorübergehende Armut bestätigt.

Alles Wilde, was sich in Hasan anstauen konnte, alles, was er von anderen mitnahm und das unter seiner Haut keinen Platz hatte, sondern unverdaulich wie Sondermüll – Plastiksäcke auf dem Meeresgrund – durch seine Adern rollte, schluckte Buick Rivera.

Er wischte mit dem Hirschleder über die Scheinwerfer, als Angela zum ersten Mal aufwachte. Sie sah auf die Uhr, Viertel nach elf, drehte sich auf die andere Seite, sah, dass er nicht da war, zwei kleine Säbel der Unzufriedenheit erschienen in ihren Mundwinkeln, verharrten dort für einige Sekunden und verschwanden, kaum dass sie wieder in den Schlaf sank. Angela Raubal hatte eine anstrengende Nacht hinter sich. Vom Theater hatte sie Al Rahimi, Nachtportier und Statist im Schwanensee, erst gegen fünf Uhr nach Hause gebracht. Danach hatte sie in der Küche gesessen und ein bisschen geweint, weil Neumond war, wegen einer Erkältung, den Idiotien des Regisseurs oder weil es sie kränkte, dass Hasan nicht mehr aufstand, wenn sie heimkam. Das war früher anders gewesen, dachte sie, da kam er angelaufen wie ein junger Hund, ohne Rücksicht auf die Uhrzeit, und jetzt atmet er tief, mitten in einem Schlaf, aus dem ihn nicht einmal ein Presslufthammer reißen könnte; er atmet wie ein Kind, das im Kino eingeschlafen ist.

Dieses Atmen hatte Hasan Hujdur lange geübt, seit er zum ersten Mal gedacht hatte, dass sich die Liebe in einen Krieg verkehrte und er mehr tat, um sie auszutricksen, als um ihr etwas Gutes zu tun. Er schielte in die Dunkelheit, sah sie in der Schlafzimmertür stehen und warten, manchmal zehn Minuten lang, ihn stumm rufen, anflehen, er möge aufwachen, wütend werden, schmollen und gähnen, als würde sie brüllen, die Hand nach ihm ausstreckte, aber dann ging sie weg wie eine Tennisspielerin nach einem verlorenen Match und tröstete sich mit dem Gedanken, es wären die Jahre: Manche Männer fangen an zu schnarchen, was ihnen am Anfang der Ehe nicht passiert wäre, andere entführt eben der Schlaf. Es grämte ihn; was er tat, war böse, aber ihm blieb praktisch keine Wahl, denn hätte er sie im wachen Zustand erwartet, wer weiß, mit welchen Wutanfällen sie nach Hause gekommen wäre. Nächte und Morgen, an denen Angela gut gelaunt heimgekommen war, hatte sich Hasan nicht gemerkt oder aus seiner Statistik gestrichen. Irgendwann einmal, wann, wusste er nicht mehr, hatte er begonnen, alles Gute zu vergessen, so wie er bis zu diesem Zeitpunkt alles Schlechte vergessen hatte. In einer Abhandlung über die Ehe hätte gestanden, das sei der Moment, in dem die Verliebtheit aufhört. Trotzdem wünschte er sich, während er unter der Bettdecke tief atmete und zur wartenden Angela hinüberschielte, dass sie laut schreien oder wenigstens husten möge, um ihn zu wecken. Aber nein, sie ging auf Zehenspitzen davon und weckte ihn nicht. Wenn sie ins Bett kam, nachdem sie sich fertig gemacht, den Kühlschrank geöffnet und geschlossen und den Fernseher ein- und ausgeschaltet hatte, schlief er bereits. Zwei Stunden später wachte er auf, löste sich vorsichtig aus ihrer Umarmung, legte ihre Hand auf sein Kopfkissen, sah nach, ob die Zeitung da war, setzte sich in die Küche, rauchte, las und trank die erste Coca-Cola des Morgens.

Sie schlief wieder tief, als er mit dem weichsten Tuch über die Glasscheiben fuhr, jedes Schloss am Buick Rivera enteiste und sein Ritual beendete. Er packte das ganze Werkzeug in einen schwarzen Leinenrucksack, verstaute das Schaffell im Kofferraum, setzte sich ans Steuer, atmete tief durch und drehte den Zündschlüssel um. Das Herz des Motors sprang sofort an, der Alte brummte erst laut, dann immer leiser, bis er in seinem Rhythmus lief, der sich seit dem Tag nicht geändert hatte, an dem JFK in Dallas ermordet worden war. In diesem Rhythmus waren Leben verstrichen, die weder voneinander wussten noch sich aller Wahrscheinlichkeit nach je getroffen hätten. Hasan Hujdur kannte nicht die Namen aller Vorbesitzer, und es waren sieben, bevor er den letzten im Supermarkt getroffen hatte, aber er fühlte eine mystische Verbundenheit zu ihnen, eine tiefere Beziehung, als sie zwischen Menschen üblich ist. Seine Finger sanken in Vertiefungen am Lenkrad, die ein anderer während der langen Jahre des Fahrens durch seine Art zu lenken verursacht hatte, eine Art, die von der physischen Konstitution und vom Temperament abhängt, vom Geisteszustand und was auch immer, jedenfalls ist diese Art nicht wiederholbar. Wer ein Auto fährt, das zuvor anderen Menschen gehört hat, erfährt mit der Zeit alles über sie. Ob sie nervös oder phlegmatisch waren, ob sie mit einer Hand gefahren sind, während die andere auf der Lehne des Beifahrersitzes ruhte oder reglos im Schoß lag, oder ob sie das Steuer mit beiden Händen umklammerten, weil sie ein Unglück befürchteten und sich unaufhörlich vorstellten, dass ihnen ein Kind vors Auto laufen konnte und an bremsen nicht mehr zu denken wäre. Ein Auto hat vielleicht weder Seele noch Verstand, aber es merkt sich, wie es gefahren wurde. Von seinem Standpunkt aus unterscheiden sich die Menschen nicht in jene, die schnell fahren, und jene, die langsam fahren, sondern in jene, die gern fahren, und jene, die extrem ungern fahren. Autos, die von ängstlichen, unzufriedenen Menschen gefahren werden, haben kein langes Leben.

So wie die Vertiefungen im Stein, die der Wasserstrahl über die Jahrhunderte in den Brunnen neben dem Friedhof der größten Moschee von Stolac gegraben hat, so erschienen Hasan Hujdur die Spuren der Vergangenheit am Buick Rivera. Er erlebte diesen Wagen nicht als etwas, das man mit einer Alarmanlage ausstatten und nachts abschließen musste, um ihn gegen Diebe zu schützen. Er war das Leben, das sich durch ein Wunder in dem Glanzprodukt der Automobilindustrie Detroits abzeichnete.

Toledo, Oregon, ist um die Mittagszeit wie ausgestorben. Wer Arbeit hat, ist in Salem oder noch weiter weg in Portland, die Kinder sind in der Schule, die Alten wärmen sich zu Hause. Durch die Hauptstraße fährt ein Polizeiauto, der Schneepflug oder der Kombi, der das Essen ins Irrenhaus und ins Gefängnis liefert. Noch hat niemand seine Fußstapfen auf dem Trottoir hinterlassen, und niemand freut sich über Schnee, der seit sechs Monaten nicht weggetaut ist. Hasan parkte vor dem Alhambra, einem Lokal mit Billardsalon, das der Madrider Maler José García Cerritos vor einigen Jahren eröffnet hatte. Cerritos war ein streitsüchtiger Außenseiter, reich geworden durch den konzeptuellen Zyklus *Gespräche mit Goya*, der nach dem Urteil der Kritiker in aufregender Weise das Verhältnis der Gegenwart zur Tradition verändert habe und das Ereignis auf der Documenta in Kassel war, woraufhin er mit einem Haufen Geld nach Amerika flog, denn in Spanien wollte er mit keinem der 30 Millionen Einwohner mehr reden. Auf dem Flughafen schlug er die Landkarte der Vereinigten Staaten auf, fand einen Ort, der Toledo hieß, und beschloss, sich dort niederzulassen. Nur wegen des Namens. Nachdem ihn das erste Toledo enttäuscht hatte, glaubte er, das zweite müsse besser sein. Er hörte auf zu malen – in Amerika hat er nie einen Pinsel oder Bleistift angerührt – und eröffnete ein Lokal, das, wegen Josés unerträglichem Charakter und seiner merkwürdigen Gewohnheit, zu jeder Tages- und Nachtzeit Gäste hinauszuwerfen und die Kneipe zu schließen, wenn ihm ihre Visagen nicht passten, kaum jemand besuchte. Er lebte ohnehin nicht vom Alhambra.

»Ich habe Dollars für drei Leben, und deshalb will ich in diesem einen um mich herum Menschen sehen und keine Murmeltiere«, sagte er zu Hasan, der ihm bedingungslos sympathisch war, weil er nichts von einem Murmeltier an sich hatte. »Du guckst wie eine Ratte, die aus ihrem Loch mitten in eine amerikanische Familie gekrochen kommt, die sie mit einem Besen erschlagen will, genau so guckst du.«

Hasan zuckte mit den Schultern und lächelte liebenswürdig.

Im Unterschied zu den meisten Menschen hatte José nichts gegen Ratten. »Und du bist ein elender Schuft, mit dem man nur schwer befreundet sein kann. Wenn ich dich losschicken würde, um Zigaretten zu holen, du kämst nicht eher wieder, bevor du sie nicht aufgeraucht hättest«, sagte er zu Piero Manigno, gebürtiger Neapolitaner und Hasans bester, eigentlich einziger echter Freund. Piero war also auch kein Murmeltier. Für sie beide war Josés Lokal immer geöffnet, und wenn es geschlossen war, klingelte Piero einfach am Nachbareingang und aus dem Fenster im zweiten Stock kam ein Nylonsäckchen mit dem Schlüssel darin angeflogen. José steckte noch nicht einmal den Kopf aus dem Fenster.

Piero saß am Tresen und trank ein Bier, José las die Zeitung, Hasan sagte: »Da bin ich!«

José fragte, ohne die Zeitung zu senken: »Wie viele Jetons?«

»Mindestens zehn«, antwortete der Italiener. »Willst du erst was trinken?«, fragte er Hasan der Ordnung halber.

»Nix da«, antwortete der übertrieben fröhlich.

»Dein Stern war wohl wieder ein wenig nervös«, drang die Stimme aus der *Toledo News*.

»Nein, warum?«

»Man sieht es dir an.«

»Man sieht immer dasselbe«, antwortete Hasan, während Piero die Kugeln auf dem Tisch ordnete und ein Queue wählte. Er wählte lange, wie immer schmerzlich von betrügerischen Machenschaften überzeugt und davon, dass einige Queues, ähnlich wie bei Pokerkarten, gezinkt und für die Verlierer bestimmt waren. Hasan ärgerte das nicht, aber er konnte nur schwer den Impuls unterdrücken, dem Freund die Sinnlosigkeit solcher Manipulation zu erklären; Betrug wäre abwegig und der bloße Verdacht ein Affront gegenüber einem Menschen, der sie spielen ließ, wann immer ihnen der Sinn danach stand. Warum hätte José, der selbst kein Billard spielte, etwas daran gelegen sein sollen, dass der eine und nicht der andere gewann? Piero hatte keine Antworten auf solche Fragen, und sie interessierten ihn letztlich auch nicht. Er glaubte, dass im Zweifeln die ganze Weisheit des Lebens liege, und deswegen zweifelte er ständig an irgendjemand. Nicht glauben, was man erzählt bekommt, und alles bezweifeln, was andere tun, das unterscheidet einen Erwachsenen vom Kind und den Mann von der Frau. Piero war sehr daran gelegen, allen kundzutun, dass er ein erwachsener Mann war.

Alle versuchten ihn zu täuschen, und das musste er ihnen sagen. Am besten, bevor sie es auch nur versuchten. Er war kein Paranoiker, aber es gab für Piero keine größere Schande, als hintergangen zu werden, ohne dass er es, Gott behüte, merkte. Seine Welt war schwarz oder weiß, auf eine Art, die Hasan fremd war, aber er nahm Piero, wie er war, nur ein wenig erschrocken – oder richtiger gesagt, besorgt – allein deshalb, weil er sah, was diese Haltung aus einem Menschen machen konnte. Wenn sich José mit einem ganzen Land zerstritten hatte und in ein anderes, größeres gezogen war, in dem er nicht so schnell jeden kennen lernen und hassen konnte, dann war Piero derjenige, der sich nur mit ihnen beiden nicht überworfen hatte. José imponierte er nur, aber Hasan liebte ihn. So blind und bedingungslos, wie sich Freunde in sehr alten Büchern lieben.

Beim Billard waren sie gleich gut oder schlecht. Das Ergebnis hing genau genommen nur von Hasans Laune ab. War er übertrieben fröhlich und euphorisch, so wie heute, hatte Piero keine Chance, war er ruhig und mit sich im Reinen, verlor Hasan jede Partie. Am Ende gab es immer nur einen Spielstand: zehn zu null, mal für den einen, mal für den anderen, so dass sich ein Zuschauer, hätte es diesen je gegeben, unendlich gelangweilt hätte. Die Leichtigkeit von Hasans Hand und die Präzision seines Auges hingen zum größten Teil von Angela ab. Hatte sie – eine Seltenheit und in den letzten Jahren eine endemische Ausnahme – eine gute Phase oder war sie mit der Truppe auf Tournee, wurde Hasans Hand schwer, das Auge ungenau, die Bewegungen schwerfällig, und Piero gewann mühelos jede Partie. Aber wenn sie morgens, zurück vom Theater, geweint oder mit Hasan lange Gespräche über ihre Wünsche und Probleme und über das geführt hatte, was sie »gemeinsame Pläne« oder seine »charakterlichen Mängel« oder »die Unterschiede im Vergleich zu normalen Männern« nannte, war er im Billard unbesiegbar. Wenn es sich dann auch noch zutrug, dass sie während dieser Gespräche die Nerven verlor und die Teller zerschlug, die er am Vorabend nicht mehr gespült hatte – um ihr das Leben schwer zu machen –, oder das Telefon an die Wand warf, weil sich der Computerdrucker verabschiedet hatte – Hasan bediente aber auch jedes Gerät falsch –, dann hätte er gegen den Weltmeister antreten können und diesen locker in die Tasche gesteckt.

»Verzweifelte treffen nie daneben. Das ist eine Tatsache. Was beweist, dass Billard ein Spiel für Verzweifelte ist. Gegen sie hat keiner eine Chance, da hilft kein Training. Die Cracks üben sechzehn Stunden täglich, ihre Arme werden zum Queue, mehr geht nicht. Und dann kommt einer, der am Morgen noch überlegt hat, ob er von einer Brücke springt, sich erschießt oder Gift schluckt, die Entscheidung auf den nächsten Morgen verschiebt und Billard spielen geht. Er spielt es zum ersten Mal im Leben und schlägt alle, selbst die Besten. Keiner kann ihm was, weil er verzweifelt ist. Solche treffen nie daneben. Mancher wäre gern so verzweifelt, aber davon gibt es nicht viele. Du bist die Ausnahme. Authentisch verzweifelt. Du könntest mit Billard viel Geld verdienen. Mehr, als selbst José je gesehen hat. Warum probierst du es nicht mal mit Golf? Da ist richtig Asche im Spiel, und das Prinzip ist das Gleiche«, versuchte Piero Hasan in seiner Konzentration zu stören, während der eine Kugel nach der anderen versenkte. Die Lochbande war wie ein Trichter, durch den sich ein weiterer großer, sinnloser Sieg ergoss.

»Das reicht für heute«, sagte der Italiener.

»Aber wir haben noch drei Jetons ...«

»Nein, es reicht ...«

»Du ärgerst dich doch nicht?«

»Nein, ich weiß ja, wie es läuft. Bei jedem anderen würde ich mich ärgern, aber nicht bei dir ...«

»Warum willst du dann aufhören?«

»Weil es mir reicht. Billard mit dir macht keinen Spaß. Klingt dumm, aber mir reicht's wirklich.«

»Was habe ich dir getan?«

»Nichts.« Piero stockte, er steckte seine Nase nicht gern in fremde Angelegenheiten, er verlor aber auch nicht gern beim Billard: »Was hat sie gesagt?«

»Nichts hat sie gesagt. Ich habe geschlafen, als sie kam.«

»Aha. Tief geschlafen?«

»Das tut nichts zur Sache. Ich habe geschlafen.«

»Gut, was hat sie gesagt, als du sie zum letzten Mal gesehen hast? Irgendwas hat sie gesagt.«

Hasan warf ihm einen seiner ausgesucht Furcht erregenden Blicke zu, schüttelte sich und sprang ihn an. Etwas in dieser Bewegung ähnelte unglaublich stark den Bewegungen der kleinen schwarzen Rapper in den Straßen New Yorks, gehörte auf jeden Fall nicht zu einem, der bald die fünfzig vollendete. Er packte Piero bei den Schultern, so fest wie ein Baby den ersten ausgestreckten Finger packt, schüttelte ihn und sagte in seiner eigenen Sprache: »Genosse!« Früher hatten solche Reaktionen den Italiener erbost, weil er die unverständlichen Worte der fremden Sprache als Schimpfworte verstand, aber längst schon hatte er sich mit dieser Marotte abgefunden. Wenn er für irgendetwas empfänglich war und wenn ihn das sogar aus der Rolle eines Kleinkriminellen von

Oregon fallen ließ, dann war es die Liebe, die närrische, freundschaftliche Männerliebe ohne jeden Hintergedanken, die noch die stärksten Jungs zu Tränen rührte.

»Gut, spuck's aus«, er klang wie ein besorgter neapolitanischer Vater, nachdem zwei seiner Mafia-Söhnchen im Gefängnis gelandet sind, weil sie den dritten Sohn, einen Amtsrichter, entführt hatten.

»Es ist zu dumm. Es ist wirklich dumm, es hat gar keinen Sinn, darüber zu sprechen.« Hasans Blick traf sich mit Josés, was selten – zwei-, dreimal im Jahr – vorkam.

Der Spanier faltete die *Toledo News* zusammen, legte die Zeitung auf den Tresen und mischte sich ein. »Ich sage, es hat Sinn, und wenn ich das sage, dann hat es Sinn.«

»So ist es. Wenn der Wirt das sagt, hast du nichts mehr zu melden.«

»Also gut«, Hasans Hand peitschte durch die Luft, »gestern habe ich einen Ölwechsel gemacht, und sie kam für einen Moment raus, noch im Schlafanzug, ich fragte sie, was machst du in der Kälte, Schatz, es friert doch, du holst dir noch den Tod, nein, sagte sie, aber ich mache mir Sorgen um dich, deine Nieren, meine Nieren sind völlig in Ordnung, sagte ich ihr, Schatz, warum machst du das jetzt, fragte sie, weil ich es gern mache, sagte ich ihr, warum bringst ihn nicht in die Werkstatt und lässt das machen, fragte sie, weil ich es gern mache, sagte ich, und mich hast du nicht gern, fragte sie, Schatz, natürlich hab ich dich gern, und warum bist du dann nicht bei mir, weil ich gerade den Ölwechsel mache, das ist nicht normal, sagte sie, das ist wirklich nicht normal, und lief barfuß in den Schnee, Schatz, du holst dir den Tod, sagte ich, dann hole ich mir eben den Tod, sagte sie, aber diese Karre wird mir den Rest geben, sagte sie, zweiundzwanzig Liter auf hundert Kilometer, weißt du, wie viel das ist, fragte sie, weißt du, was normale Autos verbrauchen, hast du schon mal was von der Ölkrise gehört und hast du mal ausgerechnet, was uns dein Benzin monatlich kostet, für das Geld könnte die halbe Welt durch die Gegend kutschieren, sagte sie, für das Geld könnte ich mich ein bisschen ausruhen und ich könnte auch etwas finden, womit ich mich beschäftigen kann, so wie du mit deinem Auto, sagte sie, dann find's doch, Geli, das wäre sehr schön, sagte ich ihr, wie soll ich das finden, sie stapfte durch den Schnee und schrie, wie soll ich das finden, wenn dein verdammtes Auto zweiundzwanzig Liter auf hundert Kilometer verbraucht, und ich, Hasan, ich arbeite achtzehn Stunden täglich, während du mit deiner Karre Zwiesprache hältst und über Kunst philosophierst und nichts tust, sagte sie, aber nein, du arbeitest nicht für jeden, du willst deinen Namen nicht im Vorspann von dem Mist aus Hollywood sehen, du willst dich nicht verkaufen, du bist ein Genie, aber Angela kann ja arbeiten, kann ja krepieren, kann hier vor deinem Buick erfrieren, ich sag dir jetzt eins: Entscheide dich, was dir wichtiger ist, dieses Auto oder ich, und wenn die Karre dir wichtiger ist, geh ich ins Irrenhaus, auf der Stelle, ich kann und will nicht mehr, und wenn ich dir wichtiger bin, dann verscheuern wir diesen Dreck, diesen Schrotthaufen, und kaufen ein japanisches Auto, das mit fünf Litern hundert Kilometer weit fährt und nicht jeden zweiten Tag einen Ölwechsel braucht, wir kaufen einen Honda oder einen Suzuki und werden ganz normale Leute, warum können wir nicht wie andere Leute sein, Hasan, fragte sie, warum können wir keine normalen Leute sein, warum muss ich einen Nervenzusammenbruch kriegen, damit du etwas änderst, damit du die Glühbirne im Badezimmer auswechselst oder aufhörst, schmutzige Socken unters Bett zu werfen, warum streiten wir uns über solche Kleinigkeiten, kannst du mir das sagen? Aber nein, du sagst gar nichts, du schweigst, Hasan, du schweigst dich aus, du siehst mir zu, wie ich völlig aus der Fassung gerate, du schweigst, das ist dein Stil, aber ich bin aus Fleisch und Blut, Hasan, ich bin keine verdammte Maschine, ich atme, hörst du mich, wie ich atme, berührt dich das irgendwie? Jeder normale Mensch fährt ein Auto, das wenig verbraucht und die Umwelt nicht verschmutzt, sagte sie, und jeder normale Mensch bringt sein Auto in die Werkstatt, wenn es kaputtgeht, sagte sie, nur unangepasste Idioten, genau mit diesen Worten – unangepasste Idioten, nur die glotzen den ganzen Tag in den Motor und sind bis zu den Ellbogen verschmiert. Hasan, deine Hände stinken nach Motoröl, sagte sie, das lässt sich nicht mehr abwaschen, sagte sie, so eine Seife gibt es gar nicht, die das abwaschen würde. Der Dreck unter den Fingernägeln geht nie mehr weg, sagte sie, und dann fasst du mit diesen Händen das Brot an, sagte sie, du wirst uns noch vergiften, Hasan, sagte sie. Aber das ist noch nicht das Schlimmste. Wenn ich einen Mechaniker hätte heiraten wollen, hätte ich das getan, aber das habe ich nicht, Hasan! Außerdem reparieren Mechaniker fremde Autos und schrauben nicht an ihrem eigenen herum, sagte sie, und währenddessen sah ich, wie ihre nackten Füße erst rot und dann blau wurden und schließlich violett, und es war klar, dass sich am nächsten Tag ihre Eierstöcke entzünden und drei Tage später ihre Nieren versagen und sie in unserem Bett sterben wird, und ich bin schuld. Das habe ich nur für uns getan, wird sie sagen, und ich verstehe wieder nicht, was sie eigentlich getan hat und warum sie es für uns getan hat, genauso wenig wie ich verstehe, warum sie jetzt der Buick Rivera stört, wo er sie doch die ganzen Jahre nicht gestört hat. Und nachdem sie mir das alles gesagt hatte, drehte sie sich um und lief durch diesen Schnee ins Haus. Ich habe mir die Zylinder angeschaut, dann ihre Spuren, dann wieder die Zylinder, dann ihre Spuren. Und wisst ihr, was ich gedacht habe? Ich habe gedacht, am besten nehm ich das Benzin, um mich und Buick Rivera zu verbrennen. Dafür hätte ich keine zweiundzwanzig Liter gebraucht.«

Sie hörten zu, wie Männer Klagen und intimen Geständnissen zuhören, mit einem gleichmütigen Ernst, als wollten sie auf seine Kosten ihren Spaß haben und wären doch bereit, für ihn in den Krieg zu ziehen und zu sterben. Ganz entfernt spielte Schadenfreude hinein, die man vielleicht auch nicht so nennen sollte, ein Reflex, den jedes männliche Wesen kennt, sei es ein Wolf, ein Bär oder ein Mensch, weil es bewusst oder unbewusst das Leittier im Rudel sein will. Das ist der Grund, warum intime Geständnisse in Männerfreundschaften so selten sind, gleichgültig, wie nah sie einander stehen, sie erzählen sich in fünfzig Jahren Freundschaft nicht so viel wie zwei Freundinnen während einer gemeinsamen Busfahrt durch die Stadt. Aber je länger Hasan redete und zuließ, dass das Alhambra von seinem Wortschwall widerhallte und alles aufnahm, was ihm auf der Seele lag, auch das, was er besser vor sich selbst wie vor den anderen verschwiegen hätte, desto ernsthafter und erschrockener – und zwanzig Jahre jünger – wirkte José, bevor sein Gesicht wieder in seine ewig ironische Grimasse zurückglitt.

In der Zeit, die zwischen den letzten Worten Hasans und den ersten Pieros verstrich, waren sich die drei so nah wie während eines Erdbebens. Als würden sich die Führungskräfte eines Ölkonzerns im Dachgeschoss eines Wolkenkratzers befinden und alles schwankt und sie sind füreinander die letzten Menschen auf der Erde, weil es in den Augen der anderen steht, nicht weil sie es in sich spüren.

»Autos bedeuten mir nichts, aber für Buick Rivera könnte ich sie umbringen, obwohl sie Recht hat, es ist ein Schrotthaufen«, sagte der Italiener.

»Versteht ihr, worum es geht«, wollte Hasan fortfahren.

»Natürlich«, unterbrach ihn José, »du nennst dein Auto immer mit Vor- und Nachnamen. Buick Rivera. Das macht man nur mit den wirklich wichtigen Dingen im Leben. Wisst ihr, warum Pelé der größte Fußballer auf der Welt ist? Weil jedes spanische Kind weiß, dass er Edson Arantes do Nascimento heißt, und wenn man zum Ausdruck bringen will, wie groß er ist und wie sehr man ihn verehrt, sagt man einfach Edson Arantes do Nascimento. So wie Buick Rivera. Mich widern die Murmeltiere an, die ihre Cadillacs und Chevrolets aufmotzen und dafür über Leichen gehen. Oder diese Hundeliebhaber, die ihren Hund einschläfern lassen, wenn er alt wird. Flockys Vergaser ist kaputt, Herr Doktor, bitte bringen Sie ihn um ...«

»Mir ist das Auto gar nicht so wichtig ...«

»Warum sagst du jetzt nicht Buick Rivera, wie du es sonst immer nennst?«, fragte der Italiener.

»Ich liebe sie ...«

»Wirst du Buick Rivera verkaufen?«

»Den kann ich nicht verkaufen. Den kann man nicht verkaufen. Das wird sich schon einrenken lassen.«

»Wie soll sich das einrenken? Sie weiß jetzt, was dir wichtig ist, und sie wird so lange darauf herumreiten, bis sie es dir weggenommen hat.«

»Nein, das wird sie nicht. Ich werde Kohle verdienen, und sie wird begreifen, dass es Wichtigeres gibt als zweiundzwanzig Liter auf hundert Kilometer.«

Hier schaltete sich José wieder in Pieros und Hasans Unterhaltung ein: »Willst du damit sagen, sie denkt, ihr habt nicht genug Geld für Benzin? Wenn du das glaubst, bist du ein Volltrottel. Ich betank euch Buick Rivera für den Rest eures Lebens. Sagen wir, es sei der Hauptgewinn im Preisausschreiben.« Es war sein Ernst.

»Du spinnst ja, weißt du, was Angela sagen würde, wenn sie dich hören könnte ...«

»Weiß ich nicht, und wenn du es mir sagst, werf ich euch aus dem Alhambra.«

»So ist das. Sag's ihm bloß nicht«, Piero lachte. Er hatte es kaum erwarten können, dass sich das Gespräch endlich abbrechen ließ.

Es war nach sechs, als Hasan nach Hause kam. Angela saß am Küchentisch und rauchte. Sie lächelte ihn an wie einen alten Liebhaber, den man auf irgendjemands Beerdigung trifft. Oder so ähnlich.

»Wann bist du aufgewacht?«

»Vor zwei Stunden. Ich fand es schade, dass du nicht da warst.«

Ich auch, wollte er sagen. »Soll ich dir etwas kochen?«, fragte er.

»Ich muss gleich zur Probe, die Zeit reicht nicht mehr.«

»Das tut mir wirklich leid. Wenn ich das gewusst hätte ...«

»Was hätte das geändert, wenn du es gewusst hättest? Nichts. Es ist schon in Ordnung. Ich habe keinen Hunger. Im Theater werde ich etwas essen.«

»Soll ich dich hinfahren?«

»Al Rahimi holt mich ab, es liegt auf seinem Weg.«

Jetzt sagt sie bestimmt, schoss ihm durch den Kopf, mit Buick Rivera kommt es viel zu teuer, aber sie sagte es nicht, und nichts in ihrem Gesicht deutete darauf hin, dass sie es dachte. Sie hockte da, klein und traurig, wie ein Spatz, und er hatte ein schlechtes Gewissen.

»Soll ich dich nach der Probe abholen?«

»Wir sind bestimmt nicht vor drei Uhr morgens fertig.«

»Macht nichts, ich komme. Wir können Pljeskavica essen gehen. Die Tankstelle am Ortsrand von Salem hat die ganze Nacht offen.«

»Das könnten wir machen. Wird es dir nicht schwer fallen? Wirst du nicht hundemüde sein?«

»Aber nein, das ist ausgezeichnet. Wir gehen Pljeskavica essen. Arbeiter beobachten, die trinken und die ganze Zeit schweigen, und denken, wir wären siebzehn Jahre alt und zum ersten Mal da.«

»Schatz ...«

»Sag mal, Geli ...«

»Hast du mich lieb?«

»Sehr lieb, Geli.«

»Das ist schön, wenn du mich so nennst.«

»Ich weiß, Geli.«

»Und was machen wir noch?«, schmeichelte sie.

»Wann?«, fragte er.

»Na ja, nachdem wir Pljeskavica gegessen und Arbeiter betrachtet haben.«

»Wir machen noch was, wir machen noch was, alles Mögliche machen wir noch«, er konnte sich schlecht verstellen.

»Wir malen uns aus, wie schwer sie es haben«, sagte sie.

»Ja, wir malen uns aus, wie schwer sie es haben«, bestätigte Hasan.

»Und wir malen uns aus, dass es uns nie so gehen wird wie ihnen ...«

»Niemals ...«

»Und deswegen sind wir glücklich ...«

Eine halbe Stunde später stand Al Rahimi vorm Haus. »Sei gegrüßt, Bruder«, sagte der Araber zu Hasan. Wäre ich Piero, hätte ich ihn längst einmal gefragt, wieso ich sein Bruder bin, dachte Hasan, wegen der Religion oder weil wir beide Männer sind. Angela hüpfte in Aschenbrödelschuhen und lila Öko-Pelzmantel herum und küsste Al Rahimi gewehrsalvenmäßig das ganze Gesicht ab, er riss mit einer damenhaften Bewegung inklusive Knicks die Tür seines Grand Voyager auf, »um drei, halb vier!«, rief Angela, und dann waren sie weg.

Er sah der Schneewolke nach, die sich entlang der gewundenen Straße zum Ortsausgang von Toledo wieder abgesenkte und in deren Mittelpunkt die Frau saß, die er liebte. Er war so schuldig, wie nur Männer schuldig sein können, die ihre Frauen nie betrogen und schon beim Anblick der nackten Brüste von Pamela Anderson leichte Gewissensbisse haben. Er wollte Piero anrufen, ihm sagen, dass er die ganze Geschichte mit den Benzinkosten vergessen sollte, die ganze Geschichte von heute Nachmittag, das sei alles Quatsch gewesen, er sei nervös und nicht ganz zurechnungsfähig gewesen, Männermenstruation oder so etwas in der Art. Er betrachtete Buick Rivera, dessen Scheiben bereits zufroren. Das gute alte Auto hockte im Schnee und wirkte irgendwie vernachlässigt. Obwohl auf dem Blech nicht der klitzekleinste Kratzer und nicht der mindeste Anflug von Rost zu sehen war, war es ein Gebrauchtwagen, auf den die Greifer der Schrottpressen lauerten, um ihn in einen Zauberwürfel aus Blech und Glas zu verwandeln. Das ist einer der abschreckendsten Anblicke, die die Zivilisation zu bieten hat: Schrottreife Buicks, Chevrolets, Cadillacs, die darauf warten, verschlungen zu werden. Gestern noch hätte so mancher für jede dieser Karossen sein Leben gegeben, den Nachbarn verprügelt, falls der mit dem Schlüssel die Autotür verkratzt hätte, und jetzt ist plötzlich alles anders. Es müsste eigentlich normal sein, dass die ganze Familie mit Blumen in der Hand und Tränen in den Augen das alte Auto zur ewigen Ruhe geleitet.

Er fuhr mit der Hand über das vereiste Blech, und schon packte ihn neuer Kummer, ein Gedanke, den ein erwachsener Mensch nicht einmal denken, geschweige denn aussprechen sollte: Es wäre eigentlich gut, wenn du bekloppt wärst. Dann könntest du alles rauslassen, was du schon immer loswerden wolltest, aber du bist ja nicht verrückt. So gesehen haben nur Irre ein erfülltes Leben. Sie reden sich alles von der Seele. Auch, dass sie ihre Autos wie einen Freund und weit mehr als die Heimat liebten. Die Erinnerung an einen Gebrauchten, der längst entsorgt wurde, der in der Herzegowina in einer Grube oder einer Klamm oder auf dem Grund der Adria oder mitten in einem bosnischen Wald liegt, ist blanke Nostalgie für Menschen, die mit der technologischen Revolution groß geworden sind. Einem gebürtigen Amerikaner bedeutet ein altes Auto wahrscheinlich nicht mehr, als wenn er eine Flasche Bier leert oder eine Zigarettenschachtel mit der Telefonnummer eines Freundes, den er seit zwanzig Jahren nicht gesehen hat, wegwirft; aber Menschen, die aufgrund ihrer Sozialisation zu Autos dieselbe Beziehung aufgebaut haben wie zu

Freunden, weil sie sich den einen wie den anderen verpflichtet fühlen, dürfen erst im Irrenhaus die Wahrheit sagen. Man begreift, dass einen mit Menschen und mit Dingen dieselben Fäden verbinden und der Unterschied zwischen Belebtem und Unbelebtem darin besteht, dass das Belebte spricht und fühlt, während das Unbelebte schweigt. Aber wenn sie anfangen zu vergehen, sich aufzulösen, zu sterben und in darunter angezündeten Feuern zu verbrennen, schwindet der Unterschied. Was könnte das sein, durch das ein zerstörtes Haus weniger wichtig wird als ein toter Freund? Beide sind unwiederbringlich, wenn sie auf dieselbe Art getötet wurden. Solche Gedanken gingen ihm über sich und Buick Rivera durch den Kopf, bis ihm kalt wurde.

Das Haus wirkte verlassen, als würde schon lange niemand darin leben. Er setzte sich vor den Fernseher, zündete eine Zigarette an und starrte auf den leeren Bildschirm. Das Einzige, wofür er ihn eingeschaltet hätte und was er wirklich gern gesehen hätte, wären alte Basketballspiele, etwa ein Olympiafinale, dessen Ergebnis man kennt, aber so etwas wird auf keinem Kanal gesendet. München 1972 beispielsweise, als die Russen in letzter Sekunde die Amerikaner besiegten und unsere Leute nicht wussten, ob sie jubeln oder fluchen sollten. Die Schwächeren hatten gewonnen, was das Herz der Menschen seit jeher zum Tanzen bringt, weswegen man auch mit den Bankräubern fiebert, hinter denen die Polizei her ist, aber es hatten eben die Russen gewonnen, und wer hätte sich in jenen Jahren bei uns über einen Sieg der Russen gefreut? Nein, das hatte nichts mit Politik zu tun. Wer könnte Fan von Typen sein, die nie lächelten, sich nie über den Schiedsrichter aufregten und die hässlichsten Trikots der ganzen Olympiade trugen? Aber jetzt hätte er genau dieses Spiel gern gesehen. Spüren, wie er und das Spiel sich in den letzten dreißig Jahren verändert hatten. Es konnte nicht mehr dasselbe sein, keine Sache bleibt dieselbe, alles verändert sich und wird älter oder jünger, denn auch das ist möglich. Die Zeit lässt nur das Materielle zu Staub zerfallen, dachte er, und das meiste, über das sich nachdenken lässt, ist nicht aus Stoff, deswegen altert und verjüngt es sich aus den unterschiedlichsten Gründen, aber bestimmt nicht, weil die Zeit verrinnt. Manchmal werden Sachen schneller jünger, als sie je altern könnten.

Er rauchte und ihm schien, als sei nichts mehr wie gestern. Das Spielfeld war neu geordnet, das System aus den Fugen, und er wusste nicht mehr, wann er im Recht und wann im Unrecht war. Die Situation ist nicht neu, seit langem schon aus Filmen bekannt, aber Hasan Hujdur mochte diese Filme nicht. Er war mit Western aufgewachsen, die um drei Uhr nachmittags für sieben Studenten und den Zigeuner Mišo gezeigt wurden, und in denen von Anfang an feststand, welche Seite gut und welche böse war; er wollte nicht einsehen, dass es Filme gab, bei denen man bis zum Schluss nichts begreift, und selbst wenn, hätte es nicht viel geholfen. »Vom Kino wird der Mensch nicht schlauer, er merkt nur, dass die anderen auch nicht schlauer sind, und das macht es ihm leichter«, pflegte Hasans Opa zu sagen, der alte Muzafer-Efendi, der für einen österreichischen Film als erster bosnischer Stuntman einen mexikanischen Prinz Habsburger Abstammung mimte und in dieser Rolle auf einem Rappen über das Duvanjsko Polje geritten war.

Das Gewissen lässt sich leichter beruhigen, wenn selbst tiefe Gedanken sorglos und unverbindlich dahinfließen können, und das ist der Fall, wenn man Geschirr spült, das Wohnzimmer saugt oder Staub wischt. So ist es jedenfalls bei Männern. Bis Mitternacht hatte Hasan alles drei erledigt. Dann überlegte er, ob er sich für zwei Stunden schlafen legen sollte, bevor er zu Angela fuhr, oder ob er durchmachte und das Schlafen auf später verschob. Wenn er sich jetzt hinlegte, würde er tranig aufwachen, wenn er nicht schlief, wäre er ziemlich müde. Hervorragendes Thema zum Nachdenken. Vor dem ausgeschalteten Fernseher, auf einem Stuhl, auf dem nicht einmal ein indischer Fakir hätte schlafen können, wartete er darauf, dass die Zeit verstrich. Er hatte keine Lust, Zeitung zu lesen, ihn interessierte nicht, was im Fernsehen lief, und da sein Gewissen im Gleichgewicht war, trieb ihn nichts mehr dazu an, im Haushalt etwas zu tun. Er saß da und wartete, und wenn ihn jemand gesehen oder mit versteckter Kamera gefilmt hätte, hätten die Leute gedacht, er sei krank oder im Begriff, sich Gewalt anzutun. Aber er hatte einfach keine Lust, aufzustehen und die Zigaretten zu holen und damit das Spiel auf Zeit zu stören.

In Amerika warten die Menschen niemals nur darauf, dass die Zeit verstreicht, sie können sich so ein Warten gar nicht vorstellen. Sie arbeiten oder vergnügen sich immerzu, essen, lernen Chinesisch oder bereiten sich, wenn sie schon pensioniert sind, auf Prüfungen im Fernstudium der Elektrotechnik vor. In der ersten Zeit hatte Hasan die Absicht gehabt, wenigstens in dieser Hinsicht Amerikaner zu werden, allerdings ohne echte Ambitionen zu entwickeln, im Grunde war er ein völlig unambitionierter Typ, der sich mit einem niedrigen Status zufrieden gab, solange er dadurch nicht offensichtlichen Erniedrigungen ausgesetzt war, aber irgendwann hatte er begriffen, dass ihm dieses ziellose Warten zu fehlen begann. Das Leben verfliegt, die Jahre vergehen, auch wenn man es nicht spürt, und dann weint man den schönen Tagen hinterher und sogar den schlechten und hässlichen, weil man auch denen im Lauf der Zeit gute Seiten abgewinnt. Du kannst nicht leben, wenn jeder Moment ausgefüllt ist, du arbeitest ein bisschen, du erholst dich ein bisschen, du schläfst ein bisschen, aber jede Sekunde dient einem Zweck und hat eine Funktion. Der Mensch braucht Stunden und Tage – einige brauchen auch Jahre –, die überhaupt keine Funktion haben, die sich langsam dahinschleppen und nicht enden wollen. Er braucht die Langeweile, die sich gut aushalten lässt, und das Warten, dass nichts passiert, während die Zeit verstreicht und zum Entsetzen der Physiker einfach nicht vergeht. Träge geworden, bleibt sie stehen, tagelang bewegt sich die Sonne nicht vom Höchststand um die Mittagszeit weg, kein lebendiges Wesen bewegt sich, und alles ist, als würdest du dem Gras beim Wachsen zuschauen. Es verändert sich nicht, aber du bist überzeugt, dass es gerade jetzt, während du wartest, wächst, und dir scheint, als sei auch für das Gras die Zeit stehen geblieben und als würden die Sekunden stillstehen, während du stillstehst, bis du findest, dass es jetzt reicht und man etwas unternehmen muss. Wenn der Mensch allein ist und sich alle Sorgen und Zwänge aus dem Kopf schlägt, verschwindet auch die Zeit. Dann kannst du über alles nachdenken, weil jeder Gedanke schneller als die Zeit ist. Würde dich nichts von innen antreiben, du würdest dich nie wieder bewegen. Ohne Sorgen und Zwänge würden sich die Himmelskörper weder umeinander noch um sich selbst drehen, der Mensch würde nicht altern und ihm würden nicht die vergeudeten Jahre fehlen, jene Jahre, in denen er sich um etwas bemüht hat, das sich, nachdem das Ziel erreicht war, als sinnlos erwies. Du trauerst nicht den Tagen nach, in denen du nur darauf gewartet hast, dass die Zeit verstreicht, sondern du trauerst um jene Jahre, in denen du etwas von dir verlangt hast. Menschen aus fortgeschrittenen Gesellschaften mit einem ausgefüllten Leben empfinden Warten als quälend und erniedrigend. Sie fühlen sich unwohl, wenn U-Bahn oder Bus nicht sofort kommen, Schlangen vor einem Schalter treiben sie in den Wahnsinn, und jede ungeplant verbrachte Stunde rechnen sie ab, als hätten sie einen Taxameter im Kopf. Deswegen rennt die Zeit für sie. Deswegen war das Leben der Amerikaner kurz und achtzig Jahre dauerten für sie so lang wie für ihn fünfzehn. Ich wäre längst tot, dachte Hasan, wäre ich so wie sie, ohne mich auch nur einmal um mich selbst gedreht zu haben. Und deswegen war er wählerisch geworden, was die Arbeit betraf, man könnte sagen – ein Künstler; ihn ekelte Arbeit, mit der man viel Geld verdiente, und dann hatte man nicht die Zeit, es auszugeben, und genau deswegen machte er nur noch jene Dinge, von denen er wusste, dass sie ihm mitten in der Nacht diese zwei Stunden ließen, die nur dazu dienten, dass er bewusst wartete, wie sie verstrichen.

Es war kurz nach zwei, als er hinaus in die Kälte ging. Auf Buick Rivera war in der Zwischenzeit kein Schnee gefallen. Er fischte den Türschlossenteiser und das Auftaumittel für die Scheiben heraus, ohne das Schaffell auszubreiten. In fünfzehn Minuten war er fertig, setzte sich ans Lenkrad und … srt. Das und nichts weiter. Buick Rivera wollte zum ersten Mal in seinem Leben nicht anspringen. Srt, srt, srt … Jeder andere hätte sich an seiner Stelle mächtig aufgeregt, aber Hasan öffnete nur langsam, ohne dass seine Bewegungen den unvorhergesehenen Charakter des Zwischenfalls erkennen ließen, die Motorhaube und holte das Prüfgerät – den *prifer*, wie man in Bosnien gesagt hätte – aus dem Lederfutteral, das am Rand der Haube festgebunden war. Er beugte sich über den Motor: Batterie leer. Also löste er die Klemmen, packte das bleischwere Teil und trug es ohne Umstände ins Haus; im Keller fand er das Ladegerät und schloss die Batterie an, und dann erst fiel ihm ein, dass die Zeit dafür zu knapp war und Buick Rivera spätestens in fünfzehn Minuten und nicht erst in sechs Stunden anspringen musste. Tja, so ist das eben, wenn man nicht geschlafen hat, rechtfertigte er sich, also brauchte er sich jetzt auch nicht aufzuregen, sondern baute die Batterie wieder ein und rief die Polizei an.

»Ich habe ein großes Problem.«

»Sagen Sie Ihre Adresse.«

»Ich muss dringend ...«

»Erst die Adresse.«

»Zedernberg 8.«

»Wollen Sie Raub, Körperverletzung, sexuelle Belästigung oder etwas Drittes melden?«

»Etwas Drittes.«

»Warten Sie drei Sekunden, fangen Sie dann an zu reden.«

Hasan wartete fünf Sekunden, dann fragte die Stimme auf der anderen Seite, hörbar verärgert: »Sind Sie noch da?«

»Ja.«

»Warum sagen Sie nichts?«

»Ich wusste nicht, dass die drei Sekunden schon um sind, nach meiner Zählung waren es erst zwei.«

»Reden Sie.«

»Ich muss dringend zu meiner Verlobten nach Salem. Wissen Sie, sie ist krank.«

»Rufen Sie den Notarzt.«

»Nein, nicht so krank ... Ich muss zu ihr, aber die Batterie von meinem Auto ist leer.«

»Das gibt es noch? Nun gut, was erwarten Sie von der Polizei?«

»Dass jemand mit einem Auto kommt und mir Starthilfe gibt.«

»Wie meinen Sie das?«

»Man verbindet die beiden Batterien mit Kabeln ...«

»Ach so.«

»Wäre das möglich?«

»Bestimmt.«

Er wusste selbst nicht, warum er Angela als seine Verlobte bezeichnet und ihr noch dazu eine Krankheit angedichtet hatte. Wahrscheinlich saß es zu tief in ihm drin, dass sich Lügen und fantasievolle Ausschmückungen gegenüber der Polizei und anderen Staatsdienern immer bewährten, obwohl er eigentlich längst gelernt hatte, dass für derartige Verhaltensweisen in Amerika keine Veranlassung bestand. Etwas funktionierte entweder oder nicht.

Die Polizei schickte ihren Mechaniker, einen Bodybuilding-Typ mit Nickelbrille, die Idealbesetzung für die Rolle eines Nazi-Arztes in einem KZ-Film. Grußlos, ohne Hasan groß zu beachten, wahrscheinlich wütend wegen einer Arbeit, die in seiner Stellenbeschreibung nicht vorgesehen war, trat er zum Buick Rivera mit zwei Paar Klemmen und Kabeln, schloss alles fein säuberlich auf beiden Seiten an, wedelte mit der Hand in die Richtung, in der er Hasan vermutete, der sprang in sein Auto, drehte den Schlüssel um, und der Motor sprang an. Fünf, sechs Sekunden lang saßen beide am Lenkrad und traten aufs Gaspedal, die beiden Autos sahen aus, als hätten sie Streit miteinander und würden jeden Moment aufeinander losgehen, dann stieg der Muskelprotz aus dem Caravan aus, löste die Klemmen, packte die Kabel ein, indem er sie über den Ellbogen aufwickelte, und sagte: »Gute Nacht!« So konnte Hasan genau zwanzig Minuten später als geplant endlich Richtung Salem fahren. Die Nacht war klar wie ein Kristallspiegel, ideal, um in einem gut geheizten Auto allein zu sein, sich mit niemand auseinander setzen zu müssen und die Gedanken schweifen zu lassen, so wie es viele getan haben, die dann einnickten und im Straßengraben landeten.

Vuko Šalipur war der Einzige, der in dieser Nacht auf der Straße unterwegs war, allerdings in der Gegenrichtung. Mit einem Geländewagen von Mercedes, Eigentum seiner Frau, die er am Nachmittag für immer verlassen hatte, 15 000 Dollar in der Tasche und der Absicht, möglichst viele Meilen zwischen sich und Salem zu legen, bevor er das Auto und fünf Jahre seiner Vergangenheit unterwegs vor einem Bahnhof oder Flughafen abstellen würde. Er musste nur überlegen, wohin es gehen sollte, in welche Himmelsrichtung, und es gibt keine bessere Zeit als eine verschneite Nacht und keinen besseren Ort als einen Mercedes, um solche Fragen zu beantworten. Vor dem Krieg hatte Vuko für das Busunternehmen Lasta-Beograd auf der Linie Titovo Užice–Sarajevo als Fahrer gearbeitet, fuhr anschließend sechzehn Monate lang einen Panzer T-55, dann gehörte ihm als Kommandant der Čajniče-Abteilung der serbischen Armee ein Jeep, den sie einem Basketballspieler aus Nikšić weggenommen hatten. Aber bei den ersten Gerüchten, dass ihn die überlebenden Višegrader Muslime auf einer ihrer Listen führten, um ihn in Goražde und anschließend in Den Haag vor Gericht zu stellen, setzte sich Vuko in einen weißen Polizei-Golf, der bei Bajina Bašta die

Grenze zu Jugoslawien passierte, riss sich unmittelbar nach seiner Ankunft in Belgrad die Uniform vom Leib und stand am nächsten Tag in der Schlange vor der amerikanischen Botschaft.

»Geboren bin ich in einer gemischten Ehe, die Mutter war Muslimin«, er log, »nicht verheiratet, keine Kinder«, er log nicht, »meine ganze Familie wurde umgebracht, teils von der einen, teils von der anderen Seite«, er log, »ich kann nicht in mein Dorf zurück, man würde mich umbringen oder ins Gefängnis stecken«, er log nicht, »Nationalität? Weiß ich nicht«, er log, »ich habe weder an Kämpfen teilgenommen noch Kriegsverbrechen begangen«, er log, »ich war nicht an Plünderungen beteiligt«, das war total gelogen, »in Belgrad kenne ich keinen, ich kann hier nicht überleben, ich müsste verhungern«, das hätte jeder gesagt, der vor der amerikanischen Botschaft wartete, »ich war nicht Mitglied des Bundes der Kommunisten Jugoslawiens«, das war die Wahrheit, ihn wunderte, dass sie danach fragten, »ich habe nicht die Absicht, mich in den Vereinigten Staaten von Amerika terroristisch zu betätigen«, so etwas wäre ihm tatsächlich nicht in den Sinn gekommen. Sie verfrachteten ihn in eine Gemeinschaftsunterkunft, ein ehemaliges Schülerwohnheim am Stadtrand, zwischen mehrere hundert Flüchtlinge, gescheiterte, traumatisierte Menschen, die nichts und niemanden mehr hatten, Greise mit ihren Enkeln, geistig behinderte Jungen, ältere Schüler und Mädchen, die sich selbst in so einer Situation noch die Nägel lackierten, Frauen ohne Männer, aber mit je etwa sieben Kindern, und künftige Rächer, die in jedem Gesicht die Züge ihrer Scharfrichter suchten, also alle, die ein Einwanderungsgesuch an die Vereinigten Staaten von Amerika gerichtet und keine Schlafgelegenheit in Belgrad hatten. Diese siebzehn Tage waren die schwersten im Leben des Vuko Šalipur. Eingesperrt zwischen die Wände eines sozialistisch-hässlichen dreistöckigen Gebäudes mit Innenhof, in dem Hunderte von Männern hockten, rauchten und schwiegen, Frauen zusammengeknülltes Zeitungspapier zwischen zwei Ziegelsteinen anzündeten und auf dem Feuerchen in alten Saure-Gurken-Konservenbüchsen Kaffee kochten, Kinder lärmten, Kampflieder sangen und auf unsichtbare Feinde losgingen und es nirgendwo ein Fleckchen gab, an dem man für sich sein und Ruhe finden konnte. Von früher wusste er, dass das Pinkeln schwer fällt, wenn dich jemand beobachtet; jetzt begriff er, dass das Atmen schwer fällt, wenn du überhaupt nicht allein sein kannst. Selbst das hätte er problemlos weggesteckt und sich mit dem Gedanken getröstet, es gehöre eben zum großen Täuschungsmanöver, mit dem er, Vuko, ganz Amerika verarschte, hätte er sich nicht panisch davor gefürchtet, dass ihn jemand erkannte. Er zuckte bei jedem »He!« oder »Halt!«, bei jedem unerwarteten Plärren einer Frau zusammen, erschrak, wenn ihm jemand von hinten auf die Schulter tippte, um eine Zigarette zu schnorren, wenn ein Kind angerannt kam und ihn von oben bis unten musterte, wenn jemand »Ahmed! Mehmed! Alija!« rief. Einer der drei, der Ahmed oder der Mehmed oder der Alija, musste ihn doch kennen, musste der Ahmed Čengić oder der Mehmed Zaimović oder der Alija Ferizović sein, und dann würde gleich ein Geschrei losbrechen: Da haben wir ihn! Da ist er, das Tschetnikschwein, der blutige Vuko, scheiß auf seine Mutter, meine hat er vor meinen Augen mit Kugeln durchsiebt, meinen Vater hat er mitsamt dem Haus verbrannt, in den Keller mit den Kindern hat er eine Granate geworfen, den Hund an der Kette hat er erschossen, was hat der Hund dem Hundesohn getan?, verfluchter Blutsauger, meine Schwester hat er verschleppt, aber wohin?, schafft ihn mir her, damit ich ihn endlich fragen kann, zwei Kinder habe ich gehabt, bevor er kam, und jetzt hab ich diese zwei Hände, schau, blutiger Vuko, was die machen, wenn sie allein sind, den kleinen russischen Schwarzweißfernseher, kaum größer als diese Hand, hat er mitgehen lassen, wofür hast du den gebraucht, Vuko, hat's keinen größeren gegeben, hä, du Schwein?, so hörte er Ahmed, Mehmed, Alija schreien, kurz bevor sie ihn lynchten, und gleichzeitig hatte er Schiss wegen dem, was er getan und was er nicht getan hatte, von dem die anderen aber annehmen könnten, er hätte es getan; er sah, wie sie sich von Schemeln und Holzklötzen erhoben, aus der Hocke wie Kängurus aufsprangen, die Kippen wegwarfen, die verschwitzten Fäuste ballten und ihn einkreisten; wie in Cowboyfilmen wirbelte die Verfolgungsjagd Staub auf, im ganzen Haus, im ganzen Hof Aufruhr, bevor sie ihn erwischten und mit den Ziegelsteinen auf ihn eindroschen, auf denen jetzt das Wasser siedete. Kaum dass sie sich rührten, würde er ins Büro des amerikanischen Lagerleiters flüchten, zu dem großen blonden Jeff, den sie Džafer nannten. Der würde keine Lynchjustiz dulden. Auf die Serben im Hof konnte Vuko nicht zählen, obwohl es fast doppelt so viele wie Muslime waren. Sie würden ihm nicht helfen, sondern nur stehen bleiben und gaffen oder sich abwenden und verstecken, damit sie selbst nicht erkannt wurden, froh darüber, dass es ihm und nicht ihnen passierte; jene, die gekämpft und dabei hätten draufgehen können, trugen in ihren Augen die meiste Schuld, dass sie aus ihren Häusern vertrieben worden waren. Stumpfsinnig waren sie und elend, wie angeschwemmt vom Hochwasser, als sei es nicht auch ihr Krieg gewesen. Jeder kümmerte sich um seinen eigenen Kram, nur die Frauen bekochten sich auch untereinander mit Kaffee. Sie wurden Freundinnen, als wäre nichts gewesen, als seien sie nur von einem Hühnerstall in den anderen umgezogen und säßen nun gemeinsam auf den Eiern. Die Musliminnen verfluchten jene, die ihre Häuser angesteckt hatten, und die Serbinnen verfluchten die Politik, die alles so weit hatte kommen lassen, aber untereinander verstanden sie sich besser als mit den eigenen Schwiegertöchtern und -müttern. Und die serbischen Kinder spielten weder Krieg noch sangen sie serbische Lieder, sondern guckten stumm herum, mit weit aufgerissenen Augen. Sie fürchteten sich. Wovor fürchteten sie sich? Vor kleinen Muslimen? Oder hatten die Erwachsenen ihnen das Singen und Kriegspielen verboten, weil die Amerikaner sie nicht nach Amerika lassen würden, wenn sie Tschetniklieder hörten?

Den kenn ich!, dachte Vuko, und der Schreck fuhr ihm in die Glieder, obwohl er sich nicht traute, den Mann genau anzusehen; ist der Grauhaarige da nicht der Masud aus Ustikolina?, lief es ihm ein paar Meter weiter kalt den Rücken hinunter; da steht Alija!, dachte er, aber glücklicher- oder seltsamerweise war es weder der Masud noch der Alija, noch erkannte überhaupt irgendjemand Vuko Šalipur in diesen höllischen siebzehn Tagen, obwohl im Übergangslager zu der Zeit Einwohner aus jenen Dörfern waren, durch die er Hunderte Male gezogen war, vor dem Krieg durch die Kneipen und im Frühjahr 1992 ganz wie jener berühmte Oberst Miša Jerotić, der den Kopf aus dem Panzer gesteckt hatte, so dass sich jedes Kind ein Leben lang an ihn erinnern würde, so wie es sich an den Schauspieler Bata Živojinović erinnerte.

Am vierzehnten Tag hatte er gedacht, jetzt ist es aus und vorbei. Auf einem Holzklotz neben der Eingangstür saß der achtzigjährige Almas Džafić, der sich mit dem Koran und den Kräutern auskannte und zwei Häuser neben den Šalipurs gewohnt hatte. Blind seit dem vorletzten Krieg, weiße Augäpfel mit zwei blauen Kreisen, wie von einem Kind mit Wasserfarben gemalt, kannte Almas alle Suren auswendig und wusste, welche Pflanze bei welcher Krankheit half. »Allah hat nichts geschaffen, was aus der Erde wächst und nicht ein Heilmittel für Mensch oder Tier wäre; wir werden krank, weil wir keine Wurzeln haben, die uns vor Krankheiten bewahren, aber in Kräutern und Sträuchern steckt, was uns fehlt«, pflegte er mit seinem dünnen Stimmchen zu sagen, aber niemand fand das lächerlich, denn es gab kein Kind im ganzen Pašin-Gaj, dem er nicht mindestens einmal mit seinen Salben und Cremes, Tees und getrockneten Waldbeeren das Leben gerettet hätte. Zweimal hatte er Vuko zurückgeholt, das erste Mal, als er noch in der Wiege lag und vom Fieber verzehrt wurde, das zweite Mal als erwachsenen Mann, dem die Gelbsucht in Kombination mit Alkohol zum Verhängnis zu werden drohte. Beide Male hatte Vukos Vater schon die Schachtel mit den Franz-Joseph-Dukaten aus dem Schuppen geholt und nachgezählt, ob es für die Beerdigung des Sohnes reichen würde. Almas hatte eine Tochter, Alma, unverheiratet, in ihren Vierzigern noch schön, die ihm aus gelehrten Büchern vorlas, was Menschen vor Gott tun müssen; er merkte sich alles, und die Muslime aus ganz Podrinje kamen und holten sich bei ihm Rat und Hilfe in bestimmten Lebensfragen. Das war der Grund, warum Vuko Šalipur Almas hasste, und dieses Gefühl größer war als jedes andere menschliche Gefühl. Die Serben heilte Almas, er half ihnen, am Leben zu bleiben, aber

Muslimen bot er etwas, was Vuko mehr bedeutete als das Leben: die Fähigkeit zu wachsen, reich zu werden, sich vom gebrauchten Fiat 500 über einen Golf zum Mercedes vorzuarbeiten, neue und schönere Häuser zu bauen, ohne mehr Geld zu haben, als Vuko und seinem Papa und jedem Serben im Dorf zur Verfügung stand, und dabei lächelten sie, wie ein Portier den Direktor anlächelt oder ein Fahrgast ohne Fahrschein den Kontrolleur, das Lächeln der Schwachen; für Vuko war es die Schwäche des Wolfs, der sich vor einem Pudel auf den Rücken wirft. Es wäre ihm lieber gewesen, Almas hätte ihnen Geld zugesteckt, ihnen Millionen zugesteckt und sie damit reich gemacht. Er empfing sie bei sich zu Hause und gab ihnen Dinge, von denen er nicht wusste, was es war, offenbarte ihnen Geheimnisse mit dem einzigen Ziel, Vukos Welt zu vernichten und für immer und ewig an die Buslinie Titovo Užice–Sarajevo zu ketten, mit dem einzigen Ziel, Vuko und die Seinen zu erniedrigen, also alle, die nicht wegen der Geheimnisse zu Almas kamen, mehrere Stunden blieben und erst, wenn es dämmerte, verheult und gramgebeugt wieder herauskamen. Er hatte sie so oft gesehen und nahm ihnen den Gram und die Tränen nicht ab. Er wusste, wie die Geschichte weiterging: Die dummen muslimischen Bauern bekamen das Paradies auf Erden im Pašin-Gaj, und die Serben, die Šalipurs, Ostojićs und Milanovićs, standen zähneknirschend daneben. Vielleicht hatte er sich das Knirschen auch nur eingebildet, denn als der Krieg begann, machte fast die Hälfte Anstalten zu fliehen oder half sogar den Muslimen bei der Flucht. Es hätte ihn nicht gewundert, wenn die Milanovićs und Ostojićs gemeinsam mit den Muslimen in den Streuobstwiesen oberhalb des Dorfes türkisches Gold und Devisen vergraben hätten.

Seit der erste Schuss gefallen war, schwankte Vuko zwischen Zorn und Verzweiflung. Warum merkten die Menschen nicht, wie sie und neben wem sie lebten? Und welche Chancen sich ihnen boten? Statt sich zu freuen, dass jetzt alles ihnen gehörte, der ganze Pašin-Gaj, alles bis zur Drina und von der Drina bis Bijelina, eine einmalige Gelegenheit, die sich nie wieder bieten würde, liefen sie mit gesenktem Blick und möglichst unauffällig durchs Dorf. Warum beklagten sich die Menschen ihr Leben lang, und kaum, dass sie alles haben könnten, würden sie am liebsten Haben und Nichthaben zurücklassen und verduften? Vuko war dabei gewesen, als die Häuser der Muslime von Pašin-Gaj brannten und das Minarett mitten in den Hof vom Popen Sava stürzte, weil der besoffene Jo Dinamitaš die Sprengladung falsch angebracht hatte, was kein Wunder war, denn Jo galt als Sprengstoffexperte, weil er in der Drina mit Dynamit fischte; Vuko war auch dabei gewesen, als fünf Reservisten aus Užice die schöne Alma aus dem Haus holten und sie zum Wochenendhäuschen von Dr. Demirović brachten, um ihr ein paar Fragen zu stellen; er war dabei, als Pope Sava verbot, den alten Almas mitsamt seinem Haus zu verbrennen: »Wenn ihr es nicht wisst, Gott weiß, warum man das nicht tun darf«, hatte er gesagt. Vuko Šalipur war dabei, als sie den Alten aus dem Haus führten, nackt wie ihn seine Mutter geboren hatte, »damit du nicht in den Unterhosen die Devisen versteckst«, feixte Veljo Ostojić hinter dem Grüppchen her, »pfui, der alte Sack«, Nachbarin Vera rümpfte die Nase, als sie an ihrem Hoftor vorbeikamen. Vuko überlegte, ob er ihm mit dem Stiefel in den nackten, schlaffen Hintern treten sollte, tat es aber nicht. »Auch dem Weisen schlägt die Stunde«, zischte er dem Alten ins Ohr und betonte den »Weisen« wie etwas, für das es sich lohnt zu warten, Jahre, Jahrzehnte, wenn es sein muss Jahrhunderte, »bis der Tag kommt, an dem sich unsere Schweine an der verkohlten Moscheetür kratzen«, wie es Förster Mitar ausgedrückt hätte. Almas zuckte zusammen, eher weil er die Stimme erkannte, als dass ihn die damit ausgesprochene Drohung erschreckt hätte. Wahrscheinlich war er sich sicher, dass sie ihn umbringen würden, was hätte er sonst denken sollen, warum sonst hätte man ihn nackt abgeführt; wahrscheinlich war es ihm aber unangenehm, dass seine Nachbarn mitmachten. Allah hatte sicher irgendwann irgendwo erklärt, warum man sogar jenem helfen soll, der dich später abstechen wird, auch wenn aus der Wiege noch seine reine Seele blinzelte. Almas fiel nicht ein, an welcher Stelle das stand und welche Lehre daraus folgte. Doch es kam weder auf die Stelle noch die Lehre an. Wichtig war allein, dass man Allah in Leid und Unglück in derselben Weise anzunehmen hat wie in Wohlstand und Frieden.

Vuko Šalipur ging seiner Arbeit nach, er drehte sich nicht mehr um, spürte den Weisen nicht zittern; er hatte gesagt, was er zu sagen hatte, den Satz wie einen Stein auf den Steinhaufen gelegt, und er dachte nicht darüber nach, was das Heer jetzt mit dem nackten Almas anstellen würde, da gab es nicht viel nachzudenken. Wollte man im Krieg über derartige Dinge nachdenken, man käme zu wenig anderem.

Am vierzehnten Tag seines amerikanischen Fegefeuers mitten in dem heruntergekommenen Belgrader Vorort stand Vuko Šalipur zwei Schrittlängen von Almas Džafić entfernt und hatte solche Angst, dass er nicht zu atmen wagte. Hätte er gehustet, der blinde Greis hätte ihn sofort erkannt, denn dessen

Ohren identifizierten Stimmen zuverlässiger als die Polizei Fingerabdrücke. Almas saß auf einem Holzklotz, stützte die Ellbogen auf den Knien ab und ließ seine Daumen hypnotisierend langsam umeinander kreisen, wie es alte Leute oft tun, aber Vuko sah das ganz anders. Er weiß, dass ich hier bin, er spürt es, und jetzt quält er mich, mit den Daumen wickelt er langsam meinen Lebensfaden auf, und kurz bevor er ihn aufgewickelt hat, wird er fragen: »Na, mein Sohn, wo tut's denn weh, Söhnchen Vuko, Allah hat uns ohne Wurzeln geschaffen, damit wir am Ende unter die Erde kommen und das Gras ernähren«, wird er sagen und dann ist alles vorbei. Vuko konnte sich nicht rühren, konnte einerseits keinen Schritt tun, ohne etwas zu sagen, aber andererseits würde ihn Almas erkennen, sobald er etwas sagte; jetzt schon ahnt er es, aber dann wäre es ganz klar, dachte er, bevor er ein Quäntchen Kraft zurückgewann, gerade genug, um die Flucht anzutreten.

In den zwei folgenden Tagen blieb er stumm, selbst wenn ihn jemand direkt ansprach. Wo immer er sich aufhielt, er war überzeugt, dass Almas ihn hören konnte. Im Hof vor dem Schlafsaal hörte man sowieso alles, jeden Laut und jeden Seufzer, gleichgültig, wie viel Lärm, Geschrei und Gekreisch ringsum herrschte. Am dritten Tag musste sich das ganze Lager mit Gepäck in Reih und Glied aufstellen, also mit ein paar Plastiktüten oder einem alten Koffer, mit dem man in den siebziger Jahren ans Meer gefahren war. Jeff stellte sich vor die Reihen, grinste von einem Ohr zum anderen und sagte unbeholfen: »Amerika vas čeka!« Seine Stellvertreterin, unser Mädchen, hielt einen halbstündigen Vortrag, wie man sich in den folgenden Stunden zu verhalten habe; nicht alle würden heute fliegen, sondern in Gruppen von ungefähr hundert Personen; sie werde jeden Morgen eine Liste verlesen, wer an der Reihe war; Beschwerden seien sinnlos, alles stehe fest, es ließe sich nichts mehr ändern: »Wenn Ihre Verwandten oder Landsleute zurückbleiben und Sie abfliegen, bitte keine Panik und keine Nörgeleien, die anderen kommen ein paar Tage später nach.« Dann schlug sie eine Kladde auf und rezitierte mit lauter Stimme, als sei sie Stellvertreterin des Allmächtigen und nicht des Amerikaners Jeff: »Heute fliegen von Surčin nach New York beziehungsweise Boston …« Vuko Šalipur traten Tränen in die Augen, dann wurde es schwarz und er bewusstlos. Aus Angst, sein Name würde verlesen und Almas könnte es hören, verabschiedete er sich aus dem wachen Zustand. Als Nächstes sah er über sich gebeugt einen grauhaarigen Mann mit Stethoskop, Jeff sowie eine Frau mit Damenbart und weißem Kittel, wahrscheinlich eine Krankenschwester. »Du wärst heute dran gewesen«, sagte der Amerikaner. Vuko sah ihn düster an und versuchte herauszufinden, was geschehen war: War er entdeckt, würde man ihn jetzt ins Gefängnis in der amerikanischen Militärbasis stecken, nach Den Haag ausliefern oder wer weiß wohin, oder bestand doch Hoffnung, dass sein Name nicht an Almas' Ohren gedrungen war? »Keine Angst, du fliegst eben morgen. Oder übermorgen. Ich werde dich irgendwie unterbringen. Du bleibst nicht hier. Dir fehlt nichts, du bist nur in Ohnmacht gefallen. Hast du nichts gefrühstückt? Aber ja, man muss frühstücken«, plapperte der Arzt. Vuko Šalipur fiel ein Stein vom Herzen. Vielleicht nicht vom Herzen, aber jedenfalls ein Stein, ein großer, schwerer Stein, und ein Schwarm kleiner Vögel flog darunter hervor, unzählige Vögel, die durch seine Blutbahnen flatterten.

Almas sah er nicht mehr, schon am nächsten Tag saß er in einem Flugzeug voller Serben auf dem Weg nach Amerika: Sie achten also trotz allem darauf zu trennen, was nie verbunden gehört hätte, dachte er und atmete auf. Bis zur Ankunft in Boston war er sturzbesoffen, von dem Gebräu, das die Fluggäste in ihren Taschen versteckt hatten, um sich Mut anzutrinken, und von dem Whisky, den er dank seines Charmes der Stewardess abluchste, obwohl sie ihren Job riskierte, wenn sie in der Luft an Immigranten Alkohol ausschenkte. Aber diese Amerikanerin konnte ihm so wenig widerstehen wie die meisten Frauen, die Vuko Šalipur in Amerika traf. Auf dem ersten Flug seines Lebens entdeckte er sein größtes Talent – eine kleine Goldgrube –, dessen er sich in Bosnien nicht bewusst gewesen war. Ob als Busfahrer, Panzerführer oder Kommandant, die Frauen hatten in ihm einen Muskelprotz und Betrüger gesehen, einen Rüpel, der mit Flüchen schnell bei der Hand, aber langsam im Denken war, einfach einen Säufer, den keine Mutter zum Schwiegersohn haben wollte. Aber dank der Stewardess begriff er, dass Schwiegersöhne in Amerika nicht weiter interessierten, man schätzte andere Dinge höher ein, welche, das würde Vuko nie begreifen, aber er hatte offenbar genug davon zu bieten, um eine ganze Division Balkan-Playboys auszustatten. In einem eigentümlichen Sprachgemisch, gespickt mit serbischen und deutschen Wörtern und dem Filmvokabular, das er für Englisch hielt, redete er mit seinen schwarzen Augen, vor allem jedoch mit Händen und Fingern, die geschmeidig wie in einem Broadway-Musical tanzten, und überzeugte die Stewardess, dass dieser Whisky extrem wichtig war, wichtiger jedenfalls als die Möglichkeit, dass sie morgen arbeitslos sein könnte. Die Amerikanerin sah in ihm Nick Nolte, den jungen Robert

Mitchum, Onkel Sam oder wer weiß wen; zudem bezaubert von der Tatsache, dass dieser schöne, unglaublich anziehende Mann aus einer destruktiven, wilden, wahnsinnigen und blutigen Welt kam, aus dem Unglück und der totalen Freiheit, die alles möglich macht und selbst die finstersten Leidenschaften nicht unbefriedigt lässt, gab sie ihm schließlich eine Decke, in die eine Flasche Whisky gewickelt war. Er, der zumindest in dieser Stunde über dem Atlantik in Wirklichkeit ein Bettler war, dankte es ihr nicht. Er verdeckte ein galantes Lächeln mit den Fingern, ein Neureicher, der sich nur einen Moment lang in Verlegenheit befindet und für den Dienst erkenntlich zeigt. Die Stewardess schwebte an dem in Viererreihen sitzenden bosnischen Unglück entlang nach vorne, als habe er ihr eine Diamantuhr mit seinem Konterfei zugesteckt.

In Boston musste Vuko Šalipur aus dem Flugzeug getragen werden; man drohte, ihn wegen des unerhörten Vorfalls in seinen Balkan zurückzubefördern, aber er war nicht nüchtern genug, um die Worte ernst zu nehmen. Oder er spürte den Bluff; ihn zurückzuschicken wäre ihnen bestimmt zu teuer. Amerika würde unter anderem der Ort werden, an dem Vuko – vermutlich wegen der hohen Qualität der Getränke, die keinen Methylalkohol enthalten durften – eine unglaublich Trinkfestigkeit erwerben sollte. Bald schon konnte er sich nicht nur trotz zwei Liter Whisky problemlos auf den Beinen halten, es fiel kaum noch auf, dass er betrunken war. Diese sehr männliche Fähigkeit schätzt man offenbar nicht nur in Bosnien, sie erhöhte seinen Charme auch für Amerikaner und Amerikanerinnen.

Nachdem er seine erste amerikanische Nacht im Rausch verschlafen hatte, ging Vuko seiner selbst gewählten Wege, die nie jene vom Immigrantenprogramm des State Department kreuzten, ein Programm, das der Integration in die amerikanische Gesellschaft dienen sollte. Für Sprachunterricht, Gespräche mit Psychologen und ähnlichen Scheißdreck habe er keine Zeit, wie er einem gewissen Zaviša erklärte, dem für ihn zuständigen Sozialarbeiter, der eines Morgens um halb acht mit einem Ordner voller Formulare und Fragebögen an seiner Tür klingelte. »Du brauchst mich nicht und besuchst mich am besten nie wieder, das nächste Mal bin ich nicht mehr so höflich. Schreib über mich lauter nette, freundliche Sachen, das reicht für die Monatsberichte und ist für uns beide besser so. Und weck mich auf keinen Fall noch mal um diese Uhrzeit, das ist verdammt riskant, sonst spür ich dich in Boston auf und stech dir die Augen aus, weil du mir auf die Eier gehst.« Zaviša starrte das offenbar vorzeitig geweckte Ungeheuer an, blinzelte, machte auf dem Absatz kehrt und kam tatsächlich nie wieder. Vuko holte regelmäßig sein Geld ab, und was in den Papieren über seine Integration stand, war letztlich unerheblich.

Er brauchte sechs Monate, um Lisa kennen zu lernen, die Tochter eines Bankers aus Boston, weitere zwei, um bei ihr in Salem einzuziehen, noch mal drei, um sie zu heiraten und schließlich gegen alle Regeln nach eineinhalb Jahren die amerikanische Staatsbürgerschaft zu erwerben. Von da an konnte er sicher sein, dass seine Taten im Krieg nicht mehr zählten, denn als Amerikaner konnte er vor kein Gericht der Welt gestellt werden außer vor ein amerikanisches, und bis die amerikanischen Gerichte die Vorgänge in Podrinje begriffen und die Višegrader Muslime genug Geld für amerikanische Rechtsanwälte gesammelt hatten, würde er seine Hände längst in Unschuld waschen und niemand könnte ihn mehr verklagen. Er war so sicher wie McDonald's in Biafra oder eine eiskalte Coca-Cola mitten in der Sahara. Mit dem neuen Pass wurde ein neuer Mensch geboren, er konnte alles werden, nur nicht Präsident von Amerika, und auch dass nur, weil Pašin-Gaj noch immer kein Teil der Vereinigten Staaten ist. Während er mit den Mercedes-Schlüsseln in der einen und den neuen Papieren in der anderen Tasche neben Lisa und deren Eltern im verglasten Dachgeschoss des Hilton den Blick über halb Amerika schweifen ließ, dachte er, wie schön es wäre, jetzt den alten Almas zu treffen und ihm zuzurufen: »Was ist, Weiser, hat dir immer noch nicht die Stunde geschlagen?!« Betrübt, weil sich dieser Wunsch nicht erfüllen, eher ein Kamel durchs Nadelöhr als ein Blinder aus Pašin-Gaj ins Hilton gehen würde, blieb Vuko Šalipur die Erinnerung an die größte Angst erhalten, die er im Leben ausgestanden hatte. Es war das Einzige, was wenigstens ein paar Schatten auf seine heitere Seele warf und ihn an den erinnerte, der er war.

Lisa war ein kluges, nettes Mädel, und alle liebten sie, wie Mädchen im Märchen eben geliebt werden. Sie hatte sich früh vom Reichtum des Vaters emanzipiert, Tausende Kilometer zwischen sich und Washington gelegt, um im Salemer Institut für ökologische Forschung innerhalb von drei Jahren von der wissenschaftlichen Assistentin zur Direktorin aufzusteigen. Sie liebte Vuko so wie er war oder wie sie dachte, dass er war. Seine nächtlichen Streifzüge durch zweifelhafte Bars, Spielhöllen und Treffpunkte der osteuropäischen Klein-Mafia störten sie nicht. Sie verzieh ihm mehrtägige Abwesenheiten, Ausflüge nach Toronto und Montreal, wo er sich angeblich mit alten Freunden traf und in Erinnerungen schwelgte. Sie fand ihn oft frühmorgens schlafend mit der Kloschüssel kuscheln, ertrug seine Wutanfälle, bei denen er den ganzen Hausrat kurz und klein schlug, weil sie nicht kapierte, was er von ihr wollte, obwohl er beispielsweise nur ein Glas Wasser verlangt hatte. Alles, was Vuko Lisa antat – und er tat ihr Schlimmeres an, als selbst die größte Schreckschraube vom Balkan diesem Schwiegersohn zugetraut hätte –, interpretierte Lisa als kulturelle Differenz, die sich mit der Zeit angleichen würde, an deren zwei gleich wertvollen Seiten man arbeiten müsse, damit sich diese anverwandelten und annäherten. Sie glaubte, alle Bosnier seien so, wie hätte es sonst diesen Krieg geben sollen, wenn es anders wäre. Denn Lisa wusste, dass keine Kultur der anderen überlegen und kein Volk wertvoller als das andere ist und man mit allen Menschen eine Beziehung aufbauen kann, und je schlimmer sich Vuko gebärdete, desto mehr steigerte sich Lisa in die Wahnvorstellung, eines Tages würden sie einander ähnlich, und damit könnte die Zauberformel der Zivilisation eingelöst sein. Die Kombination Washington–Pašin-Gaj, an die sie als Projekt glaubte, an Vukos und ihre eigene Renaissance, war in jeder, auch in erotischer Hinsicht sehr aufregend. Was sie sich als Schwächen und Unzulänglichkeiten ankreidete, würde weggewischt, etwa ihre Unfähigkeit, mit der Natur derart in Einklang zu leben, dass sie in einem Zelt am Fuß des Mount Hood bei 22 Grad unter null Käfer erforschte, die sich von Moos ernähren. Die Kraft dazu würde er ihr geben, schließlich leitete sich sein Name von vuk, der Wolf, ab, und das wilde Denken und die anthropologisch edle Herkunft machten ihn stark. Vuko wäre es zwar im Traum nicht eingefallen, bei minus 22 Grad draußen zu schlafen, aber er gab gern damit an, es jederzeit zu können. Andererseits war sie davon überzeugt, er würde sich für all die Tierchen interessieren, die Käfer, die Moos fressen und am Rand des Aussterbens stehen, und die Murmeltiere, von denen es schon weniger Exemplare gab als von den Indianern. Nun, genau genommen war nichts davon wirklich wichtig. Sie liebte ihn, und was immer er tat, es kam gegen diese Liebe nicht an. Sanft und leicht umspielte sie ihn, bis die Geschichte kippte und es Vuko endgültig reichte.

Er ahnte noch nichts vom Wendepunkt, als sie anfing, Hunde bei sich zu Hause vorm Abdecker zu bewahren, aber ohne diese Rettungsaktion wären sie noch zusammen. Die Stadtverwaltung hatte beschlossen, aus Hygienegründen die Stadt von streunenden Hunden und Katzen zu säubern, die sich in jüngster Zeit mächtig vermehrten, insbesondere seit die osteuropäischen Asylanten Salem erreicht hatten. Diese Leute hatten ein befremdliches Verhältnis zu Tieren, ob wild oder domestiziert. Sie gruben die Rasenflächen vor den ihnen zugeteilten Häusern um, pflanzten Paprika und Tomaten an und legten Hunde an die Kette, ließen sie nachts jedoch frei laufen, und wenn die Hündinnen dann Junge warfen, durfte der Wurf für einen oder zwei Monate mit ins Haus, dann wurden die Welpen in einen Karton oder den Kofferraum verfrachtet und am anderen Ende der Stadt ausgesetzt. Seit einer Titelgeschichte vor 22 Jahren, als Dissidenten aus den mittelasiatischen Sowjetrepubliken Küchenschaben mit Zucker gefüttert und als Mittelding zwischen Haustier und heiligem Tier gehalten hatten, war die Affäre mit den Salemer Hunden und Katzen und ihren gesetzlosen osteuropäischen Haltern die überzeugendste und größtes Aufsehen verursachende Veröffentlichung in der Öko- und Tierfreunde-Zeitschrift *Natureland*. Lisa verabscheute Menschen, die junge Hunde aussetzen, natürlich nicht – nicht einmal über Mütter, die ihre Babys in Armenhäusern abgaben, konnte man sich politisch korrekt aufregen, man kann schließlich nicht wissen, was sie zu diesem Schritt getrieben hat –, aber sie regte sich fürchterlich über die Absicht der Salemer Verwaltung auf, das Problem mit Zyklon B oder Spritzen zu lösen. Wie die meisten Enthusiasten aus ihrem Institut glaubte sie, dass man die ausgesetzten Hunde und Katzen retten könne, wenn man sie vorübergehend bei sich aufnahm und über Zeitungsanzeigen und TV-Spots in den ganzen Vereinigten Staaten von Amerika verkaufte. Die Rechnung musste aufgehen, zumal sie keinen Moment auf die Idee gekommen wäre, dass Vuko etwas gegen Hunde haben könnte – schließlich stammte er aus dem Kulturkreis, der mit seiner Naturnähe und Tierliebe das kommunale Problem erst geschaffen hatte.

Die ausgesetzten oder noch nicht einmal ausgesetzten Köter spazierten durchs Haus, schissen und pissten, bellten und balgten sich, belagerten Betten und Sofas, knurrten, wenn man sie davon vertreiben wollte, und Vukos Nerven lagen blank. Siebzehn waren bereits im Haus – Lisa bezahlte zwei Puertoricanerinnen, die sich nur um die Hunde kümmerten –, da kam sie letzten Donnerstag gegen fünf Uhr nachmittags mit einem gelben, höchstens zwei Monate alten Welpen an, den sie wie ein Baby im Arm trug und Vuko, der gerade Basketball im Fernsehen schaute, unter die Nase hielt: »Sieh mal, das liebe kleine Wesen, das Pelzengelchen.« Vuko schnaubte und sagte nichts. Bis zum Abendessen hatte sich der Kleine schon an mindestens zehn Stellen erleichtert, bis er den Fehler beging, der ihn das Leben kosten sollte. Er setzte einen niedlichen hellgelben Haufen in Vukos Hausschlappen.

Der sah nicht hin, als er mit dem Fuß in den Schlappen fuhr, aber dann quetschte sich etwas Glitschiges zwischen seine Zehen, er bückte sich, zog den Schlappen aus und brüllte: »Lisaaa!« Sie kam aus ihrem Zimmer gerannt: »Was ist passiert?« Auf der Nase hatte sie die Brille, die sie nur für die Arbeit am Rechner benutzte. Vuko schnitt eine Grimasse, wiederholte ihre Worte und stockte – auf Englisch fiel ihm kein Fluch ein, der nach Beleidigung und nicht nach Filmzitat klang –, drehte sich um, packte den kleinen gelben Hund und trug ihn zu ihr: »Sieh dir das an! Und jetzt schau genau her!«

Er brach dem Hund das Genick, und das gab ein Geräusch wie beim Italiener, wenn die dicke Köchin über dem siedenden Wasser ein Bündel Spaghetti in zwei Hälften bricht. Von diesem Moment an glaubte Lisa eher dem, was sie hörte, als dem, was sie sah. Vuko hatte den Kopf des kleinen Geschöpfs um 360 Grad verdreht und die leeren Augen spiegelten den Glanz der Knöpfe an seinem Hemd. Lisa wollte noch immer nicht glauben, dass es vorbei war, sie schrie ihn an, zum ersten Mal, seit sie zusammen waren, warf ihm Beleidigungen an den Kopf – wer weiß, wie viel er davon verstand –, heulte hysterisch, schlug mit ihren kleinen Fäusten gegen seine Brust. Vuko stand da, ohne das tote pelzige Objekt loszulassen, seine Jagdbeute, leer und seltsam gleichgültig. Er hatte seine Wut verbraucht, die sich, seit sie diese Köter ins Haus schleppte, aufgestaut hatte, und hätte jetzt am liebsten was getrunken.

Aber das ging in dieser Situation nicht. Er musste stehen bleiben, bis der Sturm abflaute, und während er derart fast ins Nirwana entrückt stand, blicklos, taub und leise schwankend die Sekunden zählte, verpasste Lisa ihm eine Ohrfeige. Vukos Kopf flog herum, er hatte sich zu sehr entspannt, er schmeckte Blut, es sauste in seinen Ohren, als würde in seinem Kopf ein brasilianisches Orchester mit diesem ganzen Gerassel und Geklimper aufspielen. Und wenn sie es noch millionenfach versuchte, Lisa würde im ganzen Leben keine zweite so vollendete Ohrfeige zustande bringen, technisch sauber und in jeder Hinsicht der Anleitung eines Lehrbuchs für Maulschellen und Ohrfeigen entsprechend. Und selbst wenn Vuko hundert Jahre lang täglich von Schwergewichtsboxern verprügelt werden würde, er würde nie wieder so groggy sein. Er sah sie an, als sähe er sie zum ersten Mal. Es geschah in der fünften oder sechsten Minute der Szene, also nicht im Affekt.

Lisa hatte begriffen, dass es sich nicht um kulturelle Unterschiede handelte, denn es mag ja Völker geben, die sich bis zur gegenseitigen Ausrottung umbringen, aber es gibt keines, in dem es als normal gilt, Babys, und seien es Hundebabys, das Genick zu brechen. Er hatte die Grenzen des für sie Erträglichen übertreten. Sie glaubte nicht mehr daran, dass er sich ihr Verhalten zum Vorbild nähme. Deshalb griff Lisa von einem Moment auf den anderen zu stärkeren Mitteln, um den Delinquenten, ebenso missionarisch wie zuvor bei der wechselseitigen Veredelung zweier Kulturen, zu erziehen. Wieder konnte nichts sie bremsen, verunsichern oder dazu bringen, von Vuko abzulassen.

Zwei Tage dauert der häusliche Krieg, zwei Tage ging Lisa nicht zur Arbeit und versuchte, aus Vuko Šalipur einen Menschen zu machen. In der Annahme, Menschen würden wie Hamburger geformt, erklärte sie ihm systematisch, ohne ein zweites Mal die Nerven zu verlieren, kraftvoll und präzise wie ein Hurrikan, der die Häuser von Santa Monica zerstört, den Wert aller Dinge im Kosmos, den Sinn jeder menschlichen Regung und die Größe der kleinen Hundeseele, dessen zerstörtes Leben wertvoller war als das Leben aller Überlebenden zusammengenommen, so wie jedes zerstörte Leben wertvoller war als alles übrige Leben auf der Erde. Sie predigte gegen seine Verrohung und erläuterte, der Schritt von einem Menschen, der Hunde umbringt, zu einem Menschen, der Menschen umbringt, sei so winzig klein, dass man ihn mit dem bloßen Auge nicht sehen könne. Hundemörder brächten Zweibeiner nur deshalb nicht um, weil sie Angst vor der Polizei hätten. »Aber diese Angst trägt nicht weit«, erklärte sie ihm, »sie lässt sich überwinden. Und außerdem könnte es sein, dass die Polizei Mörder nicht mehr am Morden hindert. Nehmen wir mal an, ein Krieg bricht aus«, sagte sie, und ob er, ihr Vuko, sie dann morgen oder übermorgen oder in fünf Jahren umbringen wolle, ihr den Hals umdrehen wolle, der sei schließlich auch nicht kräftiger und widerstandsfähiger als der des gelben Hündchens, oder ob er in Kriegszeiten ein amerikanischer Held werden wolle? Wenn er sich dafür entscheiden sollte, würde sie alles, aber auch wirklich alles unternehmen, um ihn davon abzubringen! Notfalls auch mit Lobotomie oder Elektroschocks. Denn es sei das geringere Übel, Möchtegernkriegshelden mit Elektroschocks zu behandeln, als sie auf Vietnamesen oder Afghanen loszulassen. Und wieso er das nicht verstehe, er, der mit dem Krepieren

Erfahrung hätte und in Bosnien gleichsam Vietnamese oder Afghane gewesen und als kleiner gelber Hund in die USA eingereist sei? Welche Verrohung da aus ihm spräche, fuchtelte sie mit der Faust unter seiner Nase herum, dass er zum Mörder wurde? Ob er das in Amerika gelernt hätte? Wenn ja, würde sie auf dem Absatz kehrtmachen und sich vor dem Rathaus selbst verbrennen.

Vuko tobte und wütete und verfiel dann wieder in Starrheit, saß da und starrte vor sich hin und verstand immer weniger, was ihm widerfuhr. Das war nicht mehr seine Frau, die er liebte oder nicht liebte – er wusste nicht, was zutraf, und er konnte darüber auch nicht nachdenken, denn sobald er an Lisa dachte, dachte er an viel Geld, den Mercedes und – das mit Abstand Wichtigste – den amerikanischen Pass, der ihn vor jeder erdenklichen Scheiße bewahrte und ihm sämtliche Polizisten und Gerichte vom Hals hielt, die innerhalb und außerhalb von Bosnien hinter ihm her waren; das war nicht mehr Lisa, so viel begriff er, sie hatte sich in jemand anderen verwandelt, jemanden, den er sein Leben lang, also gut kannte, und der denselben unerträglichen Quatsch über Gut und Böse, Lebende und Tote, Gott und Kosmos faselte; Lisa hatte sich in den blinden Weisen Almas Džafić verwandelt. Sie hatte sich in eine menschliche Spezies verwandelt, von der er bisher nicht gewusst hatte, dass es sich um eine Spezies handelte, und die bereit ist, zwischen Menschen und Hunden nicht zu unterscheiden.

Am dritten Kriegstag nutzte er die Gelegenheit, als Lisa von Müdigkeit übermannt auf dem Sofa eingeschlafen war. Er nahm die Schlüssel vom Mercedes, das Bargeld, das er zu ihrem Entsetzen und Unverständnis in einem Briefumschlag unter der Besteckschublade aufbewahrte, stand kurz neben ihrem Kopf, streifte mit Daumen und Zeigefinger ihre Haare und ging. Eine Zeit lang fuhr er ziellos durch die Stadt, besuchte die Kneipen, in denen er die Nächte durchgemacht hatte, aß bei Boša Bugarin zu Abend, versuchte sein Glück dreimal beim Roulette, verlor dreimal und machte sich auf den Weg.

Er war noch keine Stunde gefahren, als er im Straßengraben erst Buick Rivera und dann Hasan Hujdur sah, der die Arme wild durch die Luft schwenkte. Da muss es Tote gegeben haben, schloss er aus dem Wedeln und hielt an. Das war eines der wenigen moralischen Gebote, die Vuko Šalipur anerkannte und niemals übertreten hätte: »Wenn du einen Unfall siehst oder jemand, Gott behüte, der mit seinem Wagen liegen geblieben ist, spielt es keine Rolle, ob du es eilig hast oder die Sitze voll gekotzt werden, du musst helfen.«

Hasan war außer sich.

»Was ist passiert?«, fragte Vuko und fuhr fort: »Gibt es Tote?«

Hasan stutzte. »Du bist einer von uns!«, sagte er in Vukos Sprache.

»Wie man's nimmt.«

Man gab sich die Hand.

»Vuko.«

»Hasan.«

Und so wallte mitten im verschneiten Oregon zum ersten Mal in der Geschichte dieses Landes oder wenigstens dieser Landstraße ein Gefühl auf, das seit Jahrhunderten durch die bosnischen Wälder weht und der Daseinsgrund jenes Landes ist.

Er misstraut mir, denkt der eine wie der andere und lächelt ein Wolfslächeln, das dem anderen Wolf in der gemeinsamen Gefangenschaft zeigen soll: Ich bin nicht gefährlich und denke nichts Böses. Eigentlich ist es kein Misstrauen, man argwöhnt nur, der andere könnte Misstrauen hegen, wann immer man einem anderen die Hand schüttelt, in Oregon wie im Balkan; einer würde für den anderen eher in den Tod gehen als leibliche Brüder in der übrigen Welt, einer würde den anderen aber auch schneller umbringen, und die Gründe dafür wären zahlreich. Alles hängt von Ort und Zeit der Handlung ab, und die Ursachen von Liebe und Hass sind dieselben. Man tauscht Opfer in derselben Weise, wie man andernorts Grüße tauscht, ebenso aufmerksam und nach einem vergleichbaren Protokoll. Hasan Hujdur hatte in über zwanzig amerikanischen Jahren viel vergessen, nicht zuletzt alle Gründe für Hass und Krieg, aber dieses Gefühl erkannte er sofort wieder. Vieles ist in Vuko abgestorben und zerstört, mehr durch ihn selbst als durch andere, nicht jedoch die Notwendigkeit dieses Lächelns, das lang, lang vor seiner Geburt jede praktische Relevanz verloren hat. Einer würde dem anderen ein Glas Blut von der Halsschlagader abzapfen, wie man in einer gemäßigteren Gesellschaft nicht einmal ein Glas Wasser zapfen würde.

»Fünfzehn Jahre bin ich nicht mehr unten gewesen.« Er stand neben Buick Rivera, während Vuko versuchte, das Abschleppseil zu befestigen. »Ich wollte nicht, solange Krieg war, nicht so sehr, weil ich Angst hatte, eher weil ich den Hass nicht erleben wollte.«

Vuko lag auf dem Rücken und schob sich unter den Buick, sein Pullover wurde dabei hochgeschoben und sein nackter Rücken schmolz den Schnee.

»Den gab es früher nicht, und ich verstehe nicht, woher er kommt.«

Vuko suchte den Ring, in den der Haken eingehängt werden musste.

»Aber nun würde ich schon gern mal fahren, schauen, wie es jetzt da aussieht, und Leute treffen, wenn sie noch leben«, redete Hasan weiter und sah verlegen unter sich, weil er nicht wusste, wie er helfen konnte.

»Da ist das Ding, zum Kuckuck mit diesen amerikanischen Schlitten«, Vuko hatte es endlich geschafft, »setz dich ans Steuer und schlag die Räder leicht nach rechts ein«, er befestigte das andere Ende des Abschleppseils an der Stoßstange des Mercedes, »wir ziehen ihn raus, verdammt noch mal.«

Eine gute halbe Stunde kämpften sie, um das tonnenschwere Beispiel für die romantische Epoche der amerikanischen Automobilindustrie aus dem Graben zu ziehen. Manchmal schien es, als arbeite Buick Rivera wie ein Ertrinkender gegen die eigene Rettung an und wollte den Mercedes-Geländewagen, Liebling europäischer Millionäre und Wochenend-Abenteurer, mit sich reißen. Manchmal fehlte nur ein halber Meter bis zur Fahrbahn, und dann rutschte er noch tiefer in den Schnee. Hasan schwitzte, obwohl es seit langem unter minus zwanzig Grad war, mehr aus Scham, als weil es so anstrengend gewesen wäre.

Es war zu dumm, ihm waren nur die Augen zugefallen, als er einem Gedanken nachging, der ihm in die Dunkelheit entglitt, und schon saß er im Graben. Er war über dem Gedanken eingenickt, was er Angela antworten würde, falls sie noch einmal behaupten sollte, Buick Rivera verbrauche zu viel Sprit und sie müssten einen Toyota kaufen. Er hatte sich wie ein kleiner Tormann auf den Betonboden des Spielfelds geworfen, um diesen Satz zu halten, nur um jetzt so erniedrigt zu sein. So lieb es ihm war, auf »einen von uns« zu treffen – jeder andere hätte bestenfalls den Abschleppdienst gerufen und wäre seines Weges gefahren, und auch das nur, wenn er einer fundamentalistischen christlichen Sekte angehört hätte und sich deswegen schon in der Hölle schmoren sah, wenn er den in Not Geratenen nicht beistand –, so sehr drückte es auf seine Stimmung, dass ihm einer half, der jede seiner Bewegungen und Anspielungen erkannte und zu deuten wusste. Sich schämen fällt leicht vor Menschen, denen die Scham nicht auffällt. Noch einfacher kann man sich in einer Gesellschaft zum Narren machen, die nicht weiß, was es heißt, sich zum Narren zu machen. Schrecklich ist es hingegen in einer Gesellschaft, die deine Schwäche bemerkt, noch bevor du selbst sie spürst.

Vuko legte sich in seinem Mercedes wutentbrannt ins Zeug, er brauchte den Erfolg, hungerte nach Bewunderung, denn seit dieser Scheiße mit dem Köter hatte er in niemands Augen Bewunderung für sich gesehen, und dabei hatte er sich, seit er in Amerika war, so sehr daran gewöhnt, eines der Dinge, die einem erst in dem Moment bewusst werden, in dem man sie vermisst. Bewunderung war seine Droge. Er wurde nervös, wenn Lisa verreist war und er dann auch noch keinen seiner Bekannten in der Stadt traf, seine Landsleute, die großen und kleinen Dealer und Betrüger, die die Polizei nie überführte. Bissig lief er herum, drohte der Bedienung an der Zapfsäule, schleuderte der Kassiererin das Kleingeld ins Gesicht und suchte verzweifelt den, in dessen Augen er sein wahres Selbst erblickte, um endlich Frieden zu finden. Allein gelassen wird man schwach und schwächer. »Verdammt, zieh!«, knurrte er und schlug mit der Hand aufs Lenkrad, aber der Mercedes schaffte es nicht, und er war auch nicht in der Lage, die so unterschiedlichen Probleme der beiden Männer zu lösen.

Sie standen am Straßenrand und starrten einander an.

»Hast du ein Handy?« Hasan begriff, dass er die Kapitulation unterschreiben musste. Der Einfall, Angela abzuholen, führte, statt sein Gewissen zu beruhigen, zu neuem Ungemach, verursachte ungeahnte Verwicklungen, von denen er zu diesem Zeitpunkt noch nicht wissen konnte, wie sie sich aufbauschen würden und auf die er sich nicht vorbereiten konnte. »Hallo Geli ... Ich bin unterwegs, draußen, im Schnee. Geli, ich hatte einen kleinen Unfall ... Nein, mir ist nichts passiert ... Mein Hals ist in Ordnung, es tut nichts weh ... Nein, ich habe den Notarzt nicht gerufen, warum sollte ich. Hallo, Angela, hör zu, ich bin von der Straße abgekommen ... Nein, die Reifen sind vollkommen in Ordnung. Ich bin schuld ... Nein, ich bin schuld, nicht das Auto. Ich bin eingeschlafen und von der Straße abgekommen. Aber es ist nichts kaputtgegangen ... Nein, es muss nicht in die Werkstatt, aber wir können es nicht herausziehen ... Ein Herr, ich benutze sein Handy. Ich will dir nur sagen, dass ich dich nicht abholen kann ... Al Rahimi ist schon weg? ... Oje! Weißt du was, geh am besten ins Hotel. Ich hol dich morgen ab ... Warum willst du nicht? Gut, dann bleib da, wo du gerade bist ... Bestell dir ein Taxi ... Doch, jetzt fahren auch noch Taxis, warum sollten sie nicht fahren, die fahren doch die ganze Nacht ... Ich weiß nicht, wie viel das bis Toledo kostet, ist doch egal ... Ich komme schon heim, wahrscheinlich bin ich vor dir da ... Warum willst du das nicht? ... Gut, dann bleib eben bis morgen früh da sitzen ... Nein, ich bin nicht herzlos, ich bin auch nicht böse. Mach einfach, was du für das Beste hältst ... Genau, das meine ich auch. Wart mal kurz ...«

Vuko stieß Hasan an, winkte ihm, klappte den Mund auf und zu, bis er endlich durchdrang: »Hör mal, mein Freund, ich seh doch, in welcher Lage du bist. Am besten fahre ich dich nach Salem. Dort holst du deine Frau, und ich fahr euch zurück. Unterwegs rufen wir den Abschleppdienst, damit er deinen Schrotthaufen herausholt.«

Hasan schüttelte den Kopf und hob abwehrend die Hand. »Kommt nicht in Frage. Das ist nicht nötig.«

Vuko zog ihn am Ärmel Richtung Mercedes: »Natürlich ist es nötig, das ist doch sonnenklar, du würdest für mich dasselbe tun!« Das ist immer das schlagendste Argument bei solchen Überredungsversuchen, denn wer würde schon sagen: Nein, würde ich nicht.

»Warum solltest du jetzt zwanzig Kilometer zurückfahren?« Hasan schämte sich nur noch mehr.

»Ich habe Zeit, mach schon, wir wollen doch nicht wie diese amerikanischen Arschlöcher werden.«

Schließlich saß Hasan im Mercedes.

»Hallo Geli, Kommando zurück, ich komme doch zu dir ...«

»Nein, nein, wir bekommen ihn nicht heraus, der Herr, der mir geholfen hat, nimmt mich mit. Buick Rivera bleibt dort, bis ...«

Und so fuhren sie nach Salem, zwei Menschen, die genug voneinander wussten, um miteinander intim zu werden, obwohl sie sich überhaupt nicht kannten. Was sie allerdings voneinander hörten, führte sie zu falschen Schlüssen. Hasan sah in Vuko einen von uns, einen typischen Landsmann in der großen weiten Welt, durch und durch gut, wälzt sich sogar im Schnee, um dir zu helfen, und genießt es, so etwas wie »amerikanische Arschlöcher« zu sagen. Es war eine Chiffre für das Gemeinsame, durch das wir uns in einer Gesellschaft, die nicht die unsere ist, auserwählt fühlen; sie erniedrigt uns, damit wir uns anpassen, und wenn wir jemanden treffen, mit dem wir auf Augenhöhe über die amerikanischen Arschlöcher lästern können, sind wir überglücklich und zufrieden.

Für Vuko war Hasan nur ein Muslim, so dachte er eben, aber ein guter und ehrlicher Muslim, was es in seinem Dorf nicht gegeben hatte. Einem solchen Menschen würde er lieber als einem Amerikaner oder Serben helfen, denn Vuko ist keinesfalls Nationalist, er hasst niemanden, nur weil der einen anderen Glauben hat, darauf legt er großen Wert. Vor langer Zeit schon hatte es sich in seinem Kopf als Tatsache festgesetzt, dass Tito nicht der größte Sohn unserer Völker und Volksgruppen, sondern ein Lump gewesen war, dessen vorrangiges Ziel darin bestand, alles Serbische von der Erde zu tilgen; das Geschwätz von Brüderlichkeit & Einheit war ein einziges Ablenkungsmanöver gewesen, und sie hatten zwar fünfzig Jahre lang die Messer gewetzt und die Gewehre geölt, aber dass sie andere hassten, nur weil sie Muslime oder Katholiken waren, das war nie vorgekommen. Selbst im Krieg und selbst unter den größten Hitzköpfen nicht, deren Gesichter man vor lauter Pelzkappe, Bart und Kokarde nicht sah. In einem einzigen Blick seines Schwiegervaters auf den Portier aus Puerto Rico lag mehr Hass als in allem bosnischen Kriegen zusammengenommen. Davon war Vuko überzeugt. Wir haben uns nie so gehasst, wie die hier hassen. Wir haben nur Missverständnisse geklärt. Es gab Dörfer, in denen Tausende charakterverdorbener Muslime gelebt hatten, erwiesenermaßen und eindeutig verdorbene Muslime. So wie es auf der Welt sicher Dörfer mit verdorbenen Franzosen, Deutschen und Amerikanern gibt. So wie es auch Dörfer mit verdorbenen Serben gibt. Und was willst du machen, wenn du aus so einem Dorf kommst, aber weder Muslim noch verdorben bist. Es hatte zehn, vielleicht zwanzig solcher Dörfer gegeben, also hatten sie auf die einzig mögliche Art die Missverständnisse geklärt. Die Serben hassten niemanden. Aber diese zehn, vielleicht zwanzig Dörfer genügten, so viel wusste Vuko genau, um ein Unglück zu produzieren, sobald Fremde kommen und alles auf ihre Art interpretierten; sie sahen verbrannte Häuser und Menschen auf der Flucht, weinende Omas und Panzer, die sie vor sich hertrieben, und dann guckten sie in ihre Bücher, blätterten ein wenig darin und sagten: Das ist ein Genozid. Was für ein Genozid, um Gottes willen? Was soll das für ein Genozid sein, wenn keiner keinen gehasst hat? Haben die Serben nicht auch Emina und Alma und Fatima besungen? Natürlich haben sie das. Vor dem Krieg und während des Kriegs und bestimmt auch danach. Haben die Weißen im Zeitalter der Sklaverei die Lieder der Schwarzen gesungen? Hat Hitler schöne Jüdinnen besungen? Nein. Natürlich nicht. Das ist er, Vuko zufolge, der Unterschied zwischen einem Genozid und dem Klären von Missverständnissen.

»So ein Elend für dieses Land und für uns alle«, sagte er.

»Für Amerika?«

»Ach was, Amerika. Für Bosnien, jadan ne bio ...«

»Ja, stimmt, jadan ne bio ...«

»Und wie soll man das ins Englische übersetzen, jadan ne

bio? Wie soll man das denen sagen, so dass sie es verstehen können?«

»Keine Chance.«

»Siehst du. Jadan ne bio. Das gilt auch für den Amerikaner...«

»Würde gelten, wenn er es verstehen würde.«

Sie schlugen einen weiten Bogen um das einzige Thema, das sie interessierte, und hielten sich beide bedeckt, Hasan, weil er es für unhöflich hielt, den Menschen neben sich auszufragen, woher er komme, was er hier mache und was er dort gemacht habe, Vuko, weil er die Fragen, die er gern gestellt hätte, selbst nicht beantworten mochte. Er hatte sich nicht zurechtgelegt, was er in einer solchen Situation sagen würde, und nichts lag ihm ferner, als die Wahrheit zu sagen oder Hasan zu erklären, was es in Pašin-Gaj bedeutete, die Schwelle zum eigenen Haus zu verteidigen, was für ein Mensch der blinde Weise war, was er den Menschen unabhängig von deren Glaubensbekenntnis angetan hatte und dass der dafür büßen musste, denn so sympathisch ihm dieser Muslim sein mochte, er würde es wohl kaum begreifen, und wer weiß, vielleicht hat er eine Pistole in der Tasche und Vuko würde wegen seiner geschwätzigen Zunge im Namen Gottes seinen Kopf verlieren.

»Was für Papiere hast du?« Er wollte dann doch etwas Konkretes erfahren.

»Ein grünes Stück Pappe und den bosnischen Pass und, solange es Jugoslawien gab, den jugoslawischen.«

Schau, schau, wer sein Maul nicht hält, gibt dem Teufel freie Hand!

»Ich hab zum Glück den amerikanischen, ich will mit der ganzen Scheiße da unten nichts mehr zu tun haben.«

Aha, aber die Amerikaner sind für ihn Arschlöcher!

»Vor dem Krieg war es mir egal, da habe ich die amerikanische Staatsbürgerschaft nicht beantragt, als der Krieg anfing, haben sie die Kriterien verschärft, da habe ich sie wieder nicht beantragt, und dabei hätte ich sie zwanzigmal in diesen zwanzig Jahren bekommen können. Seit wann bist du in Amerika?«

Vuko hüstelte, um Zeit zu gewinnen.

»Gut fünf Jahre ...«

»Das ging aber schnell ... «

»Meine Frau ist Amerikanerin und ihr Papa ein hohes Tier, ein paar Milliarden Dollar schwer. Deine ist nicht Amerikanerin?«

»Nein, aber sie hat den Pass. Sie ist Deutsche.«

»Ui, eine Deutsche. Wie hast du die denn kennen gelernt?«

»Na, du weißt doch, wie das geht.«

»Ja ...«

»Man weiß nie, wo einen was erwartet. Und wo man heiratet.«

In Hasans Fall war es tatsächlich so gewesen. Angela hatte er in der jugoslawischen Botschaft in Washington kennen gelernt, in jenem Jahr, in dem die Olympiade in Sarajevo stattfand. Er musste seinen Pass verlängern lassen, sie begleitete bosnische Schauspieler, die mit der Hasanaginica durch Amerika tourten. Hätte sich der Hasanaga nicht nach der Vorstellung in irgendeinem Kaff bei Seattle mit den ortsansässigen Taschendieben dem Suff ergeben, hätten ihm seine Saufkumpanen nicht beim siebten Wegbringen des Biers von hinten eins auf die Rübe gegeben und den Pass geklaut, hätte nicht ausgerechnet Angela Raubal angeboten, die Truppe zu einem touristischen Ausflug nach Washington zu begleiten, wenn man schon wegen Hasanagas Alkoholsucht dort einen neuen Pass organisieren musste, hätte Hasan sie niemals kennen gelernt, ebenso wenig wie wenn die Olympischen Winterspiele einer anderen Stadt zugeteilt worden wären, denn dann wären die bosnischen Schauspieler nicht zu einer Tournee eingeladen worden.

»Für unsere Ehe sind Säufer, Gauner und Olympia verantwortlich«, scherzte er, Angela im Arm, in jenen glücklichen Tagen, als sein Vater und seine Mutter noch lebten und regelmäßig über Neujahr nach Toledo kamen.

»Hast du Probleme mit ihr?« Vuko fand es dann doch am unverfänglichsten, über die Frauen zu reden.

»Nein. Jedenfalls nicht mehr als in jeder Ehe. Eine Ehe ohne Streit, dass ist wie Bohnen ohne Suppe, das gibt es einfach nicht...«

»Na ja, nur dass es kleine und große Probleme gibt. Die großen kommen, wenn es keine kleinen gibt und man sich dran gewöhnt hat. So war's bei mir. Bis vor ein paar Tagen war meine Ehe perfekt. Nicht das kleinste Problemchen. Wir haben uns nicht mal schief angeschaut! Und dann bricht innerhalb von fünf Minuten ein richtiges Unwetter los. Hundeviecher, und zwar keineswegs sauteure Rassehunde, sondern ordinäre Straßenköter waren ihr plötzlich wichtiger als ich. Sie hat sie so lange angeschleppt, bis ich ausgerastet bin. Wenn mir das vorher jemand erzählt hätte, ich hätte es nicht geglaubt. Nie im Leben! Das gibt es nirgends sonst, dass den Frauen Köter wichtiger als ihre Männer sind! Nicht wahr? Ach, verfluchte Scheiße, an die dreißig Viecher hat sie ins Haus gebracht, und jedes einzelne war ihr wichtiger als ich. Fehlte nur noch, dass sie zu mir Schlappschwanz gesagt hätte. ›Vuko, von diesem Schlappohr kannst du viel lernen! Vuko, Hunde sind die besseren Menschen …‹ Und was war das Ende vom Lied? Ich bin abgehauen. Sieh mich an! So wie ich hier sitze, bin ich heute Mittag weg. Für immer. Ich hab sie in die Wüste geschickt, sie und ihre Köter, und damit basta. Mit ein paar kleinen Problemen wäre vielleicht alles anders gekommen.«

Jetzt war Hasan klar, warum ihn der Mann nach Salem kutschierte, obwohl es in der entgegengesetzten Richtung lag. Ein Verzweifelter. Sicher wäre er am liebsten nach Hause gefahren.

»Muss ja nicht so schlimm kommen. Man rastet aus und haut ab, und nach einiger Zeit geht man wieder zurück. Alles schon vorgekommen.« Hasan fand das Szenario halbwegs logisch.

Vuko warf ihm einen Blick zu, der Fensterscheiben mitten im Sommer mit Eisblumen überzogen hätte. »Nicht bei mir. Wenn ich weggehe, dann bin ich weg. Da gibt es kein Zurück. So einer bin ich nicht. Klar, manche türmen einmal pro Woche und kommen jedes Mal zurück. Weicheier. Mann, so einer bin ich nicht. Versteh mich nicht falsch, aber in dem Punkt bin ich durch und durch Serbe. Hart wie Buchenholz. Da geht keine Axt durch. Das hab ich von meinem Papa: Wenn du einmal gehst, dann für immer. Als Kind habe ich mal ein Fahrrad aus einem Laden geklaut, bin den ganzen Tag damit herumgefahren, und als ich genug hatte, bekam ich Schiss, dass mich jemand als Dieb anzeigt, und da hab ich das Fahrrad zurückgebracht. Na, und dabei haben sie mich erwischt. Papa hat mich abgeholt, hat keinen Ton gesagt, mich nach Hause gebracht, Hosen runter, sagt er, bitte nicht, Papa!,

Hosen runter!, ich die Hosen runter, und er versohlt mir mit der Pferdepeitsche den nackten Hintern. Das fürs Klauen, das fürs Zurückbringen, das fürs Klauen, das fürs Zurückbringen. Und das je fünfzigmal. Die Haut hing mir in Striemen vom Hintern runter, die Tante musste mich zum Almas bringen, der kannte sich mit Kräutern aus. Einen Monat lang hat er mir Umschläge gemacht, ein halbes Jahr später konnte ich zum ersten Mal wieder richtig sitzen. Aber aufgepasst! Die Hälfte war fürs Klauen von dem Fahrrad, die andere Hälfte fürs Zurückbringen. Verstehst du? Und mein Papa hatte Recht. Heute bin ich ihm dankbar dafür, Gott sei seiner Seele gnädig. Aber wie der mich versohlt hat, das hat geprasselt, wie wenn du Maroni ins Feuer schmeißt.«

Hasan nickte, das verstand er, wie sollte er nicht; er suchte nach einem neuen Gesprächsthema, aber ihm fiel partout nichts ein. Ich kann jetzt nicht von Schnee und Kälte anfangen, ich könnte über eine Krankheit klagen, aber wie?, ich könnte fragen, ob es so ein normales Kinderfahrrad war oder eins mit Bananensattel, bei uns wurden die von Rog in Ljubljana produziert, nicht wahr?, oder war's von einem anderen Hersteller, vielleicht dem in Priboj, oder hatte Unis in Vogošac auch Fahrräder im Programm? Es lag ihm auf der Zunge, und trotzdem fand er nicht das richtige Wort, das wie eine funktionstüchtige Regenrinne den Schwall abgelenkt hätte. Ihm wurde es zu eng, sein Sitz war zu nah an Vuko dran, ihre Knie berührten sich fast, durch die Luftschneise dazwischen hätte kein Spatz mit ausgebreiteten Flügeln segeln können. Der hätte sich auch weggeduckt und vor so einem in Acht genommen, der mit solcher Wonne davon erzählte, wie ihn der Vater verdroschen hat, als wär's gelogen oder als würde er am liebsten anderen dieselbe Lektion erteilen. Das war keine Geschichte aus der Heimat, mit Bosnien hatte das nichts mehr zu tun, da mochten sich Nachbarn den Schädel einschlagen, da mochte der Vater die Seele aus seinem Kind prügeln, warum auch nicht, wenn er sie schon aus der Frau geprügelt hatte, aber als Ritual war das Prügeln ebenso wenig üblich wie das beidseitige Genießen von Prügelstrafen: Der Vater bringt den Sohn fast um, und der Sohn brüstet sich damit! Das war etwas, das Hasan so nicht kannte, es klang beängstigend, wie die Schauergeschichten über Anhalter, die zweimal jährlich in der *Toledo News* erschienen, während der Feriensaison und in der Weihnachtszeit, wahrscheinlich um der Polizei die Arbeit zu erleichtern und die Leute abzuschrecken und zur Vorsicht anzuhalten.

»Also ich hab was von mir erzählt, jetzt bist du an der Reihe. Wir können offen reden, so von Mann zu Mann. Wir kennen uns nicht, und wir werden uns auch nie wieder begegnen.«

Es klang wie eine Drohung.

»Ich habe nichts zu erzählen, meine Probleme sind nicht der Rede wert«, Hasan machte einen auf gelangweilt.

»Wunderbar, über die hör ich mir am liebsten Geschichten an, ich hatt sie ja nie ...«

»Sie arbeitet viel ...«

»Beklagt sie sich darüber? Wenn Frauen über zu viel Arbeit klagen, das ist nicht gut. Sie binden dir einen Bären auf ...«

»Sie klagt nicht, aber man spürt es. Sie ist müde, sie arbeitet wirklich viel ...«

»Du meinst, sie ist nervös? Schon erstaunlich, wie nervös die Frauen in Amerika sind. Hätt ich nicht geglaubt, wenn's mir jemand erzählt hätte ...«

»Ich habe nicht gesagt, dass sie nervös ist ...«

»Aber du hast es gedacht?«

»Nein, warum sollte ich es gedacht haben?«

»Was hast du denn gedacht, als du das gesagt hast?«

»Versteh ich nicht, was soll ich wann gesagt haben?«

»Weißt du, ich sag dir was, aber du darfst nicht sauer sein ...«

»Sag's ruhig.«

»Ich sag's dir, aber nicht wütend werden, abgemacht? Wir reden wie zwei, die sich eigentlich nicht, aber irgendwie doch kennen. Du weißt, wer ich bin, und ich weiß, wer und was du bist. Also abgemacht?«

Vuko fasste Tritt. Er spürte mit dem Instinkt des Jägers, dass das Gespräch nicht mehr auf ihn kommen würde und er nur weiter angreifen musste. Hasan wünschte sich wieder, er wäre wie Piero, dann könnte er sich jetzt wie ein Dorfgockel auf dreifache Größe aufpumpen und dem Typ da sagen, er solle anhalten und ihn rauslassen. Soll er doch mit jemand anderen diskutieren, warum er seine Frau verlassen hat.

»Abgemacht, kein Problem, warum sollte ich sauer werden. Selbst wenn wir uns wieder sehen, was sollte ein Mensch dem anderen nicht sagen dürfen«, redete sich Hasan gut zu.

»Also daran sieht man, dass ich Serbe bin und du Muslim bist. Dazu brauchen wir keinen Mr. Holbrooke. Das merkt man auch so ...«

»Woran merkt man es?«

»Ich habe dir mein Herz ausgeschüttet, es dir praktisch in den Schoß geworfen, und du bleibst total verschlossen, blutig von meinem Blut gibst du nichts von dir preis. Deine Verletzungen behältst du für dich. Als seien sie Gott weiß wie wertvoll, als würdest du was dafür kriegen, Geld, Gold, was weiß ich. Oder als hättest du ein Patent darauf und bekämst jetzt

Angst, ich könnt's abkupfern. Mensch, Kumpel, einen Teufel werd ich tun, du scherst mich einen Dreck, so wie du dich um mich einen Dreck scherst. Aber nein! Das ist nicht deine Art. Du hältst dich bedeckt und lässt niemand ran. Das meine ich. Ich sag nicht, das ist gut oder schlecht, aber so seid ihr...«

»Darauf kommt es doch nicht an...«

»Und worauf kommt es an?«

»Dass ich nicht abgehauen bin, sondern zu meiner Frau will, dass ich mit ihr keine Probleme habe und auch nie welche hatte, und wenn doch, dann hätte ich sie gelöst...«

»Eben hast du noch gesagt, du hättest welche...«

»Hab ich nicht...«

»Hast du, hast du wohl, du hast gesagt, ihr hättet Probleme. Und zwar viele kleine.«

»Und wenn mir nicht danach ist, darüber zu reden?«

»Und wenn mir nicht danach gewesen wäre?«

»Warum hast du dann darüber geredet?«

»Weil wir Menschen sind. Gilt das nichts? Hast du dagegen auch Einwände? Reicht dir das nicht, dass wir Menschen sind? Aber ja, ihr wart alle pro Brüderlichkeit und Einheit, aber ihr habt das so aufgefasst: Alle für euch, ihr gegen alle. So geht das nicht, Kollege. Weder biologisch noch gesellschaftlich. Wenn du dich mal fragst, warum das explodiert ist, woher der Hass da unten, den es zu deiner Zeit angeblich nicht gab, aber natürlich gab es den und du bist entweder blind oder lügst dir und mir was in die Tasche, also wenn du dich fragst, warum alles zerstört ist, hast du hier die Antwort: Ich hab dir alles erzählt, und du erzählst mir nichts. So verhält sich das.«

Hasan starrte vor sich hin, sie hatten Salem erreicht, alle Ampeln waren auf Gelb geschaltet und blinkten, sie fuhren langsam, Vuko schaltete das Radio ein, eine alte Aufnahme von Sweet Sue, just you lief, ein Polizeiwagen stand vor dem eingeschlagenen Fenster eines libanesischen Gemüseladens.

»Sag jetzt nichts«, bat Hasan.

»In Čajniče kannte ich eine Suzana«, sagte Vuko tieftraurig wie ein alter Fernfahrer, »sie war eine Hure und verkaufte sich an die jungen Soldaten.«

Hasan seufzte voller Verständnis für Suzana und für Vuko. Noch drei Straßen und sie standen vor dem Amazon-Theater. Es war bereits nach vier. Angela würde sicher genauso böse zischen wie jener Topf mit Paprika, den er in einem fernen Winter vor mehr als dreißig Jahren vergessen hatte. Er war in die Schule gegangen und hatte die Herdplatte nicht ausgeschaltet, und aus der Wohnung drang ein solcher Qualm, dass Nachbar Ante, Berufsfeuermann, von seinem auf ihren Balkon geklettert und in die Küche eingedrungen war. Der heilige Elias höchstpersönlich müsse dieses Rezept kreiert haben, erzählte Ante später, böse auf die Menschen, die sich vor seinen Blitzen nicht mehr fürchteten, und deswegen hatte der Prophet auf dem Feuerwagen all seine Blitze in diesen Topf gestopft, dass es nur so zischte. Das sei ihm bei der Hujdurinica, Hasans Mutter, klar geworden.

»So, da sind wir«, sagte Hasan.

»Immer mit der Ruhe, ich habe keine Eile. Wenn ich schon zurückgefahren bin, dann muss ich nicht mehr hetzen. Falls ihr es nicht eilig habt«, Vuko klang, als hätten sie sich eben über den Tabellenstand der Hockeyliga unterhalten und sich ein bisschen darüber gezankt, ob es einen Einwurf hätte geben müssen oder nicht.

»Hör mal, es ist ziemlich spät, um die Uhrzeit will sie sicher nicht mehr nach Toledo zurückfahren. Wahrscheinlich ist sie im Theater eingeschlafen ...«

»Aha, du bist also doch sauer, obwohl du versprochen hast, dich nicht zu ärgern. Das ist das zweite Mal, dass du mich verscheißerst ...« Vuko gebärdete sich wie ein resignierter Gartenzwerg am Rande des Selbstmords, er machte sich genau so klein, wie Hasan sich mit seinem angedrohten Alleingang hatte aufbauen wollen. Auf die Idee, dass ihm Vuko eine Komödie vorspielte und ihn nach Strich und Faden verarschte, kam er nicht.

»Ich fand es nicht nett, dass du Buick Rivera als Schrotthaufen bezeichnet hast«, sagte er, als sie hinter dem Theater parkten.

Vuko kapierte nicht und runzelte die Stirn, als wolle der Verstand aus seinem Kopf fahren und er könne ihn nur mit den Muskeln um Augen und Nase aufhalten.

»Du hast mein Auto, Buick Rivera, als Schrotthaufen bezeichnet. Das hat mich gekränkt. Dabei bin ich nicht so sehr wegen des Wagens empfindlich, der ist nicht mein Ein und Alles oder so, aber du hast eben an meinem kleinen Problem gerührt.«

Vukos Miene hellte sich auf, sein Gesicht sah aus, als wäre die Sonne für ihn schon aufgegangen, während sie andere Leute, Dinge und Gebäude in Salem erst in zwei Stunden bescheinen sollte, vorausgesetzt, sie würde nicht von Wolken oder neuerlichen Schneeschauern verdeckt. Er holte die Zigaretten aus der Tasche und bot Hasan eine an.

»Mann, bei dir darf man rauchen, wenn ich das gewusst

hätte, hätte ich mir schon längst eine angezündet.« Sein schlechtes Gedächtnis war neben dem überempfindlichen Gewissen Hasans größtes Problem. Ihm war faktisch entfallen, welches Monster vor kurzem neben ihm gesessen hatte, dessen Berührung er mehr fürchtete, als wenn der Erzengel Gabriel versehentlich oder bösartigerweise mit einem Flügelschlag das Aidsvirus auf seiner Schulter abgeladen hätte. Er rauchte mit Vuko, inhalierte tief und unbeschwert, ohne einen Gedanken daran zu verschwenden, zu welchem albtraumhaften Irrwitz sich diese seltsame Begegnung morgen schon in seinem Kopf auswachsen könnte.

»Dieses Auto ist mein Amerika. Mit dem hab ich alles gemacht, es gibt mir Kraft, wenn mich das Leben ankotzt, und wenn mir alles über den Kopf wächst, dann schraube oder poliere ich daran herum. Es ist ein bisschen mein Zuhause ...«

»Genau«, unterbrach ihn Vuko und klopfte ihm vertraulich auf die Schulter, »im Auto ist man wie zu Hause ...«

»Also, mir gibt es alles, was ich brauche. Ob man Amerikaner ist oder nicht, er ist mein Golfplatz, mein Baseball und mein Psychiater, und dann hat sie angefangen, sich über die hohen Kosten aufzuregen ...«

»Ja und? Dann regt sie sich halt auf«, wunderte sich Vuko.

»Es stört sie nicht einfach nur, wie mich alles Mögliche stört, das Problem ist, dass sie nicht lockerlassen wird, das weiß ich, sie wird sich darauf versteifen, sie wird die Sache aufbauschen, und sie wird über Leichen gehen, um es loszuwerden.«

Jetzt erst wurde Hasan richtig wütend, und er genoss diese Wut wie ein Mensch, der sein Leben lang nicht zu tanzen gewagt hatte und nun die ersten Schritte in der Tanzschule genießt, weil die anderen dort auch nicht tanzen können.

Während Vuko die Zigarette ausdrückte, setzte er wieder sein altes Gesicht auf. »Und das hast du mir nicht erzählen wollen? Na, alle Achtung, das hast du dir ja prächtig zurechtgeschustert. In fünf Minuten ausgedacht, nicht wahr? Jetzt schüttel nicht den Kopf. Alles in Butter, Kollege. Wenn es schon gelogen ist, dann ist es doch wenigstens gut erfunden. Ist ja gut, lass doch, ich gehör nicht zu denen, die keinen Spaß auf eigene Kosten vertragen«, er packte Hasan am Arm, als wolle er ihn in der Kneipe am Bezahlen hindern, »man höre sich das an: Er hat wegen des Spritverbrauchs von seiner Karre ein Problem mit der Frau! Mann, erzähl mir nicht so einen Blödsinn.« Entweder hatte er Blut geleckt, oder ihn störte Hasans Versuch, wütend zu werden; Wut konnte er ungefähr so gut vertragen wie das Gekreisch von Tante Hatidži, wenn die Kinder ihre Kirschen klauen wollten.

»Verstehst du jetzt, warum man über die kleinen Probleme besser nicht redet? Du glaubst mir nicht, stimmt's? Ach verflucht, es ist aber die Wahrheit«, Hasan versuchte es mit allen Mitteln. Wenn er es schon freiwillig erzählt hatte, wollte er nicht doppelt schuldig sein, zumal ihm die eine Hälfte der Schuld jemand auflud, den er so schnell wie möglich loswerden und nie wieder sehen wollte.

»Machst du Witze?«, reizte Vuko das Blatt mit dem Instinkt eines Schwarzmarkthändlers aus. »Aber das ist ein Scheißwitz, wenn du auf der Pointe herumreitest, weißt du. Erzählt ein Typ einen Witz und alle schütten sich vor Lachen aus, aber er kann gar nicht genug kriegen und wiederholt zehnmal: Fata bläst einen, Fata bläst einen. Also lass es mit einem Mal gut sein und wiederhol dich nicht.« Vuko kam wieder in Fahrt.

»Aber es ist kein Witz und kein Spaß, und Fata gibt's auch nicht«, Hasan gab sich nicht geschlagen.

Vuko schwieg, wurde nachdenklich und spielte den nachdenklichen Vuko. Das Schweigen dauerte genau so lange, um den Angeschwiegenen zu überzeugen.

»Wenn das stimmt, was du da erzählst, ist das kein kleines Problem. Es ist ein großes Problem, aber nicht wegen ihr, sondern wegen dir. Weißt du, ich sag dir jetzt was: Da gibt's keine Lösung. Es wär besser für dich, wenn du den Schrotthaufen im Straßengraben liegen lässt ...«

»Wir haben den Abschleppdienst noch nicht angerufen«, fiel Hasan wieder ein.

»Hör auf mich. Lass ihn liegen und vergiss es einfach. Wenn es für dich ein Problem ist, dass sich deine Frau am hohen Spritverbrauch stört, bleibt dir nichts anderes übrig, als die Karre abzuschreiben.«

Du hast es nicht anders verdient, wenn du so ein Narr bist, dass du mit deiner bösen Frau hausieren gehst, dachte Vuko, aber er sagte es nicht. Er wusste auch gar nicht, ob er was dazu hätte sagen sollen. Es war ihm nur so eingefallen, es klang gut und hatte einen starken Nachhall, aber er war sich nicht sicher, welchen Effekt es auf Hasan haben würde und wie viel Kraft in diesem Mann steckte und ab wann er sich verteidigen würde. Vuko lebte immer noch in der Angst, hintergangen und gedemütigt zu werden, wie es ihm in seiner Zeit als kleiner Busfahrer auf der Strecke zwischen Titovo Užice und Sarajevo ständig passiert war, und deswegen war er auf der Hut, wenn er jemanden aus diesem Gebiet traf, um sich nicht zu verraten. Er konnte nicht wissen, dass es nicht mehr dieselben Menschen waren, sowenig er selbst derselbe war, und er konnte sich nicht in die Zeit zurückversetzen, in der alles anders und nach dem, was er erzählte, viel schlimmer war.

»Du willst also nicht, dass ich euch nach Toledo zurückfahre?«

»Nein, wirklich nicht ...«

»Soll ich nicht kurz warten und du fragst deine Frau?«

»Das ist wirklich nicht nötig, vielen Dank. Und tschüss, wir treffen uns sicher irgendwann irgendwo wieder ...«

»Sicher, die Welt ist klein. Gebe Gott, dass sie nicht noch mehr schrumpft. Alles Gute. Und grüß die Frau!« Bei den letzten Worten schloss er das Autofenster mit dem Lachen eines Mannes, der lange warten musste, bevor er die Worte »Grüß die Frau!« wieder aussprechen darf und als hätte der, zu dem er sie gesagt hätte, eher »Scheiß auf deine Frau!« gehört, könnte das aber ohne Gesichtsverlust nicht zugeben, sondern müsste noch »Danke!« sagen.

Hasan Hujdur stand auf dem beleuchteten, vollkommen leeren Parkplatz, allein zwischen aufgemalten gelben Linien, und wartete, um ein wenig von dem loszuwerden, was sich in dieser Nacht in ihm aufgestaut hatte, bevor er zu Angela ging. Es hatte sich bis unter die Schädeldecke aufgestaut, so hatte er sich selbst noch nie erlebt. Was sich durch Angela in ihm anstaute, war schlimmer und für das Leben letztlich gefährlicher, doch es war nie so vollständig, denn es sammelte sich im Magen, ließ Gehirn und Lungen jedoch frei. Aber nun war er total angespannt und geladen, und er hätte sofort geglaubt, dass er und die Frau und das ganze Amazon-Theater in die Luft fliegen würden, wenn er jetzt hineinginge und sie ihn auch nur schief anschauen würde, weil er dann heftiger explodieren würde als jede Bombe, so als hätte man Dynamit, Schießpulver und Kerosin zusammengeschüttet. Ein Mann detoniert mit mehr Wucht als ein Atom.

Als er, eher gewohnheitsmäßig denn aus einer Notwendigkeit heraus, in seine Hosentasche griff, fand er sein Portemonnaie nicht. In der Manteltasche war es auch nicht, aber dort gehörte es auch nicht hin, so wenig wie in die Brusttasche vom Hemd. In diesem Moment öffnete sich ein Spalt, und der ganze Zündstoff rieselte heraus, in seinem Kopf sprang ein Zahnrad um und er war wieder der alte Hasan, für den es seit gestern schlecht lief, weil sich ein Missgeschick an das andere reihte, so dass sich die Pechsträhne zu einer Schuld aufbaute, zu dem Gefühl, er habe schlecht von jemand gedacht, sei schief in die Welt gebaut und renne gegen sie an wie eine Fliege, die sich in einer Lampe verfangen hat. Er stand auf dem Parkplatz, und beide Hände flatterten gegen seinen Willen durch die leeren Taschen, wie ein Huhn, das über den Hof rennt, nachdem ihm der Kopf abgeschlagen wurde, sie sprangen von einer Tasche in die andere und ließen sich nicht beruhigen, sie suchten das Portemonnaie selbst dann noch, als ihm längst klar war, dass sie es nicht finden würden.

Angela saß im Foyer des verlassenen Theaters und rauchte. Er küsste sie aufs Haar.

»Erwartest du, dass ich mit dir rede? Denkst du wirklich, dass ich noch mit dir rede?«

Es war kalt, der Portier schlief in seinem Stuhl. Mit dem Kopf auf den verschränkten Armen sah er aus, als habe ihn jemand in den Schädel geschossen.

»Ich wäre vor Angst fast gestorben. Hast du das gewollt?«

Der dicke, weiche Teppichboden, der sich von einer Wand zur anderen erstreckte, war für schmuddeliges Tauwetter, wie es schon in der nächsten Woche einsetzen konnte, vollkommen ungeeignet. Vielleicht könnte man die Zuschauer dazu überreden, ihre Schuhe vor den Türen aus- und stattdessen diese schwarzen Kunstlederschläppchen anzuziehen, mit denen Kinder ins Ballett geschickt werden und die Ende der fünfziger Jahre zur Grundausstattung aller Schulkinder von Stolac gehörten.

»Hoffentlich weißt du jetzt, warum ich dieses Auto nicht ausstehen kann. Es hätte dein Tod sein können.«

Und wo war der große weiße Kohleherd, dessen eiserne Griffe Tante Putzfrau im Frühling silbern anstrich? Er drehte sich um.

»Was ist mit dir los? Warum sagst du nichts?«

Wenn die Schläppchen da standen, warum nicht dort der Herd?

»Sag was. Wie bist du hergekommen?«

Ihr Gesicht war wie jeden Winter von blauen und roten Äderchen durchzogen. Warum fielen sie ihm jetzt auf? Äderchen platzen. Wenn man in die Jahre kommt, verheilen sie nicht mehr, und man sieht sie das ganze Jahr über. Bei Frauen ist dieses Phänomen ausgeprägter, vor allem in Gebieten mit langen und harten Wintern.

»Ich bin nur müde, sonst nichts. Es ist alles in Ordnung.«

Sie zog die Brauen hoch.

»Sonst nichts? Meinst du, ich wäre nicht müde?«

Musste denn alles als Frage formuliert werden?

»Ich weiß, Geli, ich weiß, dass du sehr müde bist. Deswegen wollte ich dich auch abholen.«

Er küsste sie auf den Mund, und sie lächelte. Wenigstens hatte er den Eindruck.

»Was machen wir jetzt? Es ist halb sechs, der erste Bus fährt in zwei Stunden. Ich muss hier raus, sonst werde ich verrückt ...«

»Sollen wir in ein Motel gehen?«

»Und was sollen wir in einem Motel machen? Schlafen? Kommt nicht infrage. Für eine Stunde Schlaf geh ich nicht ins Motel.«

»Lass uns ins Motel gehen, schlaf so lang, wie du willst …«

»Wie stellst du dir das vor? Und die Probe? Morgen, eigentlich heute, muss ich wieder zur Probe. Ich wache gegen Mittag auf, dann sind wir nach drei Uhr in Toledo, und um neun habe ich wieder Probe. Da kann ich genau fünfzehn Minuten zu Hause bleiben, dann muss ich schon wieder zurückfahren. Genau fünfzehn Minuten …«

»Du musst nicht nach Hause fahren …«

»Da siehst du, was du angerichtet hast. Wenn ich nicht auf dich gewartet hätte, hätte mich Al Rahimi nach Hause gefahren. Ich würde längst schlafen. Ich würde seit mindestens zwei Stunden schlafen. Und wie stellst du dir das vor, nicht nach Hause zu gehen? Ich kann doch hier nicht Tag und Nacht herumhängen. Ich bin doch nicht im Gefängnis, Hasan. Ich brauche häusliche Wärme, ich muss auf dem Sofa sitzen und fünf Minuten lang nichts denken dürfen. Ich muss irgendwie den Tag abschließen. Ich bin keine Maschine, Hasan.«

»Mein Portemonnaie ist weg …«

»Wie ist denn das passiert?«

»Keine Ahnung. Wahrscheinlich aus der Tasche gerutscht, als ich von der Straße abgekommen bin …«

»Spitze! Das reißen sich bestimmt die Typen vom Abschleppdienst unter den Nagel, wenn es nicht vorher schon jemand anders klaut. Es ist sowieso das einzig Wertvolle, was du dort gelassen hast …«

»Geli, warum quälst du mich?«

Sie errötete wie Heidi.

»Womit quäle ich dich? Sag es, sag schon, wenn du es nicht sofort sagst, platz ich vor Neugier«, schrie sie zornig.

Ihm fiel ein, dass der Großvater für Heidi Brote mit Schmelzkäse geschmiert hatte. Er war hungrig. Die Pljeskavica an der Tankstelle konnte er sich abschminken.

»Warum hackst du dauernd auf dem Auto herum?«

»Dir liegt so viel daran! So viel, dass du jetzt einen Streit vom Zaun brichst, und das macht mich wirklich verrückt.«

Warum musste Heidi zum Großvater? Ihre Eltern waren bei einem Verkehrsunfall ums Leben gekommen? Nein, damals gab es noch keine Verkehrsunfälle.

»Geli, ich streite mich nicht ...«

»Geli, Geli, Geli! Angela, Hasan, ich heiße Angela. Bitte nenne mich auch so. Sonst könnte ich noch vergessen, dass ich so heiße.«

Anfangs hat sie vorm Großvater Angst gehabt. Später hat sie ihn lieb gewonnen.

»Jetzt hast du es nicht einmal mehr gern, wenn ich dich so rufe ...«

»Andere Paare haben Kinder. Kinder muss man lieb haben, aber nicht einen alten Buick.«

Heidi verschwand, und es war bloß der Stausee hinterm Eisernen Tor, der ihm in Tränenform die Wangen hinunterzulaufen drohte. Er hatte schon immer nah am Wasser gebaut, viel näher als die meisten Männer aus seiner Heimat. Vor langer, langer Zeit hatte er damit ein Problem gehabt, vor allem, wenn der Winter vorbei war und er sich nicht mit seinen kälteempfindlichen Augen herausreden konnte. Über sein völlig unverkrampftes, lächelndes Gesicht, in dem nicht ein Muskel zuckte, liefen die Tränen. Damals und eben jetzt, während sie das Theater verließen.

»Mir ist kalt!«, sagte sie, als sage sie es nicht zu ihm, sondern zu einem Dritten, der sie hörte und Gegenmaßnahmen ergreifen würde. »Meine Eierstöcke sind wie zwei gefrorene Billardkugeln«, fuhr sie fort.

Er ging, die Hände in den Taschen, weiter. Zum ersten Mal nach so vielen Jahren nahm er sie weder in den Arm noch nahm er ihre Hand.

»Was soll ich mit mir anfangen?«, fragte sie den Unsichtbaren.

Hasan wollte herausfinden, ob sie den Unterschied bemerkte.

»Du schweigst!«

Sie bemerkte ihn nicht.

»Wenn dir etwas gegen den Strich geht, schweigst du. Oder wenn es ernst wird und man etwas unternehmen müsste.«

Vielleicht war das eben so. Du gewöhnst dich daran, bei der Hand gehalten zu werden, aber dann fällt dir nicht einmal auf, wenn das nicht mehr geschieht.

»Du ziehst dich zurück. Das ist am einfachsten. Du verschwindest.«

Nein, nicht alle konnten so sein. Was dir wirklich wichtig ist, wird dir auch fehlen. Hat Heidi die Eltern vermisst? Er wusste es nicht mehr. Er hatte das Buch nur einmal gelesen, in der vierten Klasse. Ein Mädchenbuch. Sie hatten sich gefühlt, als hätte ihnen die Lehrerin mitten in der Serbokroatischstunde einen Strampler angezogen. Kein Mann würde Heidi zweimal lesen. Ganz bestimmt nicht.

»Das würde ich auch gern, aber es geht nicht. Ich würde auch gerne verschwinden, sobald mir etwas nicht passt, aber einer muss ja arbeiten, reden, sich regen. Einer muss sogar die Luft bezahlen, die man atmet.«

So wie sie gekommen waren, verschwanden die Tränen wieder, fortgewischt von einem neuen, trockenen Gefühl.

»Wo sollen wir hingehen?«, fragte er.

Angela blieb stehen, stemmte die Arme auf die Hüften wie eine Tante, nachdem sie einen Kuchen in den Ofen geschoben hat: »Na, endlich kommst du auf die Idee zu fragen! Mir ist kalt, und du könntest mich eigentlich in den Arm nehmen.«

Er könnte aufhören, an Heidi zu denken.

Sie setzten sich in den Warteraum vom Busbahnhof. Sie schlief an seine Schulter gelehnt. Die Zigaretten waren in der Tasche, an die er nur kam, wenn er sie weckte. Noch wartete niemand auf den Bus, aber rundherum lagen Menschen in bis obenhin zugezogenen Schlafsäcken. Es waren mindestens dreißig, in der asymmetrischen Ordnung unbeweglicher Spirochäten. Im Winter wurden sie nicht von der Polizei vertrieben. Lieber ließ man sie im Busbahnhof schlafen, als dass die Zeitungen neben der Wettervorhersage alle naselang über so und so viel erfrorene Menschen berichteten. Nur hier und da konnte man ein Gesicht sehen, offene Münder und eingemummelte Nasen, aus denen Dampf strömte. Obwohl der Raum von zwei alten Heizkörpern, die wahrscheinlich noch aus der Zeit des New Deal stammten, erwärmt wurde, war es auch hier sehr kalt. Er versuchte die Zahl der Männer und Frauen herauszufinden, von denen man nicht das Gesicht, sondern nur die Haare sah. Bis zum Bus blieb noch eine halbe Stunde. Den Abschleppdienst hatte er noch immer nicht gerufen.

Am Eingang tauchte ein alter Mann mit einem langen weißen Bart auf. Er war mindestens zwei Meter groß. Allein sein Bart war so lang wie ein durchschnittlicher Mann groß war. Er stand in der Tür und blinzelte, als müssten sich seine Augen erst an die Dunkelheit gewöhnen oder als sei er kurzsichtig. Er musste über achtzig sein. Dann wäre er 1939 zwanzig Jahre alt gewesen. Damals waren so große Leute die Ausnahme. Wer führte damals in der europäischen Basketball-Liga? Litauen, Lettland oder Estland, überlegte er. Eins von diesen Ländern musste es sein. Wäre er dort geboren worden, hätte er als Center spielen können, wäre damals wahrscheinlich der größte Center gewesen, der sich nur unter den Korb stellen musste und den Ball direkt hineinstopfen konnte. Die Drei-Sekunden-Regel für die Zone zwischen gegnerischer Grundlinie und Freiwurflinie gab es damals noch nicht. Die Angriffszeit war nicht beschränkt. Man konnte lange spielen, die ganze Halbzeit. Ein Korb war damals etwas wert. War etwas Erstaunliches. Heute ist er nichts mehr wert. Und ist nicht mehr erstaunlich. Jedenfalls nicht im Basketball. Es gibt mehr Körbe als Chinesen, und alle sind mehr oder weniger gleich. Alles ist nur noch Statistik. Man konzentriert sich aufs Zählen. Wenn du alles gezählt hast, hältst du die Zahl für ein Wunder. Aber das ist sie nicht. Ein Wunder ist nur das, was man nicht zählen kann. Ein Wunder ist immer nur eins, also wartest du und wartest und wartest, bis noch eins kommt. Deswegen ist Fußball interessanter als Basketball. Tore sind selten. Und deswegen mögen die Amerikaner keinen Fußball. Sie können nicht so lange warten. Der Alte wartete allerdings. Wer konnte wissen, wo er herkam und was er hier machte.

Nach einer oder zwei Minuten, und das ist sehr lang in einer Welt, in der nichts geschieht, ging der Alte durch den Raum. Er ging zwischen den schlafenden Menschen hindurch und passte auf, dass er auf niemanden trat. Der Weg, den Angela und Hasan mühelos zurückgelegt hatten, ohne Geschlängel, Überhüpfen und Pirouetten, bereitete ihm Probleme. Er schwankte und stolperte, balancierte auf den Zehenspitzen, breitete die Arme aus und hob sie an, als führten unsichtbare Fäden von seinen Ellbogen zur Decke und als würde ihn von da oben jemand lenken. Hasan sah automatisch hoch. An allen vier Seiten zog sich am Übergang zur Kuppel eine Reihe von Vogelnestern entlang, ordentlich verteilt, mit angemessenen Abständen, wie nach einem Stadtplan gebaut. Bei uns würde eine Taube der anderen wegen der Grenzziehung den Kopf abhacken, dachte er.

Der Alte stand einen halben Meter vor Hasan und Angela. Sein Kopf befand sich da, wo Hasans Blick eben noch die Decke fixiert hatte. Aber er war gar nicht so groß. Und er stank entsetzlich.

»Sie schläft«, flüsterte er.

Hasan nickte.

»Soll sie nur schlafen. Es ist noch Zeit.«

Er stand zu nah, näher, als man seinen Mitmenschen ohne Grund kommt. Wenn man sie nicht kennt. Hasan hätte gern gesagt, er solle ein Stück weggehen, wusste aber nicht, wie. Piero hätte es auch nicht gekonnt.

»Ich will nichts. Sie denken bestimmt, ich will was. Aber nein. Ich will wirklich nichts.«

Er lachte.

»Ich will auch nicht wegfahren. Ich komme her und rede mit den Leuten. Das ist alles.«

Wenn Angela jetzt aufwacht, wird sie vor Angst schreien, und dreißig Spirochäten springen gleichzeitig aus dem Schlafsack.

»Ich bin nicht arm. Die meisten Leute denken das, wenn

sie mich sehen, aber ich bin es nicht. Ich habe alles, was ich brauche«, er lächelte herzlich, »so viel sollten die anderen auch haben. Glückliche Leute, die da, glückliche Leute. So viel, wie sie brauchen. Weder mehr noch weniger.«

Hasan nickte wieder.

»Sagen Sie nichts, sie wird sonst wach. Ich muss sowieso weiter. Der Tag liegt vor uns. Sie können sich nicht vorstellen, wie froh ich bin, dass wir uns kennen gelernt haben.«

Der ist todsicher verrückt, dachte Hasan, während er ihm bei seinen Pirouetten zum Ausgang nachsah, aber er war wirklich glücklich, gerührt, dass wir uns kennen gelernt haben. Hasan konnte sich nicht daran erinnern, dass ihm jemand so etwas je auf diese Weise gesagt hätte, mit der Zärtlichkeit des besten Freundes nach Jahren der Abwesenheit. Er kannte niemanden lange und gut genug, den er jetzt hätte treffen können. Keinen Lebenden. Der Alte drehte sich am Ausgang noch einmal um. Er winkte auf eine Art, die nicht wie ein Gruß wirkte. Eher, als ließe er einen Vogel aus seiner Hand fliegen oder als weise er die Sonne an, auch ein bisschen von unten her zu scheinen und zu wärmen.

»Geli«, flüsterte er und bewegte sachte die Schulter, »Geli«, sie wäre ihm fast in den Schoß gerutscht, bevor sie aufwachte. »Gehen wir, es ist Zeit.«

Wortlos erhob sie sich und machte den ersten, leicht trunkenen Schritt. Beim zweiten war sie dann schon bei sich. Der Bus stand am Bahnsteig. Der Fahrer las die Zeitung. Er sah nicht auf, als sie eintraten, sagte nur: »Karten.«

Hasan schlug sich vor die Stirn, Angela verdrehte die Augen. Der Fahrer lachte nicht.

Sobald sie losfuhren, schlief sie wieder ein, mit der Schläfe gegen die Fensterscheibe gelehnt. Sie waren die einzigen Fahrgäste. Hasan hätte gern geraucht. Er fand einen Zettel in seiner Tasche, faltete die oberen Ecken einmal, zweimal, dann das ganze Papier der Länge nach und noch zweimal, und fertig war der Flieger. Das gehörte zu den Sachen, die man nie vergisst. Schwimmen, Fahrradfahren und Papierflieger basteln. Er guckte, ob der Fahrer gerade in den Rückspiegel schaute, und dann warf er den Flieger über die Sitze. Nach kaum einem Meter drehte er sich in der Luft und knallte gegen eine Lehne. Schlecht konstruierte Papierflieger sollte man für Kamikaze vorsehen. Aber es war nicht so leicht, eine gerechte Sache zu finden, für die sich zu sterben lohnte, oder Leute zu finden, die egal wofür ihr Leben gaben. Die Welt ist voller schlechter Papierflieger und kleiner Enttäuschungen ob der Konstruktion, die zum Absturz statt zum Gleitflug führt. Welche kleinen Enttäuschungen gab es noch? Wenn du am Strand den idealen Stein findest, den man lange über die Wasseroberfläche springen lassen könnte, und du wirfst ihn und er geht beim ersten Mal unter. Sein Rekord, aufgestellt in Brist, lag bei sieben Hüpfern.

»Papa«, hatte er gebrüllt, »hast du das gesehen?«

Der Vater hob den Kopf vom Handtuch: »Was gibt's, mein Sohn?«

»Siebenmal habe ich ihn springen lassen ...«

»Was denn, was denn, du meinst bestimmt siebzehnmal, nicht sieben«, lachte er.

Das machte er immer so, wenn Hasan etwas sehr wichtig war, wenn er mit etwas angab. Der Vater lachte und tat so, als würde er ihm nicht glauben. Aber wenn du fünf Jahre alt bist, ist es dir wichtig, wenn sie dir alles glauben und dich nicht auslachen, auch wenn du weißt, dass sie nur so tun, als würden sie dir glauben. Es war schrecklich, dass weder der Vater noch sonst jemand auf dieser Welt gesehen hatte, wie Hasans Stein siebenmal über die Oberfläche des Meeres gehüpft war. Diesen Rekord konnte er nie wiederholen. Es wäre viel gewonnen, wenn sich die Menschen einmal ordentlich Mühe gäben, das beste Fliegerpapier und die flachsten Steine aussuchten und mit beidem ein für alle Mal abschließen würden, du machst es einmal richtig und hast für den Rest des Lebens Ruhe, dachte er, während er einschlief.

Vuko Šalipur war an der Stelle, an der Buick Rivera im Straßengraben lag, schon vorbei, als er auf den Sitz neben sich das Portemonnaie bemerkte. Ohne die Fahrt zu unterbrechen, nahm er es, klappte es auf und sah neben Führerschein und Krankenversicherungskarte in dem dafür vorgesehenen Fach hinter durchsichtigem Kunststoff ein Foto. Da beschloss er anzuhalten. Das Schwarzweißbild von der Größe einer Zigarettenschachtel zeigte ein junges Paar: Er im hellen Anzug von sozialistischem Schnitt, ernst, den Blick unnatürlich starr auf einen Punkt hinter der Kamera gerichtet, mit dünnen schwarzen Koteletten und der Frisur von James Dean, genau so wie einer der sieben Sekretäre der Liga der kommunistischen Jugend, sie lächelte im knielangen Rock mit einer Jacke aus demselben Material direkt ins Objektiv, der Wind blies ihr blonde Strähnen ins Gesicht. Sie ließ sich gern fotografieren und war glücklich, als ein Straßenfotograf an sie herantrat, aber ihm war es zu dumm oder zu teuer, zumal es welche gab, die gar keinen Film in der Kamera hatten und die Leute um ihr Geld prellten. Vuko war mehrfach auf diese Weise ausgenommen worden. Einen halben Schritt vor dem Paar stand ein schüchterner, kurz geschorener Junge – der Schnitt hieß Fritz-Frisur – mit einer Spielzeugpistole in der Hand. »Na, der hat sich kaum verändert.« Vuko zog die Fotografie aus dem Portemonnaie. Auf der Rückseite war ein Stempel: Fotografska radnja M. Zovko, Slaviše Vajnera-Čiče 19, Mostar. Das war das einzige Foto im Portemonnaie. »Also hat er keine Kinder.« In den anderen Fächern waren Bank- und Kreditkarten, ein Knöllchen, eine Jahreskarte für das Amazon-Theater – Parterre, Reihe 7, Sitz Nr. 11 –, ein Kalender für das Jahr 1985 mit einer Reklame des Hotels Ruža in Mostar, eine Mitgliedskarte für den Billardklub Sting, eine Mitgliedskarte für den Fitnessklub Arnie, eine Mitgliedskarte für die Akademie der Filmregisseure L. A. – »Wo der alles Mitglied war!« –, zwei Hundert-Dollar-Noten, ein deutscher Tausend-Mark-Schein – »Was will der denn damit? Was stellt man heute mit D-Mark in Amerika an?« –, die Visitenkarte von Alessandro Monteno, Schildermaler und Graveur, ein Hemdknopf, ein Aufkleber mit dem Zeichen des Roten Kreuzes, ein alter jugoslawischer Personalausweis, eine amerikanische Krankenversicherungskarte, der Führerschein und ein Soldatenkalender für das Jahr 1968, bei dem jeder Monat mit Kugelschreiber durchgestrichen war. Vuko war enttäuscht. »Hat ja kein so dolles Leben!« Er sah alles noch einmal durch, in der Hoffnung, er habe etwas übersehen. Auf der Rückseite des Falschparker-Zahlungsbelegs stand eine Telefonnummer ohne Namen. Da sich nichts Interessanteres finden ließ, tippte Vuko die Nummer ins Handy ein. Draußen wurde es Tag, binnen weniger Sekunden; wie im Zeitraffer färbten sich die Spitzen der Schneehaufen rot, um gleich darauf die Bläue olympischer Schwimmbecken anzunehmen; bei irgendjemand klingelte es zum fünften, sechsten, neunten Mal – »beim zwölften Klingeln kommt automatisch das Besetztzeichen« –, als sich eine Kinderstimme meldete. »Hallo, hallo, bist du es, Papa?« Vuko unterbrach die Verbindung. Stell dir das vor: Da ist ein Kind, und wenn es um sechs Uhr morgens vom Telefon geweckt wird, denkt es, der Papa ruft an. Den Papa sollte man an seinen Eiern aufhängen. Egal, was er ist und wer er ist, den sollte man an den Eiern aufhängen, dachte Vuko, damit er mal sieht, was er dem Kind antut.

Obwohl er in dem Portemonnaie nichts gefunden hatte, wobei in Portemonnaies ohnehin nichts allzu Intimes steckt – solche Dinge haben ein größeres Format und sind selten aus Papier –, war Vuko tiefer in Hasans Welt eingedrungen, als dieser ihm gestattet hätte. Auch wenn diese Welt in einem Portemonnaie steckte oder im Abfalleimer lag, es war schutzloses Gelände, und diese Tatsache erfüllte ihn mit Hass. Es war, als würde man auf ein verwüstetes und aufgegebenes Land schießen.

Er drehte den Zündschlüssel um und fuhr weiter. Die Straße erwachte aus Eis und Schlaf. Milchlaster fuhren in beide Richtungen, so dass man nicht wusste, von wem und zu wem die Milch gefahren wurde, die Schneepflüge räumten den Schnee ohne großen Erfolg, die teuren europäischen Autos kamen nur langsam voran. Alles war verlangsamt, der Sicherheit zuliebe, Langmut und das Leben als Selbstzweck. Genau das, was Vuko zumindest heute den letzten Nerv raubte. Er hatte keine Zeit und wusste mit der, die er hatte, nichts anzufangen. Hätte er beschleunigen können, nach Toledo heizen können, hätte er diesen Morgen mehr genossen.

Wenn zwischen Titovo Užice und Sarajevo Schnee gefallen war, hatte das niemand weiter beachtet, aber hier war der Schnee wie eine Naturkatastrophe, die nur einmal im Jahrhundert und nicht jedes Jahr vorkommt, die Leute gewöhnten sich offenbar nicht daran.

»Wenn das so weitergeht, komm ich nicht weit«, er klopfte mit dem Siegelring auf den Holzknauf am Schaltknüppel, während vor ihm ein Gefangenentransporter mit vergitterten Scheiben rollte. Auf dem Siegel grinste ein grauhaariger Kopf in Bernstein. Er hatte den Ring auf der Straße nach Rogatica gefunden, fand ihn schön und zog ihn niemals vom Finger, obwohl er keine Ahnung hatte, wessen Kopf es war und was der Ring bedeutete. Als ihn Lisa nach dem Ring gefragt hatte, hatte er gelogen, der Ring zeige einen Mann, der ihm das Leben gerettet habe.

Sie sitzt jetzt neben dem Telefon, soll sie den Vater anrufen? Wenn sie ihn anruft, was soll sie ihm sagen? Er ist weg, ich weiß nicht wohin, vielleicht in eine Kneipe? Das glaube ich nicht, ich denke, er kommt nicht zurück, der Vater wird wütend, Rache, Kindchen, Rache, ihr wird das Auto einfallen, er hat das Auto mitgenommen, also so nicht, sie wird ihn daran hindern wollen, aber er wird bestimmt die Polizei anrufen. Michael Gordon am Apparat, bitte, mein Herr, ich möchte einen Diebstahl melden! Und wenn ein Bankdirektor einen Diebstahl meldet, erhebt sich der ganze Staat. Er geht von einem Bankraub aus, und ihm fällt ein Stein vom Herzen, wenn er hört, dass nur ein Auto gestohlen wurde. »Das ist ja kein Problem, eine kleine Hatz und euer Herr Schwiegersohn liegt mit dem Gesicht im Schnee. Der ehemalige Herr Schwiegersohn.« So wird es sein! Wann? Bald. Wenn die

Aktion nicht schon angelaufen ist. Nicht nur, dass er den nächsten Flughafen nicht mehr erreicht, nicht einmal bis Toledo wird er es schaffen, bevor ihm der Schwiegervater eine Spezialeinheit auf den Hals hetzt.

Der Rhythmus des Siegelrings wurde immer nervöser, er schaltete einen Gang tiefer und versuchte den Transporter zu überholen. Aber aus der Gegenrichtung kam ein Milchlaster. Man sollte nicht glauben, wie viel Milch hier den lieben langen Tag getrunken wird. Er scherte wieder hinter dem Gefangenentransporter ein. Auf dem Beifahrersitz lagen Hasans Portemonnaie und die verstreuten Papiere. Was sollte er damit anfangen? Das Fenster öffnen und alles hinauswerfen? Unmöglich, seine Fingerabdrücke waren darauf, und dann würde man ihm noch einen Diebstahl anhängen. Paranoia hatte ihn im Griff. Er überlegte und wusste sofort, dass die Vorstellung haltloser Blödsinn war. Wer würde Fingerabdrücke auf einer Geldbörse suchen, in der noch ein Tausend-Mark-Schein steckte. Schließlich war das nicht wenig. Andernorts konnten tausend Mark Leben retten. Dieser Depp wird doch wohl nicht deswegen Deutsche Mark mit sich herumtragen? Damit er etwas in der Hand hatte, wenn sie an seine Tür klopfen, hier habt ihr tausend Mark, lasst mich rüber. Es gibt viele Heuchler, aber dieser gehörte zu den schlimmsten. Wäre er wegen dem nicht nach Salem zurückgefahren, er wäre längst über alle Berge.

Hasan Hujdur fuhr aus dem Schlaf hoch wie aus einem Zug, der auf einen Abgrund zurast. Schweißüberströmt und mit einem verrückten Hasenherz, das sich aus dem Brustkorb zu befreien suchte, stand er mitten im Bus. »Woher kommt und wohin fährt er?« Angela schlief mit weit geöffneten Mund

und röchelte leise. »Sie stirbt? Wie? Sollte man etwas davon verstehen? Warum fahren wir Bus, wenn sie stirbt?« Panik erfasste ihn, ihm fiel der Serbe im Mercedes ein, Buick Rivera im Graben neben der Straße. »Ich habe den Abschleppdienst nicht gerufen, jetzt ist es bestimmt zu spät, warum zu spät? Bestimmt ist es zu spät.« Jeder Gedanke endete in einer Katastrophe, jeder Einfall, jede Betrachtung ging schlecht aus, die Schneemassen erdrückten ihn, im Bus gab es weder Luft noch Leute, noch Fenster, die sich öffnen ließen. »Warum ist hier kein Mensch? Sicher wussten sie es! Was wussten sie?« Er wollte schreien: »Wer wird ihn hören, wenn sie stirbt?« Aber wenn er schrie, würde sie sagen: »Jetzt schreist du, wo du weißt, wie schlecht es mir geht, du hast mich um den Verstand gebracht, und ich werde sterben. Hast du den Befund gelesen? Du hast meine Taschen durchwühlt und ihn gelesen, nicht wahr?« Er konnte sich nicht daran erinnern, was im Befund stand. »Welcher Befund?« Wenn er sich daran nicht erinnern konnte, dann verlor er also den Verstand. Ihm fiel der Alte mit dem langen Bart ein, und im selben Moment hatte er dessen Geruch in der Nase. »Sie können sich nicht vorstellen, wie froh ich bin, dass wir uns kennen gelernt haben«, das hatte er ihm gesagt. Wieso? Was hat er sich dabei gedacht? Hasan konnte sich nicht beruhigen, und je mehr er versuchte, an etwas Gutes, Tröstliches zu denken, desto schlimmer endeten die Geschichten und rissen ihm das Herz aus dem Leib, und das Blut wurde zu kaltem Schweiß, der sich in den Bus ergoss.

Als sein Blick den des Fahrers im Rückspiegel traf und er dessen Augen sah, hörte alles auf. Er hatte ihn vergessen. »Klar, wie sollte ein Bus ohne Fahrer fahren?« Die Augen im Spiegel waren voll Angst, Verachtung und jener Art von Hass, die für Menschen in Uniform typisch ist, die etwas bewachen oder verteidigen und die immer ein Walkie-Talkie oder ein Telefon zur Hand haben und nur darauf warten, das Militär oder die Polizei zu rufen. Der mutige Fahrer eines Überlandbusses in Oregon nimmt es mutig mit Terroristen auf. Die Polizei hat nicht mitgeteilt, ob es sich um eine geistig verwirrte Person oder einen Kämpfer irgendeiner Organisation handelt. Hasan atmete sein Entsetzen aus und setzte sich wieder hin. Er spürte, dass seine Unterhosen durchgeschwitzt waren. Die Scham war diesmal wie ein Wüstenwind, trocken, ruhig und jenseits jeder Panik. Die Welt war wieder an ihrem Platz.

Genau drei Stunden nach Vuko sah auch er Buick Rivera. Gut, dass der Bus leer war, Angela schlief und der Busfahrer nicht auf die Dinge links und rechts der Straße achtete, schon damit er nicht anhalten und jemandem helfen musste. Gut, dass niemand den Alten gesehen hatte, wie er im Straßengraben ruhte, und keiner dachte, irgendein Puertoricaner hätte dieses Wrack dort abgestellt, damit er nicht zum Schrottplatz fahren und Geld für die Entsorgung bezahlen musste. Viele Menschen begeistern sich für Gebäude, die dreihundert Jahre alt sind, selbst wenn diese längst zu Ruinen zerfallen sind, und die Betrachter solche Ruinen haben keineswegs die Idee, sie dem Erdboden gleichzumachen, weder die Menschen noch die Ruinen, sondern sie kommen und schauen, werden alt und wundern sich. Sie meinen, die Welt sei früher besser und schöner gewesen, und das sehe man den mit Säulen und Bögen verzierten Fassaden an, in die die Namen der Besitzer und Baumeister in Fraktur oder Antiqua eingemeißelt sind, und dazu der Name des Königs, in dessen Regierungszeit dieses Wunder der Baukunst errichtet wurde. Es stört sie nicht, dass es drinnen kalt ist und man mehr Energie als für drei Wolkenkratzer braucht, um so ein Gebäude zu heizen. Das lohnt sich, weil es sinnvoll ist, die Unvollkommenheit der frühen Vergangenheit zu feiern, so sinnvoll wie das Staunen über jene Weisen, die die Erde für eine Scheibe aus Wasser, Erde und Feuer hielten und die in keinem Punkt Recht hatten. Alles, woran sie als praktische und materielle Wahrheit glaubten, ist heute Poesie und Weisheit. Du gehst zum alten Griechen und sagst: »Tolles Gedicht, Alter, ich meine das mit der Zahl und dass dein Schicksal von einer Zahl vorherbestimmt ist.«

Und er antwortet: »Moment mal, das ist kein Gedicht, das sind Pläne für ein Düsenflugzeug und alles Lebendige.«

Ein Glück, dass der alte Grieche nicht mehr lebt, er kann uns die Poesie nicht verleiden und sich selbst nicht zum Narren machen. Ein Glück auch, dass Architekturstudenten durch die Prüfung fallen, wenn sie Gebäude planen, die nicht von einem Atomkraftwerk beheizt werden können und sich ohne Bomben und Feuer einfach so in Ruinen und archäologische Sehenswürdigkeiten verwandeln.

Aber sobald es um ein Auto geht, und sei es die vollkommenste Schönheit, kennen sie keine Gnade. Niemand ist reich genug, um einen Spritverbrauch von zwanzig Liter und mehr auf hundert Kilometer zu bezahlen. Nur Autos und arme Menschen werden wertlos, wenn sie alt werden. Die einen wie die anderen verbrauchen zu viel und haben zu wenig Pferdestärken. Und sie brauchen lange, um sich in Archäologie einzuschreiben.

Er drehte sich zu Buick Rivera um, als er ihn schon lange nicht mehr sehen konnte. Er hoffte auf eine Kurve der Straße, an die er sich nicht erinnern konnte, obwohl er hier schon tausendmal entlanggefahren war, er hoffte, in einer Biegung noch einmal die Stelle sehen zu können, an der er lag, die Grabstätte eines alten Freundes, den man verraten hat, als man den Toten ein erstes Mal verließ, und den man jedes Mal aufs Neue verrät, wenn man vorbeigeht. »Bei der Kälte wird sich die Batterie entladen.« Diese Sorge empfand Hasan als tröstlich. Die halbe Stunde, die noch bis Toledo blieb, durfte sich ruhig in die Länge ziehen. Während er in sanfte Trauer abglitt, hatte er nur eine winzig kleine Sorge: Angela sollte nicht vorzeitig aufwachen. So wie er gestern Abend gewartet hatte, dass die Zeit verstrich, so packte er sie auch jetzt am Schwanz und hielt sie an, häufte leichthin Gedanken voller Schmerz und Heiterkeit an. Nichts passt so gut zusammen wie diese beiden, dich schaudert vor Glück und du spürst, wie sich der Körper in ein Nest verwandelt, in dem kein Platz für etwas anderes bleibt, in das das Grauen nicht vordringen kann, denn es hat keine Stimme, um sich Einlass zu verschaffen. Ob das bei jedem so war? Ob die anderen auch diese Stunden göttlicher Gnade kannten, in denen ihnen Mitmenschen und Schmerzen nichts anhaben konnten? Mancher vielleicht, aber nicht alle. Da war er sich sicher.

Als er fünf Jahre alt war, er konnte sich genau an Tag und Stunde erinnern, war er zum ersten Mal auf diese besondere Weise versunken, in die weiche Baumwolle der Seele oder in etwas mit anderem Namen, der aber dasselbe bezeichnet. Er hatte im Bett gelegen, in den Händen eine Orange, die erste seines Lebens, ein Geschenk von Onkel Abid, wer weiß, wo er sie aufgetrieben hatte. Lohn für die ausgestandene Angst. Mit geschlossenen Augen streichelte er über die Orangenschale; ihre Rauheit war ein Wunder, auf allen Seiten gleichmäßig genarbt, und doch musste er jede Unebenheit befühlen und sich einprägen, und jedes Mal, wenn er dachte, dass er sie in und auswendig kannte, merkte er, dass er es vergessen hatte und weitermachen musste und niemals zum Ende kommen würde; unendlich ist die Orange, so unendlich wie der »unendliche gute Allah« in der Hand von Oma Fadila, deren Worte das waren. Keine Unebenheit gleicht der anderen, und doch ist alles in vollendeter Harmonie und schafft etwas, das regelmäßiger ist als ein Apfel oder ein Ball. Der Orange verdankte er das erste Traurigsein seines Lebens. Ohne die Orange hätte er es nicht damals erlebt, sondern Monate oder Jahre später oder vielleicht auch nie. Bevor etwas Gewöhnliches für immer gewöhnlich wird, macht es dich zu dem, was du bist, eher als alle großen und wichtigen Dinge.

Die Orange hätte er nicht bekommen, wäre nicht an jenem Morgen der Herr Friseur Ismet gekommen, hätte Onkel Abid Hasan nicht im Haus gesucht, hätte ihn sein Vater nicht am Bein unter dem Sofa hervorgezogen, hätte die Mutter nicht geweint, hätten sie ihm nicht die Hosen runtergezogen und an Armen und Beinen festgehalten und hätte der Herr Friseur Ismet nicht mit seinem Messer geschnitten und hätte er nicht geschrien wie niemals zuvor und niemals danach, nicht wegen dem Schmerz, sondern wegen der ungeheuerlichen Erniedrigung.

»Komm schon, Mustafa, die Partei wird dem Kleinen schon nicht in die Unterhose gucken.«

Monatelang hatte der Friseur den Vater zu der morgendlichen Rasur überredet.

»Und Mustafa, es hat nichts mit dem Glauben zu tun, nur mit Hygiene. Und warum sollte der Kleine anders sein als sein Vater und sein Großvater und sein Urgroßvater? Wenn du Tito fragen würdest, der sagt bestimmt dasselbe wie ich.«

Hasan hörte das, während er auf dem Stuhl unter dem Bild von Tito kauerte. Er betrachtete die strenge Gestalt des Marschalls, suchte bei ihr eine Antwort und hatte nicht den Eindruck, als dächte Tito genauso wie der Friseur. Hasan wusste nicht, worum es ging, aber er fand das Lachen des Friseurs abstoßend, die Freude war übertrieben und sie waren so ängstlich darauf bedacht, dass Hasan nicht mitbekam, was sie mit ihm vorhatten und warum die Partei nicht in seine Unterhosen linsen sollte, aber ihm war völlig klar, dass nur noch Flucht half, als Ismet vor der Haustür stand. Als es vorbei war und wenn er sich schon nicht wehren konnte und wenn sie schon nicht auf sein Geschrei reagierten – das war normal, alle Jungen schrien dabei –, blieb ihm die Orange, die nachmittägliche Dämmerung und das Gefühl, dass er sich aus diesem Bett nicht mehr erheben würde. Bis die Wunde verheilt wäre. Mutter, Vater und Onkel glaubten, dass sie verheilt, aber er wusste, sie würde niemals heilen. Er würde schwer verwundet hier liegen, die Orange in der Hand, still wie ein Kissen, das auf den Boden gleitet, er wird ihre Vollkommenheit studieren, aber zeitlebens nie vollkommen erfassen. Über seinen Körper liefen Schauer, und er war frei von allen Ängsten und Nöten. Aus der Küche hörte man die Geräusche, die Nudelholz und Mehl verursachen.

»Die Oma backt ihm Kartoffelpita ...«

»Ich mag keine Kartoffeln!«

»Dann backt die Oma dir und nur dir Burek, davon kriegt keiner was ab ...«

»Nein …«

Und der Vater grinste Friseur Ismet an: »Nicht doch, wir sind in der Überzahl!«

»Ihr kriegt nichts«, sagte die alte Frau, und Hasan stiegen Tränen in die Augen. Seine Oma gab ihnen nichts von seinem Burek ab. Sollen sie doch zum Albaner beim Busbahnhof gehen und dort den fetten, ekligen Pitateig mit höchstens lauwarmer Fleischfüllung essen, ein Burek, von dem vernünftige Menschen die Finger ließen und den nur Auswärtige und Touristen kauften, die sich in ihr Kaff verirrten. Die Oma würde ihnen nichts von seinem Burek abgeben, sie war sein und er war ihr, und sie hätte Friseur Ismet sicher nie ins Haus gelassen. In dieser wundervollen Orange steckten sie und ihre Hände und der unendliche, gütige Allah, der überall und in allem ist und der gesehen hat, was sie Hasan angetan haben, und sie eines Tages – sobald sie gestorben sind, und das wird wohl spätestens am Dienstag so weit sein – nach ihren Taten fragt und mit der Hölle straft, und dann werden sie Hasan und seine Oma um Gnade und Fürsprache anflehen, ob sie nicht bei Allah um Vergebung bitten könnten für Onkel Abid und für Vater und Mutter und für den Herrn Friseur Ismet, aber Hasan wird ihm nicht verzeihen, und er wird für sie kein gutes Wort bei Allah einlegen. Großmutter wird das auch nicht tun, wenn er sie darum bittet, und das wird er. Und umsonst wird der Vater das Komitee um Unterstützung bitten. Allahs Arm ist stärker als der des Komitees, und außerdem darf Papa nicht mehr zum Komitee, weil die Partei Hasan doch in die Unterhosen gucken kann, und dann hat Papa Probleme mit der Partei und mit dem lieben Gott.

Einige Monate später stattete ihm der Tod zum ersten Mal im Leben einen Besuch ab. Mitten am helllichten Tag, grundlos und ohne Vorwarnung. Als er im Garten unter dem Kirschbaum einer Eidechse auflauerte, die sich in einem Hohlraum der alten Wurzel verkrochen hatte, dachte er, dass es die Kirschen, die Eidechse und die Wurzel nicht gäbe, wenn es ihn nicht gäbe, der sie sieht. Wenn er die Augen zumachte, war alles weg. Wenn er mit geschlossenen Lidern dahockte, konnte die Eidechse ungesehen herauskommen und ins Gras flüchten. Hasan würde nie erfahren, dass die Höhle leer war, so wie jetzt außer ihm niemand wusste, dass die Eidechse in der Höhle war. Niemand außer Allah, aber wer weiß, warum er es nicht einmal Oma Fadila verriet, die als Einzige an ihn glaubte und sich jeden Tag mit ihm unterhielt. Auch sie wusste nur das, was sie mit eigenen Augen sah. Auch für sie hörte die Welt auf zu existieren, wenn sie die Augen schloss. Wenn jemand starb, schlossen sie ihm die Augen, und der Tote konnte sie nie mehr öffnen oder schließen. Das bedeutete, dass es um ihn herum nichts mehr gab, es gab keinen Garten mehr und in dem Garten keine Kirschbäume, keine Eidechsen, keine Wurzeln und keine Hohlräume, alles wäre zwischen das Gras geflohen, das es auch nicht mehr gab. Einen Moment lang überlegte er, ob die Toten vielleicht hören könnten, denn ihre Ohren wurden nicht verstopft, zumindest wusste Hasan nichts davon, aber wenn ein Toter hören könnte, würde er doch die Augen aufschlagen, wenn Tante Mejra Arslanagić jammerte: »Ach, mein Izet, und wer gräbt mir nächstes Jahr meine Beete um?« Er würde doch die Augen öffnen und sagen, dass der Straßenkehrer Sinan sie umgraben würde, der habe es doch angeboten und Tante Mejra habe es in ihrem Kummer nur vergessen. Wer starb und sich in einen Toten verwandelte, hörte nichts mehr, sah nichts mehr, wusste nichts mehr, und nichts von dem, was existierte, existierte noch. Nichts gab es mehr, und man wusste nicht einmal, dass es nichts mehr gab. Eine Eiskugel rutschte Hasan von der Brust in den Bauch, als er begriff, dass er eines Tages selbst sterben und dann alles verschwinden würde, wenn sich der gute Allah nicht bis dahin etwas einfallen ließ. Aber warum sollte er sich für ihn etwas ausdenken, wenn er es nicht für Vetter Izet getan hatte und auch nichts für seine Oma tat, die sich jeden Tag mit ihm unterhielt? Und worüber redete man überhaupt mit Gott, wenn nicht über solche Dinge?

Er saß unter dem Kirschbaum, und es interessierte ihn nicht mehr, ob die Eidechse jemals wieder aus dem Loch herauskam. Er rührte sich nicht und dachte, unter dem weiten Himmelszelt gäbe es keinen einzigen Grund, für den sich die geringste Regung lohnte. Die glatte Kugel aus Angst lag im Magen und würde niemals wegtauen. Das Gefühl, das er damals hatte, veränderte sich mit den Jahren des Erwachsenenwerdens nicht mehr. Der fünfjährige Junge war der fertige Mann. Jeder Albtraum – und von diesem Tag an sollte er mehr Albträume als Schlaf bekommen – beruhte auf Hasans Missverständnis mit dem Tod. Statt Ungeheuern, Drachen und Dämonen suchte ihn der Tod im Schlaf heim, unbeschreiblich und schrecklich, stumm und gesichtslos und überhaupt ohne den leisesten Hinweis, an dem man das Böse erkennen konnte. Es konnte jede Gestalt annehmen und in jedem Moment zum Vorschein kommen, wann immer man daran dachte. Der Schrei, mit dem er aufwachte, brachte Vater und Mutter über Jahre zur Verzweiflung, die Großmutter bezahlte diverse Imame, damit sie – heimlich – Amulette anfertigten, Onkel Abid brachte ihn zum berühmtesten Kräuterdoktor der Romanija und bekam zu hören, gegen Angst sei kein Kraut gewachsen. Habe sich ein Kind einmal so erschreckt, dass es Nacht für Nacht die Angst begleite, sei es für den Rest des Lebens verloren. Es werde, wenn es Glück habe, zu einem ängstlichen Menschen heranwachsen, und wenn nicht, verlöre es den Verstand und ginge an den einzigen Ort, der für Menschen mit mehr Angst als Lebensmut sicher sei, und das sei nicht die Irrenanstalt, der sei vielmehr im Kopf oder in der Seele oder in dem, woran jemand glaubte, in jeden Fall fernab von anderen Menschen und allem, was das Leben lebenswert machte. Das müsse ein solches Kind ertragen, so gut es eben ginge. Er könne ihm nicht helfen, und sie sollten ihre Zeit nicht damit verschwenden, anderswo Hilfe zu suchen, denn für solche Ängste gebe es keine Hilfe. So sah das Schicksal aus, das der Kräuterdoktor Hasan prophezeite und Hasans Vater und Mutter stärker erschütterte als ihn selbst. Damals entwickelte Hasans Vater sein erstes und letztes, aber lebensrettendes nationalistisches Vorurteil. Der Kräuterdoktor stamme aus einer Gegend, in der sich während des Zweiten Weltkrieges alle den Tschetniks angeschlossen hätten, und das spüre man immer noch: »Sie beschreien das Kind, weil es andersgläubig ist.« Nun, es war ein schwacher Trost für den Vater, so schwach wie seine Überzeugung, dass Menschen je nach Geburtsort oder Nachnamen besser oder schlechter seien. Er hatte Angst, dass Hasans Angst in Schlimmeres umschlug, dass sein einziger Sohn verrückt und nach seinem Tod zum Dorftrottel werden würde. Und von denen hatte es immer zwei, drei im Dorf gegeben. Sie liefen ziellos herum, die Kinder warfen Steine nach ihnen, gute Menschen ernährten und beschützten sie, der Pope ließ sie im Winter in seinem Stall schlafen, und die alten Weiber tratschten darüber, aus welch noblen und vornehmen Familien sie stammten und dass ihre Väter und Mütter vor Gram und Alter gestorben seien und dass sie jetzt ihren Kopf nur deshalb auf dem Hals trügen, damit das Unglück ein Zuhause habe. Der Vater sah seinen Hasan schon als Dorftrottel und fürchtete die Tage, die da kommen würden.

Das dauerte bis zur Pubertät, dann hörten die Schreie allmählich auf, die Albträume wurden entweder seltener, oder Hasan konnte sich nicht mehr an sie erinnern, wenn er morgens aufwachte. Der erwachsene Mann unterschied sich von dem fünfjährigen Knaben nur darin, dass er schneller vergaß und gelernt hatte, nicht an das zu denken, worüber man nicht nachdenken kann. Dort, wo die Gedanken aufhören, beginnt das Grauen, und es gibt nichts mehr außer dem Grauen, weder Hoffnung noch Trost. Deswegen muss man vergessen, darf den Körper nicht als etwas empfinden, ohne das man nicht leben kann, sondern muss ausharren wie ein Blatt Papier, wie ein Wandkalender, wie jedes beliebige Ding oder Wesen, das endlich ist, aber niemals dem Tod begegnet. Je geschickter du darin bist, desto leichter hast du es mit anderen und mit dir selbst. Je ähnlicher du Pflanzen und Tieren wirst, desto süßer und sorgloser lebt es sich – es sei denn, du wärst wirklich gläubig. Ungläubige sind unglücklich, sobald sie über die ihnen gewährte Frist nachdenken. Dieses Unglück ist ihre einzige Gottesstrafe.

An dem Tag bevor er nach Belgrad fuhr, um von dort acht Tage später nach Amerika zu fliegen, saß Hasan neben demselben Bett, in dem er sich zum ersten Mal gesegnet gefühlt hatte. Halb aufgerichtet, mit drei dicken Daunenkissen im

Kreuz, schälte Oma Fadila Walnüsse. Im letzten Frühjahr war sie neunzig geworden, ihre Beine trugen sie nicht mehr, also schleppte der Vater sie zur Toilette und durchs Haus, damit sie nachsehen konnte, ob alle Fenster geschlossen und genug Kohlen im Ofen waren. Auf die Idee, dass andere diese Dinge erledigen könnten, kam sie nicht, sondern sie rief ihn alle naselang, und er trug sie an die dreißigmal pro Tag herum und büßte so manche Sünde ab. Wenn der Südwind wehte und selbst den Jüngeren Gedanken und Gefühle durcheinander wirbelte, erkannte sie ihren Schwiegersohn nicht. Dann hielt sie sich für eine alte Begovica und ihn für einen Laufburschen, der keine Minute arbeitslos herumsitzen durfte. Einen Tag später rief sie ihn wieder beim Namen, wusste, dass Mustafa der Mann ihrer Tochter war, nannte ihn einen guten Menschen, nur ihre Tochter tauge nichts. Bis hoch in die achtzig hatte sie nie jemanden kritisiert, und jetzt hatte sie andauernd etwas auszusetzen, vor allem an jenen, die ihr besonders nahe standen. War der eine gut, musste der andere schlecht, ja sehr schlecht sein. Anders ging es nicht. Alle in ihrer Umgebung wechselten die Rollen, heute warst du der, morgen der, heute Engel, morgen Teufel, und das Schlimmste war, dass Oma Fadila ihnen die Rollen nicht beliebig zuwies, wie es ihr gerade in den verwirrten Sinn kam. Jeder war klar kenntlich, vor allem in seiner Teufelsgestalt. Das Böse existiert, es steckt in jedem, aber es unterscheidet sich von Mensch zu Mensch wie der Fingerabdruck. Oma Fadila kannte sie und verwandelte sie in Ungeheuer, aber so, dass der Betroffene sich darin wiederfand. Sie kannte ihre Seelen, jede gute und jede schlechte Eigenschaft. Sie, die früher nur ihre guten Seiten wahrnahm und ansprach, behelligte sie im hohen Alter mit den guten wie den schlechten Charakterzügen. Jeder kennt seine guten Seiten und verbreitet sich gern über sie, vor anderen wie vor sich selbst, versteckt aber das Böse, und so bleibt das Schlimmste im Menschen von Freund wie Feind unentdeckt; mit der Zeit versteckt er es sogar vor sich selbst, und je älter er wird, desto weniger kennt er das Böse in sich. Als Kind und Jugendlicher weißt du, dass du töten, klauen und betrügen würdest, du wünschst deinen Liebsten die Pest an den Hals, zerquetschst Käfer mit einem Stein, drehst Schwächeren den Arm rum und weidest dich an ihrem Schmerz, du zündest einen Schuppen an und tust jeden Tag etwas Böses, aber du weißt um deine Schwächen und was du wann wem gewünscht hast. Oma Fadila erinnerte alle, die mit ihr unter einem Dach wohnten, an das Böse in sich, das sie verdrängt hatten.

Mutter saß an ihren Teufelstagen am Küchentisch, weinte und war untröstlich und konnte niemandem in die Augen sehen. Der Vater setzte sich mit der Schnapsflasche vors Haus, schwieg und schnaubte ziemlich häufig, als hoffe er, mit genügend Ausdauer den Teufel herausschleudern zu können. »Wenn sie nicht bald geht, ärgern wir uns tot, am Ende glauben wir noch, dass wir wirklich so sind, wie sie behauptet«, beschwerte er sich mit gedämpfter Stimme bei Hasan. Der antwortete nicht und konnte nichts dazu sagen. Sie taten ihm von ganzem Herzen leid, allerdings nicht leid genug, als dass er seiner Großmutter den Tod gewünscht hätte. Nichts konnte so schlimm sein, um diesen Wunsch zu wecken. Er hatte ein schlechtes Gewissen, weil er nur einmal im Monat heimkam, während die beiden den ganzen Tag um sie waren und ihnen außer Onkel Abid keiner half. In Hasan entdeckte Oma Fadila nie den Teufel, vielleicht, weil er so selten kam. Wenn sie ihn nicht erkannte, sagte sie: »Na, du hübscher Kerl, von wem stammst du denn ab? Du musst Sretens Sohn sein, keiner sonst ist so schön im Dorf.« Sreten war der Arzt, er kam zweimal die Woche zur Großmutter und war überhaupt kein schöner Mann, aber für sie war er der Schönste, und es war das größte Kompliment, wenn sie jemanden mit Sreten verglich. Wenn sie Hasan erkannte, hegte sie ihm gegenüber dieselben Gefühle wie früher auch. Sie stellte ihm viele Fragen: Wie es in Mostar war? In Sarajevo? Was er dort mache? Ob er eine Freundin hätte? Auf Freiersfüßen sei? Ob er Geld brauche? »Kriegst du von der Oma, die Oma hat welches«, und sie zog unter dem Kissen einen Geldschein hervor, es waren fünf Dinar, Hasan nahm ihn und schob ihn, wenn die Oma eingeschlafen war, vorsichtig unter das Kissen zurück. Sobald er das Zimmer verließ, vergaß sie alles, was er ihr erzählt hatte, auch wenn er nur kurz zur Toilette ging. Dann fing die ganze Geschichte von vorn an, dieselben Fragen und Antworten, aber der Geldschein war nicht mehr unter dem Kissen. Dann beschimpfte die Oma lauthals die Mutter oder den Vater oder Onkel Abid, je nachdem, wer an dem Tag grad der Teufel war. Die Mutter versteckte Geld, weil sie sich wie jede geborene Hungerleiderin ständig den Bauch voll schlug und jeden Dinar durch den Darm jagte, der Vater schleppte das Geld zum Komitee, als wäre die Partei nicht schon reich genug und als würde sie ihn je in ihren Reihen aufnehmen, weil er sie schmierte, und Onkel Abid klaute schlicht und ergreifend gewohnheitsmäßig, ein geborener Dieb, er würde dir die Tränen aus den Augen rauben, wegen Leuten wie ihm sind die Renten so niedrig, wegen denen hat die Jugend im Land nichts zu lachen. Deswegen verkniff sich Hasan den Gang zum Klo, solange er bei seiner

Großmutter saß. Hoffentlich machte seine Blase mit, er hätte schließlich die Folgen ausbaden und alles von vorn anhören müssen. Und es ist auch nicht angenehm, wenn deine Mutter und dein Vater und Onkel Abid zweimal übel beschimpft werden, nur weil du nicht lange genug einhalten kannst. Natürlich hatte er in dem Moment den Drang zu pinkeln, in dem er sich zur Großmutter gesetzt hatte.

Alle waren überglücklich, wenn die Oma sich der Untersuchung gesellschaftlicher Phänomene zuwandte und den Teufel außerhalb des Hauses entdeckte. Das geschah leider selten, aber wenn, dann standen alle um ihr Bett herum und kringelten sich vor Lachen. Das machte die Oma grottenwütend, aber sie blieb gegenüber ihren Liebsten sanft und beschützte sie im Leben wie in Gedanken vor dem Bösen der Welt. Nie wechselte sie von nun auf jetzt ihre Meinung. War man an einem Tag gut, brauchte man sich keine Sorgen zu machen, das blieb dann bis zum nächsten Tag so. Erst im Schlaf sortierte sich die Welt und die Verteilung von gut und böse darin neu. In politischer Hinsicht fand sich der Teufel meistens in Deutschland und hieß Konrad Adenauer. Er war entweder Tourist in Makarska oder Fußballspieler oder ein Unternehmer, der in Frankfurt unsere Leute den ganzen Tag über die Baustelle scheuchte und ihnen dann das verdiente Geld abnahm und Schnaps einflößte. Der Teufel konnte ein Russe sein, der den Tschechen Panzer schickte und den Glauben an Gott verbot, und der Russe kommt auch zu uns, so wie das aussieht. Mustafa, glaub du nur an dein Komitee, aber wenn der Russe mit seinem Panzer vor unserem Hof steht, wird dir die Partei nicht helfen, sondern verfrachtet dich in einen Viehwaggon, und dann ab nach Stalingrad, und da kannst du Stalin dienen, wenn der dir lieber ist als deine Angehörigen. Der Teufel konnte aus jeder Nation sein, von der Oma Fadila im Fernsehen gehört hatte oder deren Fahne sie bei der Eröffnung der Olympiade gesehen hatte, aber er war niemals Amerikaner. Über Amerikaner sprach sie nie, sie ärgerte sich auch nie über das, was diese auf der Welt veranstalteten, im Unterschied zu den Ungarn und Bulgaren und Italienern und Enver Hoxha, der ihr Land am liebsten in Stücke gerissen hätte, als wäre Jugoslawien ein Stück Burek, das der Teufel zerpflückt. Ein Amerikaner war für Oma Fadila jemand, der sich durch nichts, auch nicht im Bösen, von anderen Menschen abhob und der sich dadurch auszeichnete, dass er nach jenem Krieg Pakete mit Trumans Eiern aus dem Flugzeug abgeworfen und den Film erfunden hatte. Weder das eine noch das andere konnte Teufelswerk sein.

Weniger angenehm waren Tage, an denen sie den Teufel im Inland entdeckte. Dann wurden alle Fenster verrammelt, jeder Besucher abgewiesen und nicht einmal dem Postboten geöffnet, damit keiner zufällig mitbekam, was vom Bett herübertönte. Die Tschetniks hatten nicht vergessen, dass sie Tschetniks waren, sosehr sie sich verstellen mochten. Kamen ihre Kinder von der Schule, bekamen sie gesagt, sie sollten alles vergessen, was sie dort gelernt hatten, und dann machten sie aus ihnen kleine Tschetniks. Deswegen gab es unter deren Kindern keine guten Schüler. Ihre Augen waren rot, aber nicht aus Schlafmangel oder vom vielen Lernen, sondern weil sie dich ansehen und sich dein Blut darin spiegelt. Die Ustaschas sind sich neuerdings zu fein, sie brauchen uns nicht mehr, und prompt gefallen ihnen unsere Moscheen nicht mehr. Seht ihr, wie sie an der Moschee vorbeigehen, wie sie sie ansehen? Als sei es ein Schweinestall und kein Gotteshaus. Sie sagen nicht gern Mustafa, deswegen sagen sie lieber

Hujdur, weil sie damit nichts verbinden, aber Mustafa hat für sie eine Bedeutung, und diese Bedeutung tut ihnen weh. Die Parteibonzen sind Diebe, wenn sie nicht obendrein Tschetniks oder Ustaschas sind, sie haben aus dem Land eine Räuberhöhle gemacht und das Stehlen zum Hauptfach im Komitee, damit sonst keiner das Handwerk lernt und ihnen hineinpfuscht. Dann zählte sie die Namen von Politikern auf, die noch lebten oder von denen sie vergessen hatte, dass sie gestorben waren, und sie mischte immer ein paar Namen aus dem Dorf hinein – etwa den Kaufmann Ferid –, die weder Politiker waren noch überhaupt etwas mit Politik zu tun hatten, die ihr aber gerade gegen den Strich gingen. Dann wurde der Ladenbesitzer Ferid zum dritten Mann hinter Tito, der uns vorschreiben wollte, wie und wovon wir zu leben hätten, und es war vergebene Liebesmühe, Großmutter zu erklären, dass Ferid nur einen Laden hatte und weder im Komitee saß noch ein Parteifunktionär war. »Von wegen«, sagte sie, »der Laden ist nur Tarnung, damit die sich verplappern, die dort für teuer Geld Brot kaufen, und dann zeigt er sie sofort bei Edvard Kardelj an.« Der Teufel war überall, und so hatte Oma Fadila außer am guten Allah nur an ihrem Enkel und an Tito niemals gezweifelt. Dessen Name leuchtete in ihrem Kopf, als sei er mit ewig eingeschalteten Glühbirnen ans verlassene Haus der Kultur geschrieben. Ihrer Meinung nach würde Tito noch heute seine Tage mit den Schönen des Paradieses verbringen und seine Seele in den Obstbäumen blühen und gedeihen, sobald der Frühling in unser Land kommt.

So saß sie da und schälte Walnüsse. »Ich ruh mich noch ein bisschen aus, dann mach ich Baklava.« Vater hatte zu diesem Zweck extra einen großen Sack Walnüsse besorgt, damit Oma

Fadila etwas zu knacken hatte, wenn sie an Baklava dachte. Anfangs hatte Mutter, um die Nüsse zu verwerten, tatsächlich Baklava oder einen anderen Kuchen gebacken, aber da Baklava zu Großmutters fixer Idee wurde und sie die Walnüsse auch nicht so schälte, dass man sie direkt verwenden konnte, sondern vorher die Schalen herausklauben musste, landeten sie später doch im Müll. »Ich hab weder die Zeit noch seh ich gut genug, um das auch noch zu schaffen«, beschwerte sich die Mutter, »es wird schon dunkel, und ich habe noch nicht einmal den Teig ausgerollt.« Es war einer jener Tage, an denen Oma Fadila Hasan nicht erkannte. Obwohl er wusste, dass es sinnlos war, erzählte er ihr Dinge, um sie auf die richtige Spur zu setzen.

»Erinnerst du dich, wie du mich zum Schneider Prguda in Nevesinje mitgenommen hast? Du hast einen Anzug bestellt, aber er hat mir einen Frack genäht. Papa sagte hinterher: Schau mal, wie ein Grashüpfer.«

Großmutter lachte und sah schelmisch zu ihm hoch:

»Nun sieh dir den an, wie der eine alte Frau umgarnt. Denkt, ich merke es nicht. Würde gern zur Familie gehören und erfindet was. Als könnten wir nicht gut miteinander sein, obwohl wir uns gerade erst kennen gelernt haben.«

Es wurde dunkel, und Hasan stand auf, um das Licht einzuschalten. Oma Fadila brauchte kein Licht. Nicht, weil sie nicht mehr gut sah, denn das funktionierte noch, sie arbeitete im Dunkeln so gut wie am hellen Tag und knipste nie Licht an, wenn sie abends allein im Haus war. Sie zündete nicht einmal eine Kerze an. Künstliches Licht war für sie ein Luxus. Wenn etwas für sie leuchtete, dann der Fernseher.

»Der gute Allah weiß, warum die Sonne jeden Tag untergeht, was hätte ich daran zu verbessern«, sagte sie.

»Und was hätte Allah zum Fernseher gesagt?«, versuchte sie der Vater aufzuziehen, aber das ließ sie nicht gelten. Sie verbot ihm den Mund und schaltete den Fernseher an, wann immer er ausgeschaltet wurde. Sie verstand es als lässliche Sünde, die sie dem Allmächtigen schon irgendwie erklären würde, wenn es so weit war. Es sollte ihr nicht schwer fallen, war es doch ihre einzige Sünde.

»Und was sagst du zum Schneider Prguda aus Nevesinje? Ja schau, ich kannte einen Prguda, aber der war kein Schneider, sondern Klempner. Er hat in jenem Krieg Kanonenöfen gebaut. Später haben sie ihn abgestochen.«

Er kannte die Geschichte.

»Wer hat ihn abgestochen?«

»Ist doch nicht wichtig, wer ihn abgestochen hat. Er ist nicht mehr, was soll man darüber reden ...«

»Erinnerst du dich nicht?«

»Und wenn, es wäre besser für mich. Wer wollte sich an so was erinnern?«

»Und hast du noch mehr vergessen?«

»Kann schon sein. Aber nichts Wichtiges. Ich danke dem lieben Allah, wenn ich etwas vergessen habe ...«

»Du hast mich vergessen ...«

»Nein, wie kann ich dich vergessen, wenn ich dich heute zum ersten Mal sehe? Aber du bist gekommen, und ich werde dich nicht vergessen, und ich danke dir, dass du gekommen bist. Es ist nicht leicht, allein zu sein, wenn man alt wird, und ich bin alt geworden. Ich halte mich ganz gut, aber ich bin alt geworden. Das muss mir keiner sagen. Ich weiß es selbst ...«

»Oma, ich bin dein Enkel, dein Hasan.«

Die Oma lachte herzlich, als würde im Fernsehen die Komödie mit Čkaljo und Mijo laufen: »Was für ein Schelm!

Mein Enkel. So einfach ist das nicht mit Enkeln. Und so alt bin ich doch noch nicht, dass ich schon viele Enkel hätte. Obwohl ich dich gern habe …«

»Und wie alt bist du?«

»Da siehst du es! Wenn du mein Enkel wärst, wüsstest du das.«

»Aber ich weiß es doch, über neunzig.«

»Ach was, über tausend …«

Die Zeit verrann, der Bus fuhr bald, und es war ihm wichtig, dass sie ihn zumindest für einen Moment erkannte. Er wusste, dass er Oma Fadila zum letzten Mal sah, weil sie sterben würde, bevor er zurückkam. Vielleicht würde sie sich nie mehr an ihn erinnern, vielleicht würde sie morgen nach ihm fragen, und wenn sie ihr dann sagen würden, er sei nach Amerika gegangen, wäre sie traurig, nach Amerika, und er hat sich nicht von mir verabschiedet, ich hätte ihm gern fünf Dinar gegeben, für unterwegs. Er wäre fast in Tränen ausgebrochen.

»Du hast nie etwas Hässliches zu mir gesagt.«

Sie sah ihn erstaunt an.

»Aber du hättest es tun können, so wie du den anderen alles gesagt hast.«

Sie hob die Augenbrauen, wie eine Schauspielerin.

»Und ich hätte es schön gefunden, wenn du es mir gesagt hättest, dann wüsste ich, was in mir steckt.«

Sie hörte auf, Walnüsse zu knacken.

»Was in dir steckt?«, fragte sie, um sich zu vergewissern.

»Ich weiß es nicht«, antwortete er und nahm ihre Hand.

Sie zog sie zurück, schließlich war er ein Fremder. »Wie solltest du es wissen, in dir konnte sich noch nichts ansammeln, warte und du wirst es wissen, so wie es alle irgendwann wissen.«

»Oma, ich fahre nach Amerika.«

»Geh, mein Sohn, viel Glück auf deinem Weg. Es war schön, mit dir zu plaudern. Ich kann gar nicht sagen, wie gut mir das tut.«

»Und wer weiß, wann ich zurückkomme.«

»Geh dahin, wo du es besser hast. So ist es recht. So war es schon immer recht. Wer etwas anderes sagt, lügt. Ich würde auch gehen, wenn ich das Haus allein lassen könnte.«

Er stand auf und fragte ängstlich: »Oma, darf ich dir einen Kuss geben?« Hoffentlich schlug sie es ihm nicht ab.

Sie blinzelte ihn wie geblendet an: »Darfst du, aber nicht auf die Hand. Ich bin kein Sultan und kein Zar, nur eine alte Frau.«

Sie roch nach Kernseife, Walnuss, Stärke und Rosen. Ihr Atem ging leicht wie der eines Kindes, er musste sich anstrengen, ihn zu hören.

»Der gute Allah möge dich beschützen«, flüsterte er.

»Und dich, mein Sohn, welchem Glauben du auch angehörst, er soll dich schützen.«

Drei Monate später brachte ihm ein Schwarzer in der Uniform der amerikanischen Luftwaffe, Statist in irgendeinem Film, vom Portier ein Telegramm. Der Vater schrieb, Oma Fadila sei gestorben und er brauche sich keine Gedanken machen, die Beerdigung sei bestens verlaufen, sie sei so zu Grabe getragen worden, wie sie es gewollt hatte. Vor langer Zeit, als Hasan noch klein war, hatte der Vater der Großmutter ohne jeden Anflug von Humor gedroht, sie nach atheistischen Riten zu beerdigen, weil er als Kommunist das nicht anders erlauben könne. Sie zitterte vor Angst, wurde weiß wie die Wand und fürchtete sich mehr davor, keine Dschenase zu bekommen, als Hasan sich vor dem Tod selbst fürchtete. Später wurde über solche Dinge nicht mehr gesprochen, der Vater erwähnte Omas Beerdigung jahrelang mit keinem Wort, aber jetzt war es ihm wieder eingefallen, und um jeden Zweifel auszuräumen, betonte er im Telegramm, dass Großmutter so zu ihrem Allah gegangen war, wie sie mit ihm gelebt hatte. Die Nachricht von ihrem Tod stürzte ihn weder in Trauer noch kam sie überraschend. Er hatte sich beim Abschied an den Gedanken gewöhnt, als er auf den Bus nach Belgrad wartete, hatte er sich nach dem Elternhaus umgedreht, ein kleiner Punkt, kleiner als Vaters Nitroglycerintabletten. Es gab niemand, dem er die Nachricht hätte weitergeben können und der sich für Einzelheiten interessiert hätte, etwa wie alt die Großmutter geworden wäre, oder seinerseits etwas erzählt hätte, er habe auch so eine Großmutter gehabt, sagen wir in Nevada, die habe Bären gejagt und Blaubeerkuchen gebacken. Um ihn herum fand der Zweite Weltkrieg statt, die Alliierten marschierten in Paris ein, ein Paris aus Sperrholz und Pappe, von oben warfen Bühnenarbeiter Konfetti, Tausende falscher Küsse wurden vor dem Triumphbogen geküsst, Reden wurden gehalten, Blasorchester marschierten über die Boulevards, Männer warfen Hüte und Kappen in die Luft und meldeten sich freiwillig, um so schnell wie möglich an die Front zu kommen und jede europäische Stadt ihrer Befreiung zuzuführen. Nachdem alles vorbei war, zerlegte Hasan mit drei Indern und einem Steve die Stadt und verpackte sie in graue Eisenbahncontainer, auf denen *Cargo* und *Fragile* stand.

Kurz vor Toledo fing es wieder an zu schneiden. Er weckte Angela.

»Ich habe geträumt«, sagte sie.

Der Bus stand vor dem Supermarkt, beim Aussteigen grüßte er den Fahrer, aber der hörte ihn nicht.

»Ist das kalt«, sagte sie.

»Das kommt vom Schlafen, gleich wird dir warm«, antwortete er.

Er war noch nicht ganz aus dem Zustand der Seligkeit zurückgekehrt, aber die Zeit war reif. Junge Männer in weißen Kitteln versuchten aus dem Truck der Molkerei ein riesiges Käserad zu heben. Für zwei war es zu schwer und für einen dritten gab es keinen Platz.

»Wie wär's, wenn wir ihn rollen?«, schlug einer vor, »wie einen Feuerstein.«

Der Käse war mit orangefarbenem Wachs überzogen und hätte im Kino nicht gut gewirkt. Ein guter Käse sieht dreckig aus, hat in Asche gelegen, im Rauch gehangen oder war vielleicht wirklich da, wo er herkam, über Asphalt gerollt worden. Hasan hätte gern gewusst, wie die Szene ausgehen würde und auf welche Art der Käse schließlich im Supermarkt landete.

Sie gingen hinein, weil sie etwas kaufen wollte. Sie lebte in der Angst, dass die Glühbirnen im Badezimmer den Geist aufgaben und sie zu Hause keine Ersatzbirne hatten, oder dass ein Knopf abging und kein Faden im Haus war. Immerzu fehlte etwas, und Angela irrte durch die Gänge, um mit einem neunten oder elften Sinn herauszufinden, was das sein könnte.

»Ich muss telefonieren«, sagte er und ging auf die Telefonzelle hinter den Kassen zu.

»Willst du das Handy?« Sie griff in die Handtasche.

»Nein, so ist es einfacher.«

Er rief den Abschleppdienst an und kümmerte sich endlich um Buick Rivera.

»Bei welchem Kilometerstein liegt er denn?«, fragte eine

weibliche Stimme. Hasan wusste die Antwort nicht. »Können Sie es nicht wenigstens ungefähr sagen?«, wunderte sich die Stimme, es klang wie bei einem Quiz, bei dem er eine Million Dollar gewinnen könnte.

Er wartete vor dem Supermarkt auf Angela, die Jungs kämpften noch immer mit dem Käse, aber der weigerte und wehrte sich und fiel schließlich dem dritten, der nicht mehr auf die Ladefläche passte, auf den Fuß. Er heulte auf vor Schmerz, die andern zwei mussten kurz lachen, denn es ist zum Lachen, wenn ein Käse einem Mann auf den Fuß fällt. Fällt ihm ein Amboss auf den Fuß, ist es nicht zum Lachen, obwohl Käse und Amboss gleich schwer sein können. Der dritte fluchte, und die beiden wurden ernst: »Hast du dir etwas gebrochen?«

Der dritte hüpfte um den Lastwagen herum und schüttelte die Arme, als sitze der ganze Schmerz in den Armen und er könne ihn herausschleudern.

Angela kam mit einer Tüte heraus. »Gehen wir!«

Er bedauerte, dass er das Ende von der Geschichte mit dem Käse nicht mitbekam.

Sie gingen zu Fuß nach Hause.

»Hör mal, ich habe mir überlegt, dass es vielleicht am besten wäre, wenn ich mir ein Zimmerchen oder eine klitzekleine Wohnung in Salem nehme, in der ich während der Probenzeiten wohnen kann«, fing sie an.

»Das wäre vollkommen in Ordnung.« Ihm gefiel die Vorstellung, eine gewisse Zeit allein zu Hause zu sein. Bei einer Trennung auf Zeit würde sich einiges ändern, er würde ihr fehlen, und sie würde ihm auch fehlen, und das wäre gut.

»Es dürfte nur nicht zu teuer werden.«

»Wie teuer?«

»Einige hundert Dollar. Ich weiß nicht, aber es ist sicher teuer.«

»So viel kostet es nicht.«

»Meinst du? Und was machst du, während ich weg bin?«

»Dasselbe wie immer, ich würde auf dich warten ...«

»Und im Alhambra Billard spielen«, merkte sie an, aber es klang nicht böse.

»Ja, wahrscheinlich schon.«

»Ich würde gern Billard spielen lernen ...«

»Wirklich? Das lernt man schnell, du brauchst höchstens ein paar Stunden. Ich habe es in ein paar Stunden gelernt, und du kannst deine Bewegungen besser koordinieren. Wir können morgen damit anfangen, in Salem. Zwei Querstraßen hinter dem Theater gibt es einen Billardsalon mit hundert Tischen ...«

»Warum nicht im Alhambra?«

»Du kennst doch José, er würde es nicht erlauben.«

»So ein Depp.«

»Ja, irgendwie schon ...«

»Das sagst du zu mir? Und was sagst du ihm?«

»Worüber?«

»Über mich?«

»Nichts. Wir reden nicht über dich. Wenn ich ehrlich bin, reden wir eigentlich kaum.«

»Sondern?«

»Nichts, wir gucken uns an. Piero und ich spielen Billard, und José schaut zu.«

»Was es nicht alles gibt. Komische Männergesellschaft.«

»Frauen sind nicht komisch?«

»Doch, Frauen sind auch komisch. Aber Frauen sind wie

Sex and the City. Man weiß alles über sie. Von Männern weiß man nichts …«

»Doch, aber sicher, das Kino erzählt nur von Männergesellschaften. Jeder Western, alle Filme, die Frauen nicht gern sehen wollen. Kriegsfilme zum Beispiel. Das ist wie im richtigen Leben …«

»Western und Kriegsfilme. Und die anderen Streifen? Die schaust du dir nicht an. Du drehst nur hohe Kunst, aber du schaust dir nur Kriegsfilme an. Als würde Ionesco nur Barbara Cartland lesen. Das ist wirklich komisch …«

»Nein, das ist nicht komisch …«

»Doch, ich find's schon komisch …«

»Ist das ein Vorwurf?«, fragte er gegen seine Gewohnheit, aber sie war so traurig und lieb.

»Das ist kein Vorwurf. Es ist schön, so zu sein …«

»Geli …«

»Was ist?«

»Ich habe den Abschleppdienst angerufen.«

»Wurde auch Zeit …«

»Geli …«

»Ja?«

»Reg dich bitte nicht auf …«

»Warum sollte ich mich aufregen?«

»Aber Buick Rivera ist wie Baseball. Was andern Männern der Baseball, ist mir Buick Rivera.«

Sie blieb stehen, er stellte die Tüte mit den Einkäufen ab, sie steckte die Hände in die Manteltaschen.

»Du bist eine Laus. Du nutzt jeden Moment, um mir das Blut auszusaugen.« Sie war ganz ruhig.

Er verdrehte die Augen und nahm die Tüte, um weiterzugehen.

»Jetzt bleib mal stehen.«

Er blieb stehen und blickte über ihren Kopf hinweg. Die Tüte behielt er in der Hand. Angela lächelte und schwieg.

»Bist du jetzt beleidigt? Warum denn, bitte schön? Meinst du nicht, dass ich mehr Grund hätte, beleidigt zu sein? Wenn es mir einmal fünf Minuten gut geht, nutzt du es sofort aus. Ich weiß im Voraus, du wirst irgendeinen verfluchten Satz sagen. Und so fühle ich mich nicht einmal dann wohl, wenn es mir gut geht. Das ist es, Hasan. Du bist wirklich eine Laus. Es ist schwer, dich zu lieben. Weißt du das?«

Er verzog das Gesicht und stieß Luft durch die Nase, es sollte eine zynische Antwort sein.

»Du bist ein Schwächling, deswegen schweigst du und wartest, bis ich meinerseits Schwäche zeige. Und dann greifst du an. Im Kleinen«, sagte sie und schwieg, während sie auf seine Reaktion lauerte. Sie war entschlossen, auch sehr lange zu warten, so lange, bis er aus sich herausging, was immer dann geschehen mochte und was es auch kosten mochte. Auf alles gefasst und sicher, dass Hasan nichts Unerwartetes tun oder sagen könnte, jedenfalls nichts, was schlimmer sein könnte, stand sie regungslos da und sah ihm in die Augen. Sie benahmen sich wie die Paare, die auf der Straße kurz vor einem großen Streit stehen. Das konnte dauern. Sie stehen vor dem Fußgängerüberweg, du siehst sie vom Wagen aus, während du auf die Grünphase wartest, rechnest jeden Moment mit einem Ausbruch, dass sie anfängt zu heulen oder er anfängt zu schreien, aber nichts passiert. Sie werden dort noch mindestens drei Grünphasen lang stehen, und drei Fahrer werden bei Rot auf etwas warten, was alle aus ihrem oder fremden Leben kennen.

»Können wir jetzt?«, fragte er.

»Nein, Hasan!«

»Hattest du nicht gesagt, dir sei kalt?«

»Jetzt nicht mehr. Und? Was wirst du tun? Nichts, oder? Willst du dich umdrehen, fortgehen und mich hier stehen lassen? Nein. Siehst du, ich weiß es. Das bringst du nicht fertig.«

Er sah sie erschrocken an. So hatte er sie noch nie erlebt. Er wäre gegangen, damit hätte er kein Problem gehabt, aber was hätte das bringen sollen und was hätte sich dadurch geändert? Es hätte nur ein Spiel in die Länge gezogen, das nicht sein Spiel war.

»Ich gebe nicht nach. Von mir aus können wir bis morgen früh hier stehen bleiben. Jetzt habe ich Zeit. Ich habe beschlossen, dass ich jetzt Zeit habe.«

»Worin willst du nicht nachgeben? Habe ich etwas von dir verlangt?«

»Das weißt du nur zu gut. Aber das kriegst du nicht von mir.«

Sie würde sich also nicht mit Buick Rivera abfinden. Es war, als hätte er mit einer verwitterten Bohle vom Bau einen Schlag vor den Kopf bekommen.

»Was du da machst, grenzt an Sadismus«, er brachte es kaum über die Lippen und benutzte doch ganz bewusst dieses Wort, von dem er wusste, dass Angela es mehr als nur verabscheute und dass es eine geradezu mörderische Wirkung auf sie hatte. Es auszusprechen bedeutete dasselbe, wie wenn man in der Familie von Erstickungsopfern das Wort Gas aussprach, und schlimmer noch, denn Angela war das Opfer, eine von jenen, die nicht vergessen, sondern ihrem Leben mit verbotenen Worten Denkmäler setzen, die man kilometerweit sieht, und du weißt alles über den Bauherrn, noch bevor du sein Gesicht siehst. Hasan sprach weder mit anderen noch mit ihr über Sadisten und Sadismus, vielleicht hatte er über das Thema nie nachgedacht. Was man im Westen Sadismus nennt, trug in seiner Welt viel schlichtere, banalere Namen. Prahlhänse und Gewalttäter, Nachbarn, die den Kindern die Ohren lang zogen, sobald ein Fußball in ihrem Hof landete oder sie sie beim Kirschenklauen erwischten, betrunkene Ehemänner, die ihre Frauen verprügelten, wild gewordene Väter, Milizionäre in nächtlichen Aktionen gegen zufällige Passanten, Postboten, die wichtige Briefe absichtlich an die falsche Adresse trugen oder freudestrahlend Telegramme mit Todesnachrichten überbrachten, Geheimpolizisten und Totengräber, die alles Gold von der Leiche raubten, unverheiratete Mathelehrer, Tschetniks, die sich noch zwanzig Jahre nach dem Krieg in den Höhlen im Karst versteckten, Schuldiener, die sich an den Mädchen vergriffen, Majore in den Kasernen Ostserbiens, Vergewaltiger und Mörder, Spitzel vor den Moscheen, Wahrsager, die Erbsen auf den Tisch schütteten und für morgen, in drei Monaten oder fünf Jahren Schlagwetter im Bergwerk prophezeiten, Moscheemäuse, die dem Imam meldeten, in welchen Häusern Schnaps konsumiert wird, junge Männer, die vor dem Kiosk ihr Bier tranken und die Flasche dem geistig behinderten Pizmo nachwarfen, Rentner, die nachts mit der Schrotbüchse auf Katzen schossen, weil Katzen im Februar schreien und die Rentner nicht einschlafen konnten, Portiers am Einlass zum Parteikomitee, Portiers am Einlass zur Ambulanz, Muskelprotze, die kleine Mädchen dazu überredeten, ihnen die Hand in die Hosentasche zu stecken: »Da ist ein Bonbon drin!«, Fahrlehrer, die Gott verfluchten, weil der Fahrschüler den Motor abgewürgt hatte, Kassiererinnen, die einem Kind den Kaugummi abnahmen, weil fünf Para fehlten, Tobsüchtige an einer nächtlichen Bushaltestelle, Streber, die jene verpfiffen, die ihre Hausaufgaben nicht gemacht hatten, Abdecker, Fleischer ohne Daumen, alkoholisierte Ladenbesitzer, die Saftflaschen öffneten und hineinspuckten, böswillige Bräutigame, die der Braut den Rock hoben, damit die Trauzeugen den Basar begutachten konnten, menschliche Ungeheuer, Väter, die ihrer Tochter den Kopf schoren, weil sie eine Sechs nach Hause gebracht und einen Jungen geküsst hatte, und Mütter, die ihren Kindern sagten: »Fühl mal, wie schön das ist!«, und ihnen das heiße Bügeleisen hinhielten, die Kleinen müssen es ja einmal lernen, all das hatte er persönlich erlebt oder davon gehört oder gehofft, der Tratsch der alten Weiber möge nicht Realität werden, aber all diese Leute waren weder Sadisten noch waren ihre Handlungen sadistisch. Sadismus war etwas anderes. Wie der Kommunismus. Ein Wort, das alles und nichts heißen kann, das leicht und oft über die Lippen geht, wenn die Menschen etwas sagen wollen, aber wenn sie den Mund aufmachen, sagen sie nichts. Und gerade dieses Wort, gewöhnlicher als die meisten anderen, durfte man vor Angela nicht erwähnen, sie regte sich auf, wenn sie es im Fernsehen hörte, und er versteckte die Zeitungen oder warf sie in den Müll, wenn ein Artikel über Sadisten oder Sadismus darin stand.

Sie waren ein paar Monate verheiratet, da hatte sie ihn zu ihrem Psychotherapeuten mitgenommen. Er sollte dabei sein, wenn sie eine Geschichte erzählte, die sie noch niemandem erzählt hatte, die sie belastete und fesselte, zittern ließ und in Depressionen stürzte, bedrängte, verängstigte und an ihrer Selbstverwirklichung hinderte, sie misstrauisch machte und in einen Panzer sperrte, der zerschlagen werden musste, und wer weiß, was ihr der Typ noch alles eingeredet hatte, bevor sie, in Übereinstimmung mit den neuesten Tendenzen im Auseinandernehmen und Zusammensetzen menschlicher Seelen, entschied, Hasan zu der Séance ihrer Selbstbefreiung hinzuziehen, bei der er das entscheidende, künftig verbotene Wort aus ihrem Munde hören sollte. Schon auf dem Hinweg bekam Hasan schlechte Laune, Angela hätte erzählen können, was sie wollte, er brachte für ihre Geschichte nicht einmal jenes Minimum an Verständnis auf, das selbst für die flüchtigste Aussprache Voraussetzung ist. Bevor er ihn gesehen hatte, empfand er den Psychotherapeuten schon als Feind. Dass sich seine Frau gegenüber einem Fremden öffnete und vermutlich Dinge erzählte, die sie ihm verschwieg, weckte in Hasan Eifersucht und Angst. Eifersucht, weil sie ruhig und unaufgeregt hinging, als wolle sie Geld am Bankautomaten ziehen, und Angst, weil sie dem unbekannten Mann nicht nur ihr eigenes Selbst, sondern – wie er meinte – auch ihn auslieferte. Aber darüber konnte er weder mit Angela noch mit sonst jemandem reden, und nicht einmal mit sich selbst klärte er die Sache richtig. Nur Dummköpfe sehen im Psychiater einen Irrendoktor, den man erst aufsucht, wenn man die bedingungslose Kapitulation unterschrieben hat. Klar, zum Psychotherapeuten geht man bereits dann, wenn einem etwas auf der Seele liegt und man nicht allein damit fertig wird, aber zwischen dieser Einstellung und Angelas Psychotherapie lag etwas, das er nicht überwinden konnte.

So ging Angelas Geschichte: Sie war vierzehn Jahre alt geworden, in München lag ihre Mutter im Sterben, und der Vater schickte Angela mit dem Dackel Coco in die Pension

Moritz in Berchtesgaden, um die zarte Kinderseele seiner Tochter vor schlimmen Ereignissen zu bewahren. Sie bat und bettelte, bleiben zu dürfen, sie wusste, was vorging und was bevorstand, aber er führte sich auf, als hätte er es mit einer Dreijährigen zu tun, strich ihr beschützend übers Gesicht und sagte: »Die Gebirgsluft ist voller Eisen, du musst noch wachsen und brauchst Eisen. Du findest bestimmt viele Freundinnen, und wenn du wiederkommst, ist Mama wieder gesund.« Als sie erwiderte, sie wisse sehr gut, dass Mama im Sterben lag und tot sein würde, bevor sie zurückkäme, drehte er sich um, kramte in einer Schreibtischschublade, blätterte in Papieren, telefonierte und starrte auf die Wand über ihrem Kopf, und als sie anfing zu schreien, schlug er mit der Faust auf den Tisch: »Angela, ich bin immer noch dein Vater!« Es klang dumm und pathetisch, und das weiß man, ob man nun vierzehn oder vierzig Jahre alt ist, aber er sagte diesen Satz, als hätte er den Schlüsselsatz seines Lebens gesprochen, über den er lange nachgedacht hatte und in dem seine gesamte Lebenserfahrung lag. So kannte sie ihn nicht. Früher war er ruhig und geduldig gewesen, beim Spazierengehen beantwortete er stundenlang ihre Fragen, die Kinderfragen, die Erwachsene der kindlichen Neugier zuschreiben, der Entdeckungsphase der Welt, denn sie haben vergessen, wie es war, als sie selbst solche Fragen stellten und dass diese nur einen Zweck haben: Austesten, wann dem oder der Gefragten der Geduldsfaden reißt. Angelas Vater war immer unendlich geduldig, vernünftig und klug gewesen, und es war für Angela ein Schock, dass er sie jetzt abwies, aus dem Haus jagte, in dem ihre Mutter starb, und Dinge sagte, für die sich ein viel unbedeutenderer Vater geschämt hätte, wenn er sich selbst dabei hätte hören können.

Die Pension Moritz war ein heruntergekommener Gasthof aus der Zeit vor dem Krieg, wie aus einem Märchen der Gebrüder Grimm, ganz aus Holz gebaut, mit Betten, aus denen Staubwolken aufstiegen und die so schrecklich quietschten, dass sie nachts aufwachte, wenn sie sich umdrehte. An den Wänden hingen keine Bilder, aber viele helle Flecken in verschiedenen Formen und Größen verrieten, dass einst dort welche gehangen hatten, die dann abgehängt und entfernt worden waren. Sie malte sich aus, was die Bilder gezeigt hatten, überzeugt, dass es etwas Verbotenes gewesen sein musste, etwas, das man nicht mehr ansehen durfte, ein Verbrechen oder Szenen, die aus Menschen Verbrecher machen. Der Psychotherapeut wollte natürlich genau wissen, was sie sich vorgestellt hatte, war dann aber heftig enttäuscht und wahrscheinlich überzeugt, dass Angela log, als sie antwortete, sie habe es für Porträts böser, missgestalteter bayerischer Könige gehalten.

Die geometrischen leeren Flecken an den Wänden wirkten gespenstisch, wie alles in der Pension Moritz, von der ewig verlassenen Rezeption, hinter der ein livrierter Alter mit Franz-Joseph-Backenbart döste, bis zum Speisesaal, in dem zwei kurz geschorene, unglaublich magere Buben bedienten, denen es strengstens verboten war, mit den Gästen zu reden, damit sie diese nicht aufregten. Gäste gab es allerdings kaum. Ein Rentnerehepaar, eine Frau mittleren Alters mit einem mongoloiden Kind, das sich an der Suppe verschluckte, mit der es gefüttert wurde, und Angela. Keiner redete mit keinem. Die Tage verstrichen, außer dem Rufen des Zimmermädchens und den Anordnungen für die Bediensteten hörte sie kein Wort und sagte selbst keins außer ihrer Zimmernummer.

In dieser Ordnung verging der erste Monat. Sie wurde darüber halb verrückt, wusste nicht, wohin mit sich, hatte keinen, mit dem sie reden konnte, der einzige Fernseher war kaputt, der Vater meldete sich auf ihre Telefonanrufe nicht, die Sekretärin fragte: »Kindchen, was fehlt dir? Was soll ich ihm ausrichten?« Sie antwortete jedes Mal: »Er soll mich morgen abholen!« Nachdem er sich bei ersten Mal weder gemeldet noch gekommen war, rief sie aus Gewohnheit an, wie wenn man schwer krank ist und ein Glas Wasser trinkt, obwohl man genau weiß, dass es vom Wasser nicht besser wird.

Anfang August traf eine ungewöhnliche Gruppe in der Pension ein, und damit begann die Geschichte, bei der Angelas Psychotherapeuten der Geifer lief. An der Rezeption entstand an diesem Morgen im Handumdrehen ein Gedränge. Vor dem erstaunten pensionierten Feldmarschall standen zehn Männer, überwiegend Jugendliche, und alle sahen aus wie Theaterfiguren. Ein altmodisch gekleideter, hinkender Zwerg mit übergroßem Kopf, sein aufgeblasener, dicker Freund in Lederhosen mit gestrengem Blick und hängender Unterlippe, drei Glatzköpfe in Jeans und Lederjacken, ein älterer Bürokrat, der sich mit eleganten Schuhen und Aktentasche in die Alpen verirrt hatte, und noch ein Hässlicher, gekleidet in einen bräunlichen, uniformartig geschnittenen Anzug. Alle redeten gleichzeitig auf den Mann an der Rezeption ein, während zwei Schritte hinter ihnen ein Typ stand mit wie gelackt zurückgekämmten Haaren, Schnurrbart und einem großen Schäferhund, der ganz still und vorschriftsmäßig neben seinem linken Bein saß. Herr und Hund schwiegen und warteten diszipliniert. Angela kam gerade vom Mittagessen.

Als sie an ihnen vorbeiging, folgte ihr der Gelackte mit den Augen. Sie hatten die Farbe eines Metallic-vws. Das fiel ihr als Erstes an ihm auf.

Die folgenden Tage sah sie die seltsame Gruppe nur beim Mittagessen. Sie verlangten, dass man für sie Tische zusammenstellte, und dort saßen sie stets gemeinsam und unterhielten sich lebhaft. Der Gelackte saß am Kopfende, wenn er redete, schwiegen die anderen, also hielt ihn Angela für den Anführer. Nach dem Essen zogen sie sich in den Fernsehraum zurück, als sie diesen einmal betreten wollte, wälzte sich der Feldmarschall zu ihr und flüsterte ihr zu, wie um niemanden zu wecken, drinnen werde eine wichtige Sitzung abgehalten, der Raum sei gemietet, Fremden der Zutritt verboten. Sie fragte, was für eine Sitzung?, eine wichtige, antwortete er, radikal-ökologisch, sagte er bedeutsam. Angela langweilte sich im Moritz bereits dermaßen, dass sie gern einer wichtigen radikal-ökologischen Sitzung gelauscht hätte.

Sie saß auf einer Bank an einem Waldweg und las zum zehnten Mal einen Liebesroman, Coco schnüffelte in der Nähe herum, es war Sonntag, vom Tal klangen die Kirchenglocken herauf, es ging auf Mittag zu, Langeweile pur. Entsetzt ließ sie das Heftchen sinken, als in ihrem Rücken ein grauenvoller tierischer Schrei ertönte, dann ein scharfes Fiepen; als sie sich umdrehte, sah sie den Gelackten, der »Wolf, Wolf!« rief und den Weg heraufrannte, während der Schäferhund Coco im Genick gepackt hatte und hin- und herschleuderte. Sie war starr vor Schreck, der Gelackte schlug schon mit der Peitsche auf seinen Hund ein, Coco riss sich los und flüchtete in den Wald, der Schäferhund lag auf dem Boden und winselte. Er schlug ihn lange, länger als Hundebesitzer das im Allgemeinen tun und viel länger als ein Freund einen Freund schlagen würde, auch wenn dieser eben einen Mord versucht hat. Angela stand wortlos da, nach Coco zu suchen kam ihr nicht in den Sinn. Fasziniert sah sie die schwarze Lederpeitsche mit den Silberfransen an der Spitze durch die Luft zischen. Wozu hatte der Mann diesen Gegenstand im Wald bei sich? Gegen einen Bären hätte er sich damit wohl kaum verteidigen können.

Als er endlich aufhörte und anfing, sich zu entschuldigen, starrte sie auf die Haarsträhnen, die ihm ins Gesicht fielen. »Es ist immer wieder verblüffend, wie lang die Haare von diesen Typen sind, die sich das Haar mit Pomade nach hinten kämmen.« Er war hässlich und abstoßend, heute konnte sie nicht mehr nachvollziehen, warum ihr dieser Mensch gefallen hatte oder dass irgendeine Frau auf so einen Männertyp stehen könnte. »Das ist kein Sadismus«, sagte er, während sie in die Pension zurückgingen, »er hat meine Freundschaft missbraucht und muss bestraft werden, und je enger die Freundschaft, desto härter die Strafe.« Angela fand das damals weder dumm noch abgeschmackt.

»Sie waren ja erst vierzehn Jahre alt«, merkte der Psychotherapeut geistreich an.

Es rührte sie, dass der Gelackte Coco auf den Arm nahm und den ganzen Weg zum Moritz zurücktrug, während der Schäferhund einige Meter hinter ihnen hertrottete.

»Er hat sich kein einziges Mal zu ihm umgedreht!« Zu ihrem Hund war er so zärtlich, dass sie sich vermutlich schon damals in ihn verliebte.

Den Satz: »Das ist kein Sadismus«, hörte sie in den folgenden drei Wochen täglich, allerdings nicht mehr auf Wolf oder überhaupt auf Hunde bezogen. Der Gelackte sprach vom Sadismus wie von etwas, dass er erst kürzlich für sich entdeckt hatte und ständig wiederholte, damit er das Wort nicht mehr vergaß. Oder als wolle er herausfinden, wie es auf eine Vierzehnjährige wirkte. Hasan musste an die Bauern auf dem Markt von Mostar denken. Auch sie hatten über Jahre hinweg immer ein und dasselbe aufgeschnappte Fremdwort wiederholt. Einer aus Glamoč verkaufte seine Kartoffeln mit dem Werbespruch, sie seien so frisch und gut wie die jüngste Verfassungsänderung, was ihm den Spitznamen Amendmend eintrug.

Der Gelackte stand mitten in ihrem Zimmer und zog die Peitsche über seine Handfläche, während sie bis zum Hals zugedeckt im Bett lag und wartete, was er tun würde.

»Du musst dem Vater gehorchen«, sagte er, »vielleicht ist er ein Schwein, wahrscheinlich ist er das, aber ich beschwöre dich, gehorche ihm. Mir zuliebe.« Angela reagierte jedes Mal trotzig, sie wollte, dass der Gelackte weiterredete oder endlich etwas unternahm. Er ging ans Fenster, sah auf die Stadt im Tal, drehte sich um und marschierte zurück in die Zimmermitte: »Das ist kein Sadismus, aber solche Worte müssen bestraft werden.« Woraufhin Angela die Decke ein bisschen höher zog und wieder wartete. Adrenalin oder sonst etwas sprudelte durch ihre Adern und es war schrecklich aufregend. Aber wenn sie sich daran erinnerte, ohne Adrenalinstoß und Jahre später, empfand sie heftigen Widerwillen, hauptsächlich gegen sich selbst und nicht so sehr gegenüber dem Gelackten, einen Ekel, der mit der Zeit nicht abnahm, sondern immer stärker wurde.

Hasan saß da und hörte zu, den Blicken des Psychotherapeuten ausgesetzt, überzeugt, dass dieser seine Gedanken lesen könne, und verstand nichts. Ihm blieb unbegreiflich, welches Problem Angela mit diesem zwanzig Jahre älteren Mann haben konnte, also praktisch sein Jahrgang, der sie nie angefasst, geküsst oder sonst etwas unternommen hatte, was die Schwelle zur Intimität überschritten hätte, der nur täglich – auf Angelas Aufforderung hin – in ihr Zimmer gekommen war und – auf ihren Wunsch hin – ihre Beziehung zum Vater kommentiert hatte. Hasan empfand es als dummes TV-Drama mit unzulässig aufgebauschten Problemchen, die allesamt nach einem Besuch beim Psychiater schrien. Ungefähr wie Werbung für passierte Tomaten – stets und bei jeder Gelegenheit, ob man an Krebs erkrankt ist oder Zeugnisstress hat, Verrat plant oder an WM-Tipplisten teilnimmt, von seiner Frau betrogen wird oder die Haustiere vom Ehemann misshandelt werden, passierte Tomaten helfen immer.

Ihm war, als hätte er Varianten dieser Geschichte schon hundertmal gehört oder in einem der Pornoheftchen gelesen, die man an jedem größeren europäischen Flughafen kaufen konnte. Wer hätte geglaubt, dass sie die reine Wahrheit schrieben, wer hätte gedacht, dass manche Männer und Frauen beim Sex tatsächlich dieselben Sätze wie die Schauspieler in Pornofilmen sagen?

Nach drei Wochen verließ die merkwürdige Gruppe die Pension Moritz, der Gelackte hinterlegte an der Rezeption einen Brief für Angela mit der Botschaft, er liebe sie und sei bereit, zu warten, bis sie erwachsen wäre, für ihn gäbe es keine andere Frau, ihre Jugend sei für ihn Strafe und Buße, aber auch ein Fingerzeig, dass nur aus großer Qual wahre Liebe erwachse. Sie las dem Psychotherapeuten und Hasan den Brief unter Stammeln und Schluchzen vor, und er dachte daran, dass sie ihn all die Jahre aufgehoben, in den Tiefen einer Schublade versteckt, mit nach Amerika und so wichtig genommen hatte, dass er trotz zahlreicher Umzüge nie verloren ging. Dieses Stück Papier, von dessen Existenz er jetzt erst erfuhr, war vermutlich nur einer von vielen Gegenständen, die sie, verteilt über alle Räume in ihrem Haus, vor ihm verheimlichte. Er kam nicht auf die Idee, dass das zum Eheleben gehörte und keiner sich über versteckte Papiere und dergleichen besonders aufregt, jedenfalls nicht, bevor ein Ehekrieg ausbricht. Die Existenz dieses Papiers beleidigte ihn, nicht anders als das eine Fliege getan hätte, falls sich eine ins Studio von Angelas Psychotherapeuten verirrt hätte (natürlich ein Studio, Praxis würde Krankheit bedeuten, und Sie sind nicht krank, nicht wahr?, grummelte er).

Anfang September holte sie der Vater endlich ab. Er trug einen dunkelblauen Anzug mit einem schwarzen Band im Knopfloch, wirkte alt, grau und schweigsam. Angelas Wut bemerkte er nicht. Umsonst schmollte sie, umsonst wich sie seinem Blick aus. Es war ihm gleichgültig, und so blieb es bis zum Ende seines Lebens. Die Mutter war zehn Tage vorher gestorben, aber sie hatten es ihr nicht gesagt, damit sie sich nicht aufregte und so gut wie möglich in der reinen Luft erholte. Ihr Grab sah sie, als es schon wie alle anderen Gräber aussah, mit Kerzen, Plastikblumen und Namenszug, der mit goldenen Lettern in den weißen Stein geschrieben war.

Nachdem sie die Praxis verlassen hatten, erwähnte Hasan den Vorfall noch am selben Tag zum ersten und letzten Mal gegenüber Angela. Er wollte ihr sagen, dass der Psychotherapeut ein Schwachkopf war, auch wenn er die höchsten Honorare in der ganzen Stadt verlangte, dass ihr Problem nicht dieser gelackte Idiot sei, wegen dem hätte sie nicht von Deutschland nach Amerika gehen müssen, solche gäbe es überall und sie seien vollkommen ungefährlich, solange man sich ihnen nicht ausliefere und auf sie höre, ihr Problem sei vielmehr der Vater. Der hatte sich selbst das Leben leichter machen wollen und so getan, als wolle er es ihr leichter machen, was weder gerecht noch väterlich war. Er war der Sadist, ob aus eigener Schwäche oder welchen Gründen auch immer, aber ein Sadist. Wenn etwas in dieser Pension geschehen war, dann das, dass sie gleichzeitig Vater und Mutter verloren hatte. Das wollte er ihr sagen, aber er sagte es ihr nicht, denn Angela bekam einen hysterischen Anfall, schrie ihn an, er sei grob, schlug mit dem Kopf gegen die Badezimmertür und lag dann auf den Fliesen neben der Badewanne, er versuchte sie zu beruhigen, sie wälzte sich hin und her, heulte und wiederholte, sie brauche jemanden, der sie aus alldem heraushole und unterstütze, »keinen Primitivling, der einer Frau mit der Axt den Schädel spaltet, wenn sie Kopfweh hat«. Bei diesen Worten rückte er von ihr ab, seine Hände begannen zu zittern, am liebsten hätte er sie mit schweren Springerstiefeln getreten, sie damit an die Badewanne geklebt. Tagelang schämte er sich für diesen Wunsch, und er erwähnte die Geschichte mit dem Gelackten nie mehr. Bis zum heutigen Tag hatte er das Wort Sadist oder Sadismus vermieden, weil er wusste, dass dieses Wort der Schlüssel zu jener neunten Tür im Märchen vom Tyrannen Baš Čelik war, hinter der Angelas Unglück wohnte.

Er hatte weder über ihre Geschichte nachgedacht noch versucht, seine Rolle darin zu ermitteln. Wenn wir unseren Freunden, Kindern oder Eltern jede unserer Frustrationen und persönlichen Wahrheiten zumuten würden, müssten diese uns für einigermaßen durchgeknallt halten. Aber wenn jemand sein Leben mit dir teilt, akzeptiert er das ganze Paket, auch die unverständlichen Teile und offensichtlichen Dummheiten, ohne deshalb anzunehmen, dass du lügst oder geistig nicht ganz auf der Höhe bist. Das ist wahrscheinlich der eigentliche Zweck, wenn sich zwei Menschen verbinden. Weder Sex noch Kinderwunsch liefern den Grund, auch nicht, dass Alleinsein schwer erträglich ist. Der Mensch braucht jemanden, der sein Leid mit ihm teilt und sich nicht zu oft fragt, ob diese Last letztlich bloßer Ballast ist, Blei, Mühlsteine, etwas Wertloses, das man abschütteln müsste. Hasan war das im Grunde klar, er akzeptierte jede bewusste Lüge von Angela, ihre Zicken und jede Dummheit, nicht jedoch den Sommer in Berchtesgaden. Sie empfand das als Verrat, als grundlosen und gemeinen Verrat. Sie sagte es ihm nicht, mehr noch, sie verhinderte, dass das Gespräch je wieder auf dieses Thema kam, aber je länger er das Verbot achtete in dem Glauben, es ihr damit recht zu machen, desto tiefer wurde der Bruch und ihre Überzeugung, sie hätte ihm nie und nimmer Anlass zu diesem Verhalten gegeben und ihm auch nie Gleiches mit Gleichem vergolten. So intensiv sie auch nachdachte, sie konnte nicht begreifen, warum er sie verraten hatte.

Mit weit offenem Mund, als sei gerade ein kleiner Vogel herausgeflogen, mit vollkommen entspannten Armen, die neben dem Körper hingen, stand Angela vor ihm und sah ihn panisch an.

»Lass uns gehen!«, drängte er.

»Ich habe nicht gewusst...«, sagte sie und fing an zu schluchzen.

»Lass uns gehen, wir reden zu Hause«, er blieb hartnäckig. Er hatte Angst, dass Bekannte vorbeikommen könnten, obwohl sie in Toledo nur wenige Bekannte hatten, beziehungsweise nur wenige nicht so taten, als würden sie sie nicht kennen. In all den Jahren waren es kaum zehn Personen.

»Ich habe nicht gewusst, dass du mich wegen einem Auto verlassen wirst. Wie kannst du nur«, sie weinte untröstlich wie ein Kind.

»Warum sollte ich dich verlassen, lass uns gehen, du erkältest dich ...«

»Dann erkälte ich mich eben, dann sterbe ich eben«, jammerte sie kindisch.

»Angela, ich bitte dich, hör auf«, herrschte er sie an, nicht mehr ganz so selbstsicher.

»Du hast nicht Geli gesagt«, sie weinte noch verzweifelter.

»Geli, Schätzchen, was ist mit dir los?«

Schlagartig änderte sich ihre Stimmung, wie wenn im Film zwei Szenen aneinander geschnitten sind.

»Was mit mir los ist? Und was ist mit dir? Warum fällst du über mich her, Hasan? Ich habe Angst vor dir. So warst du noch nie. Du benimmst dich, als wolltest du uns umbringen.«

Eine Zeit lang liefen sie schweigend nebeneinanderher. Dann nahm sie seine Hand.

»Alles wird gut«, sagte er.

»Ich weiß«, antwortete sie.

»Wir ruhen uns ein wenig aus, dann essen wir etwas, dann fahre ich dich nach Salem zurück. Buick Rivera wird bestimmt jeden Moment gebracht, falls er nicht schon da ist.«

Sie hielt sich routiniert fest, daran gewöhnt, einen ganzen Akt lang auf der Bühne zu stehen und in der erhobenen Hand eine Rose oder ein Schwert zu halten, je nachdem, was das Publikum erwartete. Er dachte darüber nach, wie oft ihre Launen umschlugen und dass ihn das frustrierte.

Der Platz vorm Haus war verlassen, an den Vertiefungen im Schnee sah man, wo sich die Autoreifen eingedrückt hatten, eine regelmäßige, viereckige Aussparung bezeichnete den Parkplatz von Buick Rivera.

Für sie wirkt der Platz nicht verlassen, dachte er. Zwischen Türblatt und Türzarge klemmte ein Briefumschlag. Er zog ihn heraus, Angela schloss die Tür auf, auf dem Kuvert war das Wappen des Hotels Savoy in Washington, D. C., jedoch keine Adresse, weder Absender noch Empfänger. Er öffnete ihn vorsichtig, man weiß ja nie, und zog ein Stück Papier heraus, ein mit der Hand rausgerissenes Stück Zeitung, auf der mit Kugelschreiber geschrieben stand:

»Genosse, gute Neuigkeiten! Dein Portemonnaie ist bei mir! Du hast es in meinem Auto verloren. Schon wieder muss ich meine Reise wegen dir unterbrechen. Ich verlange Finderlohn. Ich warte hier in eurem Kaff. Ruf mich unter Nummer... an, sobald du zurück ist. Mit kameradschaftlichem Gruß, Vuko Šalipur.«

Hasan war nicht erleichtert, weil er das verlorene Portemonnaie zurückbekam und keinen Gedanken mehr ans Sperren der Karten und die Besorgung neuer Ausweise verschwenden musste, nicht mehr befürchten musste, dass das FBI in drei Tagen an die Tür klopfte, weil er eine Karte vergessen und irgendein Idiot auf seinen Namen eine Million Dollar geklaut hatte. Alles wäre das kleinere Übel gewesen im Vergleich zur Begegnung mit einem Mann, den er wirklich nicht noch mal sehen wollte, wenn die Welt schon groß genug ist, um nicht jeden Deppen zweimal zu treffen.

»Ich muss noch mal raus«, sagte er und griff nach dem Telefonhörer, »der Mann hat mein Portemonnaie zurückgebracht …«

»Welcher Mann?«

»Der, der mich gestern gefahren hat …«

»Unglaublich, was für ein Glück, wo ist er jetzt?«

»Weiß ich nicht, er hat mir seine Handynummer gegeben, halo, čuješ li me?« Mittendrin wechselte Hasan die Sprache.

Angela wedelte mit der Hand und sagte etwas, das er nicht verstand, es erschwerte nur die Verständigung mit Vuko.

»Wo bist du? … In welcher Kneipe denn? … Wie, du weißt es nicht, frag halt nach … Alhambra? Bist du sicher?«

Ihm lief es kalt den Rücken hinunter, als er den Hörer auflegte. Wie war Vuko nur ins Alhambra geraten, wie konnten sie ihn nur hineinlassen, warum hatte ihn José nicht hochkant hinausgeworfen, und warum um alles in der Welt saß er ausgerechnet dort? Gut, außer dem Alhambra gab es in Toledo nur sechs oder sieben Lokale, aber es wollte ihm nicht in den Kopf … Wahrscheinlich hatte der längst erzählt, wessen Portemonnaie er dabeihatte und weiß der Kuckuck was noch alles. Hoffentlich war Piero nicht auch dort … Es war ein Gefühl, als würde er noch mal in die achte Klasse gehen und seine Mutter träfe im Laden die Lehrerin und würde mit ihr über ihn sprechen. Deswegen hatte er sich immer erboten einzukaufen, hatte sie nicht gehen lassen, ihr die Einkaufstasche aus der Hand genommen, und Oma Fadila pries sich glücklich, weil ihr Hasan das höflichste und fleißigste Kind im Dorf sei, wie er seiner Mutter half, so was hatte die Welt noch nicht gesehen.

»Warum hast du ihn nicht eingeladen? So kannst du doch nicht einen Mann abfertigen, der an deiner Haustür klingelt, um dir dein Portemonnaie zurückzugeben«, Angela griff sich an den Kopf, »geh zu ihm, trinkt ein Bier, spielt am besten eine Partie Billard, und dann lädst du ihn zum Mittagessen ein. Ich rufe irgendeinen Catering-Dienst an, ich hatte hier zehn Adressen«, sie kramte in einer Schublade, »die brauchen nicht länger als eine oder zwei Stunden, nicht länger als eine Partie Billard dauert.«

»Aber das ist nicht so ein Mann«, versuchte es Hasan.

»Was für ein Mann? Was ist mit dir los? Wie kannst du nur so undankbar sein? Und so ungesellig. Du wirst ihn schön zum Mittagessen einladen, und lüg mich hinterher nicht an, er habe nicht gewollt. Das werde ich dir nicht abnehmen«, fuhr sie fort, infiziert von jenem Glänzen, jenem lächerlichen Wahnwitz, der sie packte, wann immer sich ein Grund fand, Unbekannte einzuladen. Hasan hasste es, obwohl er wusste, dass er am diesem speziellen Umstand die größte, wenn auch nicht die einzige Schuld trug. Als sie sich gerade kennen gelernt hatten – und es ihm noch gefiel, zwar weniger als anderen, aber immerhin, dass ihn jemand als exotischen Balkanesen erlebte, was in Amerika außerordentlich selten der Fall war und höchstens bei einem Mädchen aus Deutschland passierte –, hatte er Angela erzählt, dass Bosnien keinerlei Ähnlichkeit mit Amerika hätte und Bosnier und Amerikaner Welten trennten, aber nicht nur das! Sie hätten auch keinerlei Ähnlichkeit mit Europäern! Es sei eine andere Welt. Wilder und doch auch zahm. Hart und trotzdem weicher als das Kissen, auf dem du liegst. Rau und trotzdem so zärtlich, dass jedes ihrer Lieder den Menschen die Tränen in die Augen treibt. Die Bosnier wohnten an Flüssen, und alle bosnischen Flüsse außer jenem, der dem Land den Namen gab, fließen von Nord nach Süd, einer singe leise für den anderen, sie tränken und äßen als sei jeder Bissen ihr letzter und gäben sich Mühe, nicht in Tränen auszubrechen.

Er redete über sich und sein Land, berauscht, weil sie ihm aufs Wort glaubte und auf jedes »wild, aber zahm, rauh, aber zärtlich, hart, aber weich« die Augen ein Stück weiter aufriss, als sähe sie einen Film, in dem die Menschen über Wolken spazierten, Häuser von einem aufs andere Flussufer flogen und die Spitzen der Zypressen die Engel an den Fußsohlen kitzelten. Und er ließ sich was einfallen, was in Bosnien noch alles hässlich, aber schön sein könnte, schrecklich, aber wunderbar, und er hörte nicht auf, bis er noch das letzte Klischee von seinem Land verbraten hatte, süße Lügen, von denen er umgeben war und von denen kein Mensch mehr weiß, wer sie in die Welt gesetzt hat.

Siehst du, ein Bosnier findet nichts dabei, einen zufälligen Passanten auf einen Kaffee einladen, sagte er, wobei die Bosnier den Kaffee nicht so trinken wie der Rest der Welt, sondern in unglaublich kleinen Dosen, und es dauert Stunden. Aber schon das nächste Mal bittest du den Unbekannten zum Mittag- oder Abendessen, teilst mit ihm das letzte Stück Brot, lädst ihn zur Hochzeit ein oder betrauerst ihn auf seiner Beerdigung. Die Bosnier geben die Hälfte von ihrem Verdienst für andere aus, um ihre Wertschätzung auszudrücken oder ihnen einen schönen Tag zu bereiten. In Bosnien prügelten sich die Leute in der Kneipe, sobald es ans Zahlen gehe, es sei eine Frage der Ehre, niemanden seine Getränke bezahlen zu lassen, der dir beim Trinken Gesellschaft leistet. So erbaute sich Hasan an seinen Eingeborenen-Märchen, und Angela drehte sich alles im Kopf. In diesem einen und einzigen Moment hätte man nicht sagen können, in wen sie mehr verliebt war: in Hasan oder in Bosnien, das beste und traurigste Land der Welt. Das traurigste, weil sie wusste, dass man dort nicht leben konnte, sie fragte ihn erst gar nicht, warum er Bosnien verlassen hatte. Irgendwie verstand es sich von selbst, dass man aus der Ferne von Arkadien träumt.

»Du kannst dir nicht vorstellen, wie mir das fehlt«, sagte er zu Angela, und das war eine seiner dicksten Lügen. Es machte ihn nicht glücklich, wenn Fremde in sein Haus strömten, im Gegenteil, er hasste Nachbarn, Verwandte oder andere Gäste, die sich selbst einluden, mehr, als irgendein Deutscher oder Amerikaner sie hätte hassen können. Niemals trank er stundenlang Kaffee, weder mit Bekannten noch mit Unbekannten, er hasste allgemeine Besäufnisse, und nichts störte ihn weniger als die amerikanische Sitte, dass jeder für sich selbst bezahlte. Hätte ein anderer über Bosnien und bosnische Gewohnheiten das erzählt, was er erzählt hatte, Hasan hätte sofort widersprochen und alles Lüge genannt, und was nicht gelogen sei, sei zumindest stark übertrieben. Aber so war's nun mal, er war stolz, wie jeder Polynesier stolz ist, wenn er die weit aufgerissenen Augen der weißen Touristen sieht. Es ist ein Genuss, Eingeborene zu beobachten, wie man Tiere in Käfigen beobachtet, aber es ist auch ein Genuss, beobachtet zu werden.

Seither lud Angela in all den Jahre ihres Zusammenseins und ihrer Ehe unermüdlich Leute zum Essen ein, bot den Postboten Whisky an und versetzte ihrer gesamten Umgebung einen Kulturschock, der sich immerhin damit rechtfertigen ließ, dass die Frau schließlich Schauspielerin war. Diese Rechtfertigung und universelle Erklärung für jede Verrücktheit wird wahrscheinlich in allen Gegenden der Welt gleichermaßen akzeptiert, in Amerika oder Deutschland ebenso sehr wie in Bosnien. Dass er sich vom Stolz auf seine Heimat hatte hinreißen lassen oder, um genau zu sein, von der Tatsache, dass andere nichts über seine Heimat wussten, wuchs sich für Hasan über die Jahre zu einem Riesenproblem aus und erinnerte ihn stets daran, dass Schweigen allemal besser ist als jede durch seine Worte entfachte Begeisterung und dass der Stolz auf die Heimat der schlimmste Feind des Mannes sowie Quelle nachhaltiger Missverständnisse ist. Denn Angelas Enthusiasmus für das Freundschaftschließen mit Zufallsbekanntschaften und ihr Bedürfnis, sie zum Essen einzuladen, vertrug sich überhaupt nicht mit ihrem Charakter.

Nachdem sie glücklich durchs Haus gehüpft war und sich auf die Gäste gefreut hatte, folgten Ausflüge in den Supermarkt wegen der Lebensmittel, und natürlich bestand sie darauf, dass Hasan sie begleitete. Im Supermarkt wurde sie schrecklich nervös, wusste nicht, was sie brauchte, und kaufte wie jeder ambitionierte Küchenneuling alles, was ihr in die Finger kam. Sie liefen durch den Supermarkt wie verirrte Touristen, an die zehn Mal umkreisten sie Fleisch- und Gemüsetheken, Paletten mit Fertigmahlzeiten, Regale mit Gewürzen aus aller Welt, von denen sie weder wusste, wozu sie passten, noch wo sie hineingehörten, die sie aber trotzdem in Mengen einpackte, dass sie die gesamte amerikanische New-Age-Bewegung hätte beköstigen können, immer in dem Glauben, dass das Gewürz den Koch als Könner ausweist, man musste es nur in den Wagen legen, und alles Weitere würde sich finden. Angelas Gewürzfetischismus wurde weithin berühmt, bald brachten Schauspielerkollegen, Bekannte, Verehrer und sogar Journalisten Gewürze aus allen Ecken der Welt mit, aus Ländern, von deren Küche sie keine Ahnung hatte, in Gläschen mit Etiketten in unverständlichen Sprachen und unbekannter Schrift. Sie öffnete sie, schnupperte ausgiebig, legte die Stirn in Falten und fixierte einen Punkt an der Decke, ganz wie eine Sommelière, sie ließ ihre Fantasie spielen, ihrem Kopf entsprangen die seltsamsten Kombinationen, Szenen höfischer Gelage, die Geschmacksnote erlesener Restaurants, die mystische Beschwörung mittelalterlicher Esskultur, der asketische Überfluss einer Derwisch-Tekke, orientalische Kupferschalen mit Hundertschaften bunt gemischter, aber identisch riechender Bajram-Leckereien, Waldbeersoßen, Steaks, geschmückt wie holländische Gärten, Kostproben vom Gelben Meer, Hammelfleisch, dessen Geruch von den Wohlgerüchen persischer Harems überdeckt wurde, all das und noch viel mehr wandelte Angela an, nachdem sie an einem Gewürzgläschen geschnuppert hatte, das ihr jemand von fern her mitgebracht hatte. Zu Weihnachten und zum Geburtstag bekam sie Muskatnüsse, Piment, Zimtstangen, Pfeffer in allen Farben des Regenbogens, getrockneten Schnittlauch, Koriander, getrocknete Peperoni aus Bulgarien und Mexiko, Basilikum, Wacholder, Rosmarin, Lorbeer- und Okrakränze, getrocknete Heidelbeeren, Salbei, Safran, teurer als Gold, Oregano, Anis, Ingwer, Nelken, Fenchelsamen, Kurkuma, Majoran, Minze, Sesam, Thymian, Lavendel, Kerbel, Kümmel, Kardamom,

Kalmus, Leinsamen, Galgant, Estragon, ukrainisches Knoblauchpulver, Engelwurz, getrocknete Preiselbeeren, Borretsch, Senf, Melisse, Ysop, Alant, Wermut, Bockshornklee, Portulak, Raute, Bohnenkraut, Hunderte indischer, chinesischer und arabischer Gewürze in diversen Farben und mit Namen, die sich je nach Herkunftsregion unterschieden, dazu Salz aus adriatischen Salinen, Salz aus der Südsee und von pazifischen Inseln, Salz aus stillgelegten Bergwerken, in denen heute nuklearer Abfall gelagert wird, Wurzeln von Urwaldpflanzen, getrocknete baltische Kräuter, Blätter und Rinde von heiligen Indianerbäumen, mexikanische Pilze, Trüffel- und Steinpilzextrakte … Sie freute sich wie ein Kind über solche Geschenke und verstaute Gläschen, Schächtelchen und Tütchen auf vier langen, schmalen Brettern, die sie in der Küche eigens für die Gewürze hatte anbringen lassen. Hasan erinnerte das an Offizierswohnungen seiner Kindheit, in denen über dem Fernseher Hunderte kleiner Fläschchen mit Hochprozentigem standen, aber diese Kollektionen waren Angelas Sammlung nicht ebenbürtig. Der Inspiration des Augenblicks folgend, wählte sie ein Gläschen, mit dem sie das Essen würzte, sie achtete nur darauf, nicht gerade eins zu erwischen, in dem irgendein Volk seine Blitze aufbewahrt hatte. Die Schärfe der schärfsten bulgarischen oder mexikanischen Peperoni ist zum Beispiel sanft wie Kamille im Vergleich zu einem indochinesischen Gewürz, dessen blassrosa Farbe Hasan vermuten ließ, es handele sich nicht um eine Paprikaart und vielleicht noch nicht einmal um eine Pflanze.

In ihrer kulinarischen Ambitioniertheit bewies sie jenen Fanatismus, dem man in den Vorhöfen zu Kunstschulen und Akademien begegnet, wo die Sekten der Unbegabten jahrelang mit dem Kopf durch die Wand wollen, unfähig zu Selbstkritik, Selbstzweifel und der Einsicht, dass man einfach durch die Tür ins Reich der Kunst treten sollte. Immer und überall glauben Sekten an Verschwörungen, gleichgültig, ob von Traditionalisten oder Modernisten, deren Ziel die zumindest begriffliche Vernichtung aller sei, die nicht an der eigenen Begabung zweifeln. Dieser Verschwörungstheorie hing auch Angela an, es begann im Supermarkt und setzte sich in der Küche fort. Unbeaufsichtigt brannten die Töpfe auf dem Herd an, Reismehl verklumpte, statt sich zu Teig verarbeiten zu lassen, jede Soße geriet zu salzig, zu scharf, zu süß oder zu sauer oder alles auf einmal. Fleisch wurde zu Wanderschuhsohlen, statt gedünstet zu werden, Fisch stank nach Kanalisation, die Hefe starb im Teig ab, Spinat verkochte zu Schleim aus den Gedärmen Außerirdischer, Eigelb ließ sich nicht vom Eiweiß trennen, was doch unwiderlegbar die Atombombenexperimente in der Nähe der Hühnerfarm bewies, und der wortkarge Schuldige an alldem war natürlich er. Er musste nichts sagen, sie wusste ja, was er dachte, sie wusste, dass er sie unterschätzte und ihre Kochkünste aus seiner Sicht – der Sicht eines Mannes, der von früh bis spät Menschen ansprach, die durch seine Gasse schlenderten, und die er zu Mittag- und Abendessen einlud – nur als Zeichen für persönliche wie kollektive Inferiorität gewertet werden konnten, als niedrigere Zivilisationsstufe, als kultureller Notstand, als Mangel an jeglichem Talent. Hasan dachte natürlich nichts dergleichen, er verfluchte allenfalls den Tag, an dem er mehr als nötig geredet und sich dieses Klötzchen ans Bein gebunden hatte, zu schwer, um im Leben voranzukommen.

Traf dann der Gast ein, war Angela längst außer sich. Wütend tischte sie die Ergebnisse missglückter gastronomischer Experimente und Beweise einer desaströsen Exegese diverser Kochbücher aus Orient und Okzident für Anfänger auf. Jedes Kompliment für ihre Kochkünste verstand sie als Beleidigung und Provokation, Schweigen trug sowohl Hasan als auch dem unglücklichen Gast den Verdacht auf schlechte Erziehung, patriarchalische Gesinnung und barbarische Herkunft ein. Bis zum Ende der Zeremonie hasste sie die eingeladene Person wie den schlimmsten Feind; rot vor Zorn fauchte sie und konnte es kaum erwarten, dass der Gast ging und sie Hasan endlich ihre Meinung über den Kerl anvertrauen konnte. Es war sinnlos, sie daran zu erinnern, was sie noch am Morgen über ihn gesagt und wie oft sie ihre Einschätzung in dieser Weise bereits geändert hatte, die Urteile fielen unterschiedlich aus, aber der Vorgang selbst wiederholte sich. Unzählige von den lieben Menschen, mit denen man sich wirklich anfreunden sollte, ohne sich von der in der amerikanischen Gesellschaft herrschenden Entfremdung anstecken zu lassen, waren zu abschreckenden Beispielen dafür geworden, in was alles sich die menschliche Gattung verwandeln kann. Angela konnte solche Erklärungen nicht ruhig anhören, sondern wertete sie sofort als Angriff. Immerhin übernahm sie nach einiger Zeit die Idee, sie müsse nicht unbedingt selbst kochen, jedenfalls nicht, solange sie noch von den Verpflichtungen im Theater stark beansprucht war, wofür gab es schließlich die Einrichtung des Caterings, das jedes bessere Restaurant anbot und denkwürdige zivilisatorische und kulturelle Erlebnisse ermöglichte, die man sich niemals selbst bereiten könnte. »Die Frau muss sich nicht zur Sklavin der Küche machen«, sagte sie einmal, und der Satz gefiel ihr.

Zwar waren Esseneinladungen mit Catering-Hilfe insgesamt entspannter, die Zeremonie selbst behielt jedoch sämtliche Merkmale einer gesellschaftlichen Katastrophe. Angela tobte weiterhin, aber Hasan wusste nicht mehr, warum. Die Gäste bekamen weiterhin dieselbe unausgesprochene Aufforderung mit auf den Heimweg, nie wieder zu kommen, obwohl einige wieder kamen, weil Angela bereits einige Tage später vergessen hatte, wie abstoßend sie waren.

»Es ist nicht üblich, Freundschaften zu schließen, indem man die Leute zum Essen einlädt«, sagte er ihr.

»Du wirst Amerikaner«, antwortete sie kurz angebunden, und es sollte eine Beleidigung sein. Keine Woche war verstrichen, schon lud sie voller Begeisterung jemand anders ein – der, sobald er die Schwelle ihrer Küche übertrat, alles Übel der Welt zu verantworten hatte.

Die einzige Ausnahme von der Regel war Al Rahimi. Bei ihm fühlte sie sich vollkommen entspannt, gleichgültig, ob sie vorher durch die Hölle von Supermarkt und Kochen gegangen war oder den Catering-Dienst in Anspruch genommen hatte, sein Kommen regte sie niemals auf. Sie genoss seine feinen, fließenden Bewegungen, seine Art, Messer und Gabel zu halten – »als würde er diese Gegenstände von einem Altar nehmen, man sieht die Wertschätzung und Hingabe« – und die endlosen Vorträge über Pariser Parfüms, untragbare Modeschöpfungen, die ihre Trägerinnen in zeitgenössische Kunstwerke verwandelten, genüsslichen Tratsch über die Sternchen am Theaterhimmel und ähnliche Themen, die Al Rahimi hundertfach auf Lager hatte, und alle waren anmutig in seiner Auslage arrangiert. Hasan würdigte sie während solcher Abende nicht eines Blickes, sie saß ihrem Freund gegenüber, gespannt wie ein Kind, das Märchen erzählt bekommt, und wenn die Geschichte ihre traurige, lustige oder laszive Pointe erreichte, streckte sie die Hand über den Tisch, tätschelte begeistert die seine und ließ sie dort liegen, bis Al Rahimi eine neue Geschichte anfing.

»Siehst du, das liegt daran, dass Al Rahimi dein Freund ist«, erklärte ihr Hasan den Unterschied.

»Du bist doch wohl nicht eifersüchtig auf ihn«, verstand sie ihn falsch, »euch beide trennen Welten.«

Mal abgesehen von allem anderen war Vuko nicht Al Rahimi, und trotzdem sollte er ihn zum Essen einladen. Es konnte auf der Welt kaum zwei unterschiedlichere Menschen geben als die beiden, es war mehr als unwahrscheinlich, dass Angela mit einem solchen Mann an einem Tisch essen wollte, dachte er und wollte es ihr sagen, überlegte es sich aber anders, weil sie bereits die Nummer eines thailändischen Restaurants wählte und glücklich gurrte, sie müsse sich noch umziehen und duschen, damit der Gast nicht annehme, er habe es mit einer Milchbäuerin zu tun. Außerdem hatte er nach der Nacht und dem Morgen, nach Angelas Stimmungsumschwüngen und Dummheiten den Eindruck, dass man sie auf keine Weise davon abhalten konnte, selbst ein Essen mit der Faust in der Tasche konnte nicht schlimmer sein als das, was er sich einhandeln würde, wenn er dieses Essen um jeden Preis zu vermeiden suchte. Er trat gerade aus der Haustür, als ein roter Abschleppwagen Buick Rivera brachte. Er hätte zum Alhambra fahren können. Aber wenn die Batterie wieder leer war? Er steckt den Schlüssel ins Schloss, dreht ihn einmal, zweimal um, und man hört nur Stille. So wie eine entschlafene Schönheit im Film einen Spiegel an die Lippen gehalten bekommt und dieser nicht beschlägt. Es war nicht der richtige Tag für solche Erlebnisse. Er ging zu Fuß.

Hätte er genauer hingesehen oder würde er sich mehr für fremde Autos interessieren, hätte Hasan Hujdur schon beim Aussteigen aus dem Bus wissen können, dass Vuko Šalipur in Toledo war. Sein Mercedes stand ausgeräumt vor dem Supermarkt. Vuko hatte seinen Koffer, die Tasche mit den Landkarten und alle Dokumente auf seinen Namen herausgenommen, nachgeschaut, ob im Kofferraum noch etwas lag, aber da war nur die Sporttasche: Hemd, Hose und Turnschuhe. Die hatte er zurückgelassen, weil er annahm, nicht so bald einen neuen Fußballklub zu finden. Er tastete nach den Geldbündeln – alles da –, schloss das Auto ab, entfernte den Anhänger vom Schlüsselbund und warf den Schlüssel in den nächsten Abfalleimer. Jetzt musste er nur noch ein warmes Plätzchen finden, wo er auf Hasans Anruf warten konnte.

Er war hungrig, und der Duft einer Bäckerei wehte ihm um die Nase. In seinen fünf amerikanischen Jahren verfolgte ihn dieser Geruch, ob er nun Hunger hatte oder nicht, immer kam von irgendwoher dieser Duft, ohne dass eine Bäckerei oder frisches Brot zu sehen war. Es musste etwas anderes sein, was da roch, soviel hatte er verstanden, aber was, das hatte er noch nicht herausgefunden. Einmal hatte er Lisa gefragt, und sie hatte angewidert »Benzin, Auspuffgase!« geantwortet. Was ist das für ein Benzin, das nach Brot riecht und den Hunger weckt?

Zufällig stand er vorm Alhambra, gelenkt von leeren Gedanken, die just auf der Höhe von dessen Holztür mit dem Brotgeruch versiegten. Er trat ohne jedes Lebensziel ein. Er wollte warten, und aus dem Warten würde sich vielleicht etwas entwickeln. Er hatte nichts Besseres zu tun, außer das Portemonnaie zurückzugeben, alles Weitere würde sich von selbst ergeben. Wäre er nicht so ziellos gewesen, ihm wäre im Traum nicht eingefallen, Hasan zu suchen; er verachtete fleißige Typen, denen alles aus der Tasche fällt und nichts im Kopf bleibt; er hätte das Portemonnaie weggeworfen, sich dessen irgendwie entledigt, und wäre weitergefahren. Was jede Lehrerin eine gute Tat nennt, war schlicht das Einzige, was ihm übrig blieb, nachdem er sich entschlossen hatte, den Mercedes stehen zu lassen. Ihn quälte allerdings der Gedanke, ob er sich die Gefahr nicht bloß einbildete und sein Leben ohne Not verkomplizierte. Warum sollte Lisa ihren Vater anrufen und sich beklagen, ihr Mann habe sie verlassen, wenn sie ihn nicht direkt angerufen hatte, nachdem ihr das fehlende Geld aufgefallen war, und selbst wenn sie ihren Vater anrief, warum sollte der die Polizei einschalten? Ein Mann, der so reich ist, dass er kaum alles aufzählen kann, was er besitzt, wird sich nicht an ein madiges Auto erinnern, ein Weihnachtsgeschenk von vor drei Jahren, von dem er schon damals nicht sonderlich viel Aufhebens gemacht hatte, als er sie ans Fenster winkte und mit dem Finger auf den schwarzen Mercedes mit breitem Band und rosa Schleife zeigte, auf der stand: »Für Lisa von Papa, damit du immer ans Jesuskind denkst.« Der Mercedes war Zufall. Hätte der Papa an diesem Morgen nicht daran gedacht oder keine Zeit gehabt, hätte er ihr im nächstbesten Kramladen eine Tasse mit dem Konterfei von Michael Jordan gekauft und drei Jahre später bestimmt nicht mehr an die Tasse gedacht, warum sollte er sich also an das Auto erinnern? Es war vollkommen unwahrscheinlich, und es war noch unwahrscheinlicher, dass sich Lisa bei ihm ausweinte, Vuko sei mit ihrem Auto getürmt, und er deswegen in einem Wutanfall die Polizei anrief. Anzunehmen, dass all diese unwahrscheinlichen Annahmen in einer Polizeiaktion münden würden, war verrückt, nur Verrückte und Feiglinge, was auf Vuko seiner Einschätzung nach nicht zutraf, würden den Mercedes stehen lassen und zu Fuß durch Oregon gehen. Nicht gerade zu Fuß, sondern mit dem Bus, aber das lief auf dasselbe hinaus. Trotzdem, er konnte die Vorstellung nicht abschütteln, dass er mit vorgehaltener Pistole angehalten, in den Schnee geworfen und mit Handschellen in irgendein Cowboy-Gefängnis abgeführt wurde, Anklage wegen Diebstahls und so weiter... In Amerika kann man für Verbrechen angeklagt werden, für die unsere Sprache noch nicht einmal ein eigenes Wort hat, geschweige denn, dass man sich daran erinnern könnte, sie je getan zu haben. Die Autoschlüssel hatte er hauptsächlich deshalb weggeworfen, damit er es sich nicht anders überlegte. Am liebsten hätte er ihn mit Benzin übergossen und verbrannt.

Im Alhambra traf er auf José und auf Piero, der alleine Billard spielte. Das tat er häufig. Er teilte sich in Piero I und Piero II und kämpfte stundenlang, und diese Partien waren wahrscheinlich aufregender als jene mit Hasan. Piero II gewann häufiger, weil ihm der integrale Piero weniger geneigt war und sich deshalb als Piero I mehr anstrengte, und je mehr du dich anstrengst, desto näher bist du der Niederlage, jedenfalls dann, wenn dir das betreffende Spiel wichtig ist. Piero II war ein Verzweifelter, von allen verlassen, deswegen gewann er meistens.

Vuko setzte sich an die Theke, dem Wirt gegenüber, der jedoch weder seinen Blick von der Zeitung hob noch ihn nach seinem Wunsch fragte. Er hatte keine besondere Lust, etwas zu trinken, hungrig und müde, wie er war, und er würde ganz bestimmt niemals einen Wirt um etwas bitten, der ihn ignorierte. Wer so etwas machte, wusste in der Regel, warum, er wollte einem was beweisen, einen Streit vom Zaun brechen, die eigenen oder fremder Leute Nerven austesten, provozieren, sich auf Mord oder Selbstmord vorbereiten, und Vuko wollte in nichts dergleichen verwickelt werden. Hätte ihn in Bosnien ein Wirt so ungezogen übersehen, wäre er laut geworden, und wenn auch das nichts geholfen hätte, hätte er ihn mit dem Feuerzeug bedroht. Und hätte etwas zu trinken verlangt, Lust hin oder her. Nach dem zweiten Glas schmeckt es in jedem Fall, und wenn der Wirt dich ignoriert und du ihn irgendwie ärgern musst, dann sowieso. In Bosnien ist das übrigens der Normalfall; in Bosnien ist es auch kein Problem, in einer Kneipe einen Aufstand zu veranstalten, sich zu prügeln und das Inventar zu zertrümmern, die Teilnehmer der Veranstaltung machen das unter sich aus, denn selbst wenn die Polizei kommt und alles aufnimmt, hat das keinerlei nachteilige Folgen. Dass sich Leute prügeln und wieder vertragen, gehört dort dazu, zwar lassen einige dabei ihr Leben, das schon, aber das würden sie früher oder später ohnehin. In Amerika trifft man selten so einen Wirt wie den hier, da könnte man monatelang erfolglos suchen. Kleine Missverständnisse kennt man nicht, und die großen enden unweigerlich im Gefängnis. All das legte sich Vuko Šalipur im Kopf zurecht und bewunderte sich sehr für seine Anpassungsfähigkeit oder das, was er dafür hielt, dann holte er die Zigaretten aus der Tasche und steckte sich eine an. Falls hier nicht geraucht werden durfte, würde der Wirt von der Zeitung aufsehen und was sagen oder was sagen, ohne von der Zeitung aufzusehen, so oder so würde irgendetwas passieren, sich etwas entwickeln.

Josés Hand verschwand unterm Tresen, griff einen Aschenbecher und stellte ihn vor Vuko. Eine Zigarette anzünden war so ziemlich das Klügste, was ein Fremder tun konnte, der versehentlich ins Alhambra geraten war. Man müsste lange nachdenken, um noch etwas zu finden, was den Spanier, wenn schon nicht eroberte, dann wenigstens sanfter stimmte; es würde selbst jenen nichts anderes einfallen, die ihn auf beiden Seiten des Ozeans am besten kannten. José hasste die Angst der Amerikaner vor dem Rauchen und seinen Folgen. Er ertrug auch vieles andere nicht, aber Rauchen bedeutete für ihn Inspiration und war der Schlüssel zur Erklärung verschiedenster gesellschaftlicher Phänomene und Erscheinungen. »In zehn Jahren wird es so viele Nuklearwaffen geben, dass auf jeden Menschen eine Atombombe kommt, aber gleichzeitig genügt es, einem Amerikaner Rauch ins Gesicht zu blasen, und er fällt um. So sehr sind sie davon überzeugt, dass Rauchen tödlich ist. Alle miteinander. Das ist die Kraft der Autosuggestion. Die dreieinhalb Amerikaner, die noch rauchen, bekommen innerhalb von sechs Monaten Krebs, denn sosehr sie sich auch gegen das System wehren, sie fallen der Autosuggestion zum Opfer. Hier überreden sie dich einfach dazu, dass du Lungenkrebs kriegst, das ist ja mit dem Cowboy aus der Marlboro-Reklame auch passiert. Der hätte nie Krebs bekommen, wenn er nicht Fernsehen geschaut und Zeitung gelesen hätte. Wenn sie das Rauchen ausgerottet haben, kommt etwas anderes an die Reihe. Ich tippe mal auf Fleisch. Fleisch ist karzinogen und wird verboten werden. Alle Fleischesser werden durch Autosuggestion an Krebs sterben. Amerika wird sich letzten Endes durch Autosuggestion kollektiv selbst umbringen.« Das hatte er Hasan irgendwann einmal erklärt. Im Alhambra war das Rauchen wie in allen anderen Lokalen und öffentlichen Räumen Toledos per Verordnung verboten, aber José hielt sich nicht daran. Hätte jemand die hygienischen und ökologischen Standards seines Lokals überprüft, was wenig wahrscheinlich war, José hätte problemlos jede Strafe bezahlen können. Wenn sie ihm wegen des Rauchens zeitweilig oder für immer das Lokal schließen würden, wäre er zumindest der Held des Nikotins, und sei es nur in seinen eigenen Augen, was ohnehin das Wichtigste ist.

»Whisky?« Er sah auf, nachdem er noch ein wenig in der Zeitung gelesen hatte.

»Whisky«, antwortete Vuko.

Es stellte Glas und Flasche vor ihn hin. Im Hintergrund klackten die Billardkugeln nervös aufeinander. Im Alhambra hallte es wie in einer leeren Wohnung, die eben von den Möbelpackern verlassen wurde. Vuko sah sich nach einem Wasserhahn um, es war nicht anständig, den Mann um Wasser zu bitten, wenn er es ihm nicht anbot, oder vielleicht Eis?, nein, hier gab es sicher kein Eis. Seit seiner Ankunft in Amerika war er noch nie an einem vergleichbaren Ort gewesen, so groß und verlassen, trotzdem erinnerte ihn das Alhambra an etwas. Ein Saal, in dem sich, wenn es mit rechten Dingen zuginge, mindestens zweihundert Menschen aufhalten könnten, die Stammgäste am Tresen, Kartenspieler an den Tischen, die ihre Spielschulden im Gang zur Toilette beglichen oder draußen neben filmreifen Trucks, in denen Stallmist transportiert wurde, oder nach einer verlorenen Partie aus dem Traktoranhänger ein quiekendes Ferkel an den Ohren herausfischten ... An einigen Tischen säßen Frauen, betrunkene Witwen und pensionierte Lehrerinnen, Studentinnen, die übers Wochenende nach Hause gefahren waren und sich erzählten, was seit dem letzten Treffen alles passiert war: »Sarajevo ist wie New York, nur in Pašin-Gaj kommt man noch zum Reden«, sie kehrten die Städterin heraus, taten vornehm und geziert, benutzten Wörter, die sie von ihren Müttern gehört hatten, als sie noch mit Puppen spielten, schnalzten als Zeichen der Überraschung mit der Zunge, wie die Nachbarinnen geschnalzt hatten, wenn sie auf einen Kaffee vorbeikamen, sagten in einem fort: »Nein, meine Liebe!«, oder mitfühlend: »Nein, was du nicht sagst? Du Ärmste!«; sie taten alles, um älter zu wirken, denn die Frauen in Pašin-Gaj bekommen erst mit den Jahren Wertschätzung und einen echten Daseinsgrund auf Erden, er würde die einen wie die anderen am nächsten Tag im Matsch am Straßenrand stehen sehen, wo sie auf den Bus warten, ihm winken, damit er anhält, er fährt weiter, bis er im Rückspiegel ihr Gesicht sieht, die vor Verzweiflung großen Augen, dann hält er natürlich, und sie raffen ihre Taschen und Plastiktüten mit der Aufschrift UPI, Beograđanka oder Apatinska industrija piva zusammen, aus denen Hühnerbeine hervorlugen oder frisch gebackene und in aus Faks-Helizima-Säcken genähte Geschirrtücher gewickelte Brote, Pita mit Fleisch-, Käse- und Kartoffelfüllung, deren schwerer Geruch durch die Alufolie schlägt, Frühkirschen von den Streuobstwiesen oberhalb des Dorfes, Joghurtgläschen und Töpfe mit ordentlich aufgeschichteten Krautwickeln, die wie Leichen in Massengräbern nebeneinander liegen. Sie gehen mit all diesen Sachen an ihm vorbei, »Fahrkarten,

Mädels, wo sind eure Karten?«, er packt eine beim Ärmel, sie schüttelt ihn ab, »Depp!«, als müsste er ihnen an der Nasenspitze ansehen, dass sie einen Studentenausweis haben, er legt den Gang ein, »ich bin mal gespannt, wer das nächste Mal für euch hält, ich bestimmt nicht, der Stängel in meiner Hose soll abfallen, wenn ich noch mal für euch anhalte«, sie kichern, und nach einiger Zeit fischen sie einen kleinen Spiegel oder ein Puderdöschen heraus, ziehen sich die Lippen nach oder machen Bewegungen mit den Lippen, die Frauen von Männern unterscheiden, und vor Sarajevo dösen sie ein, eine an die andere gelehnt, und sehen, solange sie schlafen, jünger aus.

Das leere Alhambra kam ihm vor wie eine der hundert Kneipen, Cafés, Discos, bosnischen Kafanas, Bars, Bordelle, Restaurants und Hotelsäle, die Vuko Šalipur auf dem Feldzug betreten hatte. In leeren Städten und Dörfern, die immerhin nicht abgebrannt waren, nachdem Fußtruppen und Reservisten das Gelände sachkundig durchkämmt hatten, gab es nichts Schöneres als Gastronomieobjekte. Nirgendwo sonst gab es diesen Frieden, diese Stille. Du suchst dir einen Tisch aus, ziehst einen Stuhl heran, setzt dich und denkst nach. Im Aschenbecher liegen Zigarettenstummel, auf dem Tresen stehen halb leere Gläser, die Schürze der Kellnerin über eine Lehne geworfen, Tragekörbe mit Flaschen, die meisten leer, aber eine oder zwei volle waren immer dabei. Du nimmst eine Flasche, stellst sie vor dich hin und genießt den Augenblick, während du aus der Ferne Geschützdonner hörst und über irgendjemands Kopf die Billardkugeln zusammenschlagen. Das ist jene Trauer, die du, während du sie erlebst, genauso genießt wie in der Erinnerung, die Trauer des Kriegers, der sich über die Welt als ihr Herrscher und das einzige lebende Wesen darin erhebt, in dessen langsamen, zufriedenen Bewegungen sich das Maß seiner Berechtigung und seiner Existenz – dem einzigen Maß auf Erden – ausdrückt. Nur damals empfand er seinen Körper als Zusammenspiel von Muskeln, von deren Bewegungen alles abhing. Die Trauer des Kriegers in einer verlassenen bosnischen Kneipe kennt kein Zuwenig und kein Zuviel, denn alles ist im Einklang mit dem idealen Verhältnis des Lebendigen und Toten.

Vuko hatte die Whiskyflasche fast ausgetrunken, zwischen Piero I und Piero II stand es sieben zu sieben und sie kämpften die entscheidende Partie um den Titel des Champions von Neapel, José hatte die letzte Seite erreicht, und außer »Whisky« war im Alhambra kein drittes Wort gefallen. Vuko vergaß allmählich, warum er hier saß, ihn störte der Gedanke erheblich, etwas mit seinem Leben anfangen zu müssen, er dachte an die Studentinnen aus Foča und Rogatica, daran, dass seine Zeit als Busfahrer eigentlich die schönste gewesen war, konnte er doch halten oder fahren, wie es ihm passte. Alles Spätere war, wie wenn man Brot statt Brötchen essen musste, obwohl der Krieg vielleicht die Momente der größten Zufriedenheit gebracht und vor allem seine Rachegelüste für alle Qualen befriedigt hatte, aber eben nur für kurze Momente, für den einen Augenblick, in dem du begreifst, warum du auf die dicke Kellnerin gestiegen bist, kurz bevor der Absturz beginnt. Es war die Frage, ob es sich gelohnt hatte, für das bisschen Krieg die Strecke Titovo Užice–Sarajevo zu opfern, aber die konnte man sich erst nach einer Flasche Whisky stellen.

Vielleicht war er ein Looser, und vielleicht hatte ihn der alte Weise verhext, aber im Frieden hatte er sein Reich gehabt, seinen Bus und festgelegte Zeiten, zu denen er über jeden Einwohner von Pašin-Gaj ohne eigenen Wagen richten konnte – von seiner Gnade hingen sie ab. Ein Geschoss richtet nur einmal, ein Busfahrer jeden Tag. Er hätte auch Almas Džafić und seine schöne Tochter Alma stehen lassen können, wenn die beiden einmal im Jahr zum Hadschi-Bajram-Fest nach Sarajevo fuhren, den Ort, der von allen bosnischen Orten an diesem Tag Allah am nächsten war. Aber er hatte sie jedes Mal mitgenommen, und der Weise hatte beim Einsteigen »Guten Morgen« gesagt, woraufhin Alma ihn unterm Arm fasste: »Papa, das ist unser Vuko«, und er antwortete: »Ich weiß, ich weiß, wenn Vuko am Steuer sitzt, kann uns nichts passieren, einen besseren Fahrer gibt es in ganz Podrinje nicht.« Jetzt, hier im Alhambra, in Toledo, Oregon, tat es ihm leid, dass er nicht wenigstens einmal einfach vorbeigefahren war. Er hätte es gekonnt. Es entsprach den Vorschriften. Gemäß Verkehrsordnung musste ein Linienbus nicht halten. Wäre er einmal vorbeigefahren, hätte der Krieg nicht sein müssen, der Weise hätte auch so kapiert, mit wem er es zu tun hatte.

Er schreckte wie aus einem Nickerchen hoch, als Hasan Hujdur plötzlich am Tresen stand. Auch die beiden anderen waren überrascht. Piero hielt inne, das Queue in der Hand, mitten in der Ausholbewegung zum entscheidenden Stoß.

»Ihr kennt euch?«, fragte der Wirt erstaunt.

»Ja, wir sind aus demselben Land, es hieß Jugoslawien«, Vuko genoss es.

Hasan zitterte, die Gesichter der anderen verrieten nichts, verrieten nicht, was im Alhambra geschehen war, was Vuko bisher erzählt hatte und ob er deswegen Probleme bekommen würde. Der Spanier würde die nächsten Tage, vielleicht sogar Monate schweigen, und dann würde er unvermittelt eine Bemerkung fallen lassen, wenn Hasan nicht mehr daran dachte, und sofort würden ihm vor Scham oder aus einem anderen, schlimmeren Grund sämtliche Gelenke aus der Pfanne springen, und alle Blutgefäße würden den Aufstand proben, weil er schwach und elend ist und versteckt, was man nicht verstecken kann. Es irritierte ihn, dass José vollkommen ausgeglichen schien, ja sogar selten gut gelaunt war. Er wischte den Tresen ab, leerte den Aschenbecher und holte eine neue Flasche Whisky: »Auf diesen Namen wollen wir einen trinken!«

Piero legte das Queue weg – das frenetische neapolitanische Publikum würde heute definitiv keinen Champion bekommen – und schlenderte zum Tresen. Nicht einmal er verbarg seine Verwirrung, denn José tat etwas, was er nie tat: Er schenkte sich selbst ein Glas ein, kam um den Tresen herum und stellte sich zu ihnen. Vuko hob das Glas: »Ihr gestattet!«, und stieß mit José, Piero und schließlich Hasan an. Dem Wirt sah er in die Augen, mit diesem genießerischen Blick, den Bogart seine ganze Jugend lang geübt hatte und erst in der Woche beherrschte, in der er Lauren Bacall kennen lernte. Er sah ihm noch in die Augen, während er mit den beiden anstieß, was unter anderen Umständen komisch gewirkt hätte – da war wieder der Rüpel aus dem Flugzeug –, aber weder Piero noch Hasan konnten Vuko aus seinem Film werfen, weil sie selbst Teil der Szene waren. Der Film war spätestens in dem Moment nicht mehr der ihre, als Vuko die gewöhnlichste Sache der Welt machte: Er zündete sich eine Zigarette an.

Kaum eine halbe Stunde später schwankte die Gesellschaft am Tresen bereits, Vuko hielt einen Vortrag über die Corrida im Grmeč und betonte den großartigen Unterschied zwischen den Kulturen. Während der Stier im spanischen Stierkampf gegen den Menschen kämpfe und, da der Mensch schlauer und verderbter sei, immer besiegt werde – was beweise, dass Kraft und Schönheit in dieser Kultur keinen hohen Stellenwert hätten –, kämpfe der Stier in der serbischen Kultur, im Grmeč, gegen den Stier, und der Stärkere siege, nicht der Schlauere, und damit sei es ein Sieg der Schönheit, nicht der rohen Gewalt oder der Waffen. Hasan kippte in seiner Qual einen Whisky nach dem anderen runter: »Hör dir das an, die serbische Kultur im Grmeč!«, das konnte er sich wirklich nicht verkneifen, scheiß auf den mit seiner Kultur und den Stieren und dem serbischen Grmeč, aber wenn er die Geschichte, die José wie die Wüste das Wasser aufsaugte, auch nur mit einem Wort unterbrach, würde er sich so verheddern, dass sich selbst viel klügere Köpfe als er nicht mehr herauswinden könnten. Ob er aufbrauste oder in aller Ruhe darlegte, in welchem Land das Gebirge lag, er hätte im einen wie im anderen Fall von vornherein verloren. So oder so stand er auf verlorenem Posten, Eingeborener, der er war, während Freundschaften entstanden und alle sich prächtig unterhielten, das Kaschmirproblem diskutierten und wie es mit den Natur- und Menschenrechten auf den Falklandinseln stand. Was interessierte es den Spanier, dass der Grmeč in Bosnien liegt, nicht in Serbien, und dass dieses Genie, dieser friedliebende Ästhet, dieser Virtuose aus Altamira, im Grunde mit Geschützrohren und Panzerkanonen schoss, so wie er die kulturellen Unterschiede zwischen Grmeč und Katalonien erklärte? Aber er schoss nicht auf Katalonien, sondern auf das Nachbarland, das im Gespräch noch nicht einmal erwähnt wurde, und deswegen wurde sein Trommelfeuer mehr oder weniger zur Nebensache. Als würdest du zu einer Hochzeit gehen und unterwegs mal eben einen Kiosk in Brand stecken.

José würde es nicht verstehen, niemand würde es verstehen, und du, Hasan, hältst am besten die Klappe und denkst verdammt noch mal drüber nach, ob dein Wort je das Erste sein wird, das sich an die Spitze setzt, unerreichbar für die Verfolger, die wie die Jagdhunde kläffen.

»Schau an«, José blickte Hasan mit gespielter Strenge an, »das hat er uns ja nie erzählt.«

Er brummelte etwas Unverständliches und versteckte seinen Zorn gut, so gut, dass er dem Wirt wie ein schmollendes Mädchen vorkam. José klopfte ihm auf die Schulter.

»Hast ja recht. Stierkämpfe sind abstoßende Veranstaltungen eingeborener Wilder. Einer der Gründe, warum ich Madrid verlassen habe. Es ist wirklich etwas anderes, wenn die Stiere gegeneinander kämpfen. Das ist wie beim Boxen. Edle Fertigkeit«, sagte José und stieß noch einmal mit Vuko an. Piero sah panisch zu Hasan hinüber und wies mit den Augen Richtung Ausgang. Der Italiener fühlte sich für all die Jahre, die er um José herumflatternd verbracht hatte, verraten, all die Beleidigungen und den tagtäglichen Missmut, die er ihm, weil Teil seines Charakters, nicht übel genommen hatte. Anderen gegenüber verhielt er sich weit schlimmer, also konnte man selbst verächtliche Bemerkungen als Kompliment auffassen. Bis dieser Typ hier auftauchte, vor dem José quasi auf die Knie fiel und Dinge anbot, die er Hasan und Piero nie angeboten hatte, alltägliche Dinge genau genommen, die normale Menschen ohne den entzückenden Charakter des Spaniers einander ständig anbieten. Betrogen wie ein Ehepartner, bat Piero Hasan, seinen besten Freund, mit ihm zu gehen. Der winkte ab. Das hier musste zu Ende gebracht werden.

Eine Stunde später saßen sie am Tisch. José erklärte Vuko in einem Sprachenmischmasch, dass Hemingway ein Feigling war, dem nie der Geruch des Bürgerkriegs in Granada in die Nase gestiegen sei und der erst recht nicht den Fall von Madrid miterlebt hätte, er habe bloß mit einem Presseausweis für ein drittklassiges Revolverblatt hinter der siebten Linie in einem Hotel gesessen und Krankenschwestern betatscht. Auch er wäre für Franco gewesen, hätten die Falangisten nicht diese hässlichen Uniformen getragen und zum Tross – neben Küchenpersonal und Sanitätskräften – auch Bischöfe und Pfaffen gehört, und Hemingway konnte Bischöfe, Pfaffen und lange genäselte Predigten, in denen nur das Wort »Teufel« mit normaler männlicher Stimme ausgesprochen wurde, nun mal nicht ausstehen. Deswegen zog er den Teufel vor, und nur deshalb lagen ihm Kommunisten, Anarchisten, Mädchen aus Granada und García Lorca am Herzen.

»No pasarán«, schrie José und sprang mitsamt seinem Stuhl in die Höhe. »Ich schwöre dir, das hat der nie gehört, dem wäre auf der Stelle die Scheiße im Darm eingefroren.«

Vuko fiel dazu die bosnische Basketballmannschaft ein, eine Zeit lang Europameister, und dass einer der Spieler später zu Real Madrid wechselte: »Der dribbelte wie eine Gazelle« – genau dieses Wort benutzte er, Gazelle! – »und so ein Dribbling hat die Welt noch nicht gesehen. Er täuschte die Gegner, sprang extrem hoch und traf den Korb so genau, dass der Ball den Ring nicht berührte. Das Geräusch, mit dem ein Ball durch die Reuse rauscht, gehört zu den schönsten und dem menschlichen Ohr angenehmsten Geräuschen«, sinnierte Vuko, »wer es nicht gehört hat, ist kein glücklicher Mensch.«

»Ich mag Basketball nicht«, knurrte José.

»Schade! Sehr schade«, betonte Vuko, »Basketball ist eine Kunst.«

José grinste zynisch und wandte sich an Hasan: »Denkt ihr alle so?«

In Hasan brodelte der Alkohol, er glühte wie ein Schnapskessel, und heraus kam ein doppelt Gebrannter aus unterdrückter Wut und schlechter Lyrik: »Mich fragst du? Warum, bitte schön, fragst du mich? Und wen meinst du mit ›ihr alle‹? Welches ihr? Balkanesen vielleicht oder Bauerntrampel? So hast du wohl schon immer von uns gedacht, und ich habe dich bisher nur falsch verstanden? Ich, Hasan, wäre deiner Meinung nach also eine Kloschüssel, in die man alles kippen kann? Vielleicht hast du sogar Recht. Normalerweise, aber jetzt nicht. Frag dich mal, warum dich ganz Toledo meidet wie die Pest. Das sind alles nur dumme, dicke Amerikaner, das sind alles Bauerntrampel, nicht wahr? Es hat dir dort, wo du herkommst, nicht gepasst, es passt dir hier nicht, und es wird dir nirgends passen. Du bist es, José, der nicht passt. Du bist ein Schmarotzer, José, und hast nur auf die Gelegenheit gewartet, das zu zeigen.« Er redete mit der weinerlichen Stimme eines Betrunkenen und betonte jedes Wort, als sei seine Zunge die Spitze eines langen Ruders, das er mit seinen Armen nur mühsam hin- und herbewegen konnte.

José sah ihn verblüfft und dann verwundert an, wie ein Polizist, der auf einer Bananenschale ausrutscht. »Blabla«, er wollte wohl prüfen, ob Hasans Zorn verraucht war. Da dieser nicht antwortete und vor seinem Atem ein wenig zurückwich, drehte er sich zu Vuko um, als wäre nichts geschehen.

Piero packte ihn am Bizeps und drückte fest zu, bohrte Zeigefinger und Daumen in Hasans Muskelmasse.

»Lass uns abhauen«, zischte er durch die Zähne.

»Ich brauch mein Portemonnaie.«

Hasan driftete ab. Der Schmerz kam überraschend, war fast angenehm, schien tatsächlich ihn zu betreffen. Er dachte über seinen Arm nach, der etwas ertrug, was er früher nicht ertragen hätte, wogegen er sich gewehrt und seinen Besitzer überredet hätte, zu schreien und ihn zu verteidigen. Jetzt jedoch war die Beziehung zwischen ihnen eher unverbindlich, Hasan konnte ihn als zu sich gehörig betrachten oder ignorieren. Piero schenkte er praktisch keine Beachtung.

»Welches verdammte Portemonnaie?«, blaffte der Italiener.

»Ich habe mein Portemonnaie verloren, und er hat es gefunden«, Hasan versuchte, möglichst entschieden zu klingen, um jede Nachfrage zu unterbinden. Lieber wollte er über seinen Arm reden.

»Soll ich ihm sagen, dass er es sofort rausrücken soll?«

»Nein, ich werde warten ...«

»Bist du bekloppt, worauf willst du warten?«

Er wusste nicht, was er sagen, wie er ihm mit wenigen Worten erklären sollte, dass er den da, diesen widerlichen Typ, diesen Landsmann, der kein Landsmann war – aber das würde allein sieben Tage und sieben Nächte dauern, um es zu erklären –, dass er den, der im Moment das Alhambra, ihren einzigen Billardtisch in Toledo vernichtete, dass er ausgerechnet den, diese Schweinefresse, die er gestern zufällig getroffen hatte, weil niemand sonst auf der Straße von Salem nach Toledo fuhr und anhielt, als er aus dem Straßengraben winkte, und alles nur, weil Hasan am Lenkrad eingeschlafen war, alles nur, weil ihm im Auto von dieser Schweinefresse das Portemonnaie herausgefallen war und was sonst noch geschehen sein mochte, das er vergessen hatte, also dass er ausgerechnet den, diese Laus, diesen Schmarotzer und Taugenichts schlimmster Sorte zum Essen einladen musste! Genauso könnte er es Piero sagen, aber was würde der verstehen?

Der Italiener schwieg, starrte ihn an, lockerte langsam den Griff, sein Blick war trüb wie die Heckscheibe eines alten Autos, und er befand sich auf halbem Weg zwischen Heulkrampf und Massenmord.

»Ich muss«, sagt Hasan, »ich muss wirklich«, er versuchte sich zu sammeln und zu sagen, was er musste, damit man es irgendwie verstehen konnte, »ich muss ihn mitnehmen, Angela braucht den für irgendetwas.«

Piero rückte von ihm ab. »Das ist also ihr Freund«, das tröstete ihn offenbar, »und ausgerechnet der muss dein Portemonnaie finden?«

Hasan versuchte zu überlegen, was jetzt klüger war, sollte er sagen, dass der Typ nicht Angelas Freund war, sie ihn im Gegenteil überhaupt nicht kannte, er ihn aber trotzdem mit nach Hause nehmen musste, weil sie ein Essen vorbereitete, oder sollte er besser den Mund halten. Er fühlte sich wie ein Schachspieler, der viele Züge im Voraus durchspielen muss, der vorausdenken muss, und das mit einem Kopf, der nicht der seine war, sondern mit dem, der ihm gegenübersaß und gerade mit Hasans Kopf dachte. Das war ihm schon als Kind nicht gelungen, wenn er gegen den Vater gespielt hatte.

»Denk an das, was ich machen werde, schau, ich schlage deine Königin«, sagte der Vater, und ihm fiel die Kinnlade herunter. Es war der Zug, der einzige Zug, den er nicht gesehen hatte. Alle anderen hatte er im Kopf gehabt, aber diesen einen, durch den er seine Königin verlor, der war ihm irgendwie entgangen. Und so war es immer. Dasselbe Prinzip beherrschte das Leben. Hasan ahnte, was geschehen würde, er sah Angelas Launen kommen, noch bevor sie selbst davon wusste. Auf ähnliche Weise konnte er die Reaktionen von Menschen erspüren, die er zum ersten Mal sah, ihr Verhalten in der U-Bahn oder im Bus, aber die Folgen der eigenen Worte konnte er nicht vorhersehen, die Art, wie andere sie auffassen würden. Deshalb trafen ihn die Antworten unvorbereitet, verwirrten ihn und gaben ihm das Gefühl, verlogen zu sein, noch bevor er irgendeine Lüge auftischte. Es war dabei gleichgültig, ob er nüchtern war oder etwas getrunken hatte.

»So einfach ist das nicht«, sagte er schließlich.

»Willst du, dass ich gehe?«, fragte Piero.

In einer anderen Situation hätte Hasan wahrscheinlich gespürt, dass die Frage so gestellt war, dass sie eine negative Antwort verlangte, um die Freundschaft zu bestätigen. Piero hätte gewartet, wenn er es verlangt hätte.

»Wie du willst, ich muss warten.«

Der Italiener erhob sich und ging grußlos hinaus. Der Rücken eines Menschen, der sich entfernt, seine ganze Haltung zeigen manchmal genauso viel, wie in seinen Augen zu lesen wäre. Hasan sah ihm nach, aber Pieros Rücken war so nichtssagend wie der eines Unbekannten, dessen Gesicht man noch nie gesehen hat. In diesem Moment wusste er noch nicht, was geschehen war, trotzdem wollte er ihm etwas nachrufen, ihm etwas sagen, einen Hauptgewinn ankündigen, den man aus dem Hut zaubert, wenn dieser Tag vorbei wäre. Aber ihm fiel absolut nichts ein, dabei war er sich sicher, dass Piero ihn, wenn er ihn aufhielte, noch einmal bitten würde, gemeinsam abzuhauen. Hasan wollte auf keinen Fall zugeben, dass das nicht ging. Als Piero endgültig draußen war, begann Hasan panisch nach Gründen und Möglichkeiten zu suchen, ob sich nicht doch hätte vermeiden lassen, was er von Anfang an als unvermeidlich betrachtet hatte, indem er nämlich Angela etwas vorlog, wenn er den Mann, der ihm sein Portemonnaie zurückgegeben hatte, nicht zum Mittagessen mitbrachte. Aber es fiel ihm nichts ein. Er sah sie nur die Schüsseln mit dem Essen durch die Küche werfen und herumwüten, weil er ihr alle Leute vorenthielte, die er kennen lernte. Ob er sich vielleicht ihretwegen schäme? Ob er dächte, sie wäre zum Vorzeigen nicht schön und gut genug? Er sah sich selbst, wie er dastand und schwieg, und das nach allem, was er heute schon verbrochen hatte. Er konnte keinen klaren Gedanken fassen, konnte sich nicht vorstellen, wie schwer der Verstoß gewertet würde, wenn er Vuko nicht mitbrachte; vielleicht wäre es nicht einmal ein Verstoß, vielleicht würde sie es ihm abnehmen, dass der Mann es einfach eilig hatte und weiterwollte, aber wer konnte das schon wissen, wenn dir die Motoren der Formel 1 über die Nerven heulen und dir der Whisky den Rest gibt? Er spürte, dass er Piero und José verlor und nahm an, dass er sie für immer und ewig verloren hatte, und deshalb wollte er nichts unternehmen, was ihn auch noch von Angela trennen könnte.

»Was hat er?«, fragte Vuko, als die Tür hinter dem Italiener zuschlug.

»Verrückter Neapolitaner. In Neapel ketten die Leute ihr

Auto nachts an die Bäume, damit es nicht geklaut wird. Wusstest du das?« José klang plötzlich wieder etwas nüchterner. Obwohl sie Piero bisher kaum beachtet und von dem, was zwischen ihm und Hasan vorgefallen war, in ihrer alkoholisierten Sympathie füreinander nichts mitbekommen hatten, verstummten sie plötzlich. Der Vierte fehlte. Für welches Spiel? Für kein Spiel, aber der Abgang des Vierten war das Ende des Besäufnisses. Vuko war es mehr oder weniger egal. Er hatte sich in die Situation eingefunden und fühlte sich ausgezeichnet. Was ihn betraf, konnten sie tun und lassen, was immer dem Spanier in den Kram passte. Nach der durchwachten Nacht und mit einer Gallone Whisky im Blut war er in Hochform. Wäre er jetzt zufällig in Las Vegas gewesen, er hätte jeden Roulettetisch abgeräumt, und die Würfel wären immer zu seinen Gunsten gefallen.

»Ich nehm dich zum Mittagessen mit. Meine Frau lädt dich ein«, Hasan klang völlig klar.

»Na, ich weiß nicht...« Vuko zierte sich ein bisschen, wohl um beim Spanier den Eindruck zu erwecken, dass er nicht völlig beschäftigungslos war.

»Geh nur. Das ist das Mindeste, was er dir anbieten kann. Oder seine Frau«, sagte José, und Hasan ließ jede Hoffnung fahren, dass ihm die Beleidigungen entgangen waren.

Das Alhambra wurde offenbar geschlossen. Während sie zur Tür gingen, drehte José ihnen den Rücken zu und kramte in der Registrierkasse. Er erwiderte ihren Gruß nicht.

Die Erde schwankte ein bisschen, allerdings nur unter Hasan.

»Schau nach, ob alles drin ist!« Vuko hielt ihm das Portemonnaie hin und drängelte: »Nein, bitte, zähl das Geld nach!«

»Ich weiß nicht mehr, wie viel drin war.« Hasan knobelte an einer Einleitung, er musste die Sachlage doch erklären, konnte den Typen nicht einfach so mit nach Hause nehmen. Warum fragt der nichts? Findet er es normal, zum Essen eingeladen zu werden? Wie immer man sie wirft, eine Katze landet immer auf den Pfoten, war es zu hoch, bricht sie sich das Rückgrat, aber auf den Pfoten. Er hielt das Portemonnaie in der Hand, wollte es einstecken, wartete aber lieber noch einen Moment, damit er nicht noch einmal zum Nachzählen aufgefordert wurde, damit er das Portemonnaie nicht wieder gegen seinen Willen herausziehen musste; die Erde schaukelte wie ein Ball auf dem Meer; wenn ich stehen bleibe, dachte er, wird das Schaukeln aufhören.

»Ich blamiere mich mit meinem Englisch, nicht wahr?«

»Nein, das geht doch gut, du kannst dich verständlich machen ...«

»Nein, sag mir, dass ich mich blamiere!«, drängelte Hasan.

»Warum sollte ich das sagen?«

»Weil es die Wahrheit ist. Warum ist es so schwer, die Wahrheit zu sagen? Wegen der Wahrheit wird euch kein Zacken aus der Krone brechen.«

»Wem, uns?«

»Ich weiß nicht, wem. Die, an die du zuerst denkst, wenn du wir sagst.«

»Verarsch mich nicht. Ich hab was getrunken ...«

»Und ich erst! Kannst du dir gar nicht vorstellen ...«

»Doch, wenn ich so viel getrunken hätt, wär ich erledigt.«

»Bin ich auch so ...«

»Mann, bist du negativ drauf!«

»Warum fragst du nicht, warum ich dich mitnehme?«

»Wahrscheinlich weil dir deine Frau aufgetragen hat, dass man jemand, der einem das Portemonnaie zurückgibt, zum Essen einladen muss. Ist sie eine von uns?«

»Nein, sie ist Deutsche. Hab ich dir schon gesagt...«

»Ach ja, hast du, hast du.«

Es fiel wieder Schnee. Man merkt jedes Mal, dass es anfängt, aber nie, dass es aufhört, dachte Hasan. Ihn fröstelte. Das passierte ihm jedes Mal, wenn er sich betrank. Irgendwann fing er an zu zittern, und das hörte nicht mehr auf, bis er sich ins Bett legte und zudeckte. Bis er ins Bett konnte, war es noch lang hin. Wenn er jetzt sofort losginge, würde er eher ans Ende der Welt gelangen, als dass sich alles um ihn herum beruhigte, er Angelas Aufträge erledigte und nach einem langen Marsch durch Schnee und Kälte endlich seine Schlafstatt erreichte. Verzweifelt wünschte er, dass sich der Boden unter seinen Füßen auftäte und er anderswo wäre.

»Gibt es hier einen Blumenladen?«, Vuko schaute sich um, »ich kann nicht ohne Blumen bei einer Frau zu Hause aufkreuzen.«

»Sie mag keine Blumen.«

»Das ist egal, ich kann nicht ohne Blumen kommen. Sag mir, wo hier ein Blumenladen ist. Das kannst du wirklich für mich tun, wenn ich schon freiwillig mitgekommen bin...«

»Na, besonders gewehrt hast du dich nicht...«

»Jetzt hör aber mal zu, ich kann auf der Stelle kehrtmachen!«

»Und wohin?«

»Dahin, wo ich herkomme. Meines Wegs...«

»Im Supermarkt gibt's welche. Blumen...«

»Das hättest du doch gleich sagen können, statt hier rumzuzicken. Wenn du bei einer Frau eingeladen bist, bringst du Blumen mit. So ist die Regel. Als würdest du es nicht genauso machen.«

Sie drehten um und gingen zum Supermarkt zurück. Mit jedem Schritt zitterte Hasan stärker. Die Bilder wechselten rhythmisch, die Gedanken purzelten übereinander, immer wieder drängte sich die Melodie von heute früh auf: Sweet Sue, just you … Vuko hatte bestimmt auch eine Suzana gekannt, natürlich eine Hure. Wenn im Radio ein Song läuft, in dem eine Frau besungen wird, die nicht gerade Ulrike oder Gudrun heißt, kennt meistens jeder Schwachkopf eine, die so hieß und eine Hure war. Der Magen bäumte sich zur Sweet-Sue-Melodie auf, da dachte er an Angela, die auf sie wartete, und bei dem Gedanken bäumte sich der Magen noch mal auf, er dachte an José, den er besoffen angemacht hatte, wieder bäumte sich der Magen auf, er dachte an die Dreharbeiten zu einem populärwissenschaftlichen Film über die vom Aussterben bedrohten Murmeltiere … Als ihm der Magen im Hals stand, rannte er zu einer Mauer und übergab sich. Der Whisky hatte die Farbe von Wasser, mit dem ein Kaffeebecher ausgespült wurde, der Geschmack war bitter und stark.

»Da hast du ja brav dein Bäuerchen gemacht. War doch gut, dass wir wegen der Blumen noch mal umgedreht sind. Was würde deine Frau dazu sagen!« Vuko war besorgt. Wie jeder echte Mann, der stolz darauf ist, wenn er sich nach einem Besäufnis nicht übergeben muss. Und wie jeder echte Säufer, der Gelegenheit hat, einem Saufkumpan zu helfen. Er hakte Hasan unter, stützte ihn beim Gehen und hätte ihn vorm Fallen bewahrt, falls er ohnmächtig geworden wäre. Er spürte, wie dieser zitterte, leicht und rhythmisch wie ein Massagegerät.

»Nimm einen Kaugummi, bevor du vor sie trittst. Du stinkst wie eine Jauchegrube. Auweia, du heulst doch nicht etwa?«

»Das ist die Kälte, davon tränen die Augen. Geh rein und kauf diese Blumen. Ich warte hier.«

»Soll ich dir Kaugummi mitbringen?«

Während Vuko im Supermarkt war, übergab sich Hasan noch einmal. Diesmal suchte er die Erklärung nicht in einer Melodie. Er würgte an den Mercedes gelehnt, in dem er in der Nacht gefahren war. Vielleicht erkannte er ihn nicht, denn das Auto war schon leicht mit Raureif überzogen. Die Tränen rannen ihm in den Mund und hatten keinerlei Geschmack. Sie unterschieden sich nicht von den Schneeflocken. Leise sagte er vor sich »Majka moja, majka moja« hin, und das beruhigte ihn. Eine ältere Frau mit Bärenfellmütze kam vorbei, ein Mädchen im silbernen Raumanzug an der Hand, irgendwas zwischen Engel und Astronaut. Die Frau sagte etwas mit vielen harten Mitlauten, schleuderte Sätze von den Zahnspitzen und zog das Mädchen mit sich wie einen Sessel, dessen Räder in verschiedene Richtungen zeigten. Die Kleine drehte sich um und wollte ihn nicht aus dem Blick verlieren. Er war etwas schrecklich Interessantes und Ekliges, vor dem Erwachsene Reißaus nehmen, weil sich das so gehört, und das Kinder genießen, wenn ihnen die Erwachsenen nicht den Spaß verderben und sie wegzerren. Er betrachtete die zwei durch die Prismen und Kristalle, die in seinen Augen standen, Enkelin und Oma, lang gezogen und voll silbrigen Lichts. Ein Teil von ihm, jener, der weder Qual noch Schmerz spürte, sondern immer wie ein Computer arbeitete, ohne echtes Interesse für das, was mit dem Rest von ihm geschah, und dabei jedes Detail notierte, sagte ihm, dass er sich normalerweise verschämt weggedreht hätte und es ihm etwas ausgemacht hätte, dass der gesamte Supermarkt sein Elend durch die Schaufenster betrachten konnte, oder er sich wenigstens vor dem Eintreffen der Polizei gefürchtet hätte. Der Computer meldete kühl, dass er sich für einige Zeit nicht vorm Supermarkt blicken lassen solle, bis die Leute seinen derzeitigen Anblick vergessen hätten. Bald würde es ihm nicht mehr egal sein.

Aus dem Supermarkt kam Aram, der gehörlose Armenier, der im Irrenhaus putzte und vor dem sich alle in Toledo fürchteten, weil er nicht sprechen gelernt hatte und aus seiner Kehle ein Kreischen wie von vorzeitlichen Vögeln drang, wenn er sich mitteilen wollte. Hasan hatte ihn in jenem Sommer kennen gelernt, als er zum Angeln ins Willamette-Tal gefahren waren. Mitten im tiefen Wald, nachdem er stundenlang keinen Menschen getroffen hatte, sah er Aram, grüßte ihn, woraufhin dieser herzlich zurückkreischte und Hasan die Böschung hinunterrollte. Während ihm Aram beim Aufstehen half, hielt er den Finger auf die Lippen: »Leise, leise«, und seither grüßte ihn Aram jedes Mal so und sein Gesicht öffnete sich zum arglosesten Lachen der Vereinigten Staaten. Auch jetzt hob er den Finger, kam aber nicht bis zu den Lippen, als er Hasans Zustand bemerkte.

Mit dem Daumen Richtung Kehle sagte Hasan laut: »Ich habe mich betrunken, ich bin fürchterlich betrunken.«

Aram bot ihn an, ihn nach Hause zu bringen, stellte seine Tüten in den Schnee und kreischte zärtliche Worte, die

Hörende längst aus der Sprache ausgebürgert hatten; Hasan schüttelte den Kopf und dachte über das Missverständnis nach, in das er wie in einen Brunnen gefallen war und jetzt nicht mehr herauskam. Statt mit Aram nach Hause zu gehen, statt ihn zum Essen einzuladen und statt dass sich Angela über diesen Besucher freute, ging er mit einem, von dem er wusste, dass er böse war und den weder er noch sie brauchte. Wieder traten ihm Tränen in die Augen, als er Arams Tüten im Schnee sah, aus der einen lugte ein Paket Spaghetti, das ihm in diesem Augenblick Beleg für ein ruhiges, normales Leben und wohltuendes Alleinsein zu sein schien. Er weinte über sich und gerührt von Spaghetti, während Aram ihn festhielt, ihn betrachtete und überlegte, was er zu seiner Rettung vorschlagen konnte. Überwältigt von dieser Besorgtheit, musste Hasan an den lieben Professor Živanov denken, der montags nicht zur Vorlesung kam, weil er am Sonntag gestorben war, während ein tauber Greis namens Muto, der immer in der Straßenbahn rumkreischte und den alle für geistig behindert hielten, dem toten Professor so täuschend ähnlich sah, dass ihn die Studenten anstarrten wie Gläubige eine Jesusfigur.

Vuko kam mit einem Strauß gelber Rosen zurück. Sobald er ihn sah, sprang Aram weg, schnappte seine Tüten, verneigte sich zu Hasan und floh. Sei es, weil er betrunken war oder ihn einfach nicht wahrhaben wollte, Vuko ließ sich jedenfalls nicht anmerken, dass er Aram bemerkt hätte. Aus der Tasche zog er ein weißes Päckchen, das wie Hotelshampoo aussah, riss mit den Zähnen die Plastikhülle auf und hielt es Hasan hin: »Schluck das, es hilft!« Er hatte weder die Kraft noch Grund abzulehnen und lutschte etwas mit dem Geschmack einer Wand, von der er sich als kleiner Junge eine Portion abgekratzt und probiert hatte.

»Jetzt schneit's aber richtig«, sagte Vuko und versuchte die Blumen gegen den Schnee zu schützen. »He, weißt du, wann's endlich Frühling wird?« Hasan zuckte mit den Schultern. In der Herzegowina waren die Kirschen schon lange verblüht und die ersten Früchte wurden bald rot, hoch oben in den Kronen, wo sie keiner pflückte, sondern sie von selbst abfielen oder von den Dohlen gefressen wurden.

»Hör mal, entweder du hast kranke Augen, und sie laufen deswegen die ganze Zeit, oder du hast die Nerven verloren und heulst in Wirklichkeit. Scheiß drauf, weder das eine noch das andere ist gut. Entweder du heulst dir die Augen aus und wirst blind, oder du landest im Irrenhaus. Komm schon, Kumpel, besoffen sein ist doch nicht so schlimm. Du hast keine Ahnung, was Leute alles schon überlebt haben. Ich würde auch heulen, wenn ich könnte, aber mir hat man beigebracht, dass ein Mann nicht weint. Und daran halt ich alter Langweiler mich bis heute. Warum redest du nichts, Kumpel? Erzähl was. Mir ist das ganz unangenehm. Ich geh zum ersten Mal zu ihm nach Hause, und er schweigt sich aus. Stimmt ja gar nicht, ich besuch ja deine Frau! Ist ja gut, Kumpel, war doch nur ein Scherz, warum guckst du mich gleich so an. Kennst du den Ausdruck: Was guckst du mich so finster an, dass ich den Schwanz nicht heben kann? Erinnerst du dich? Nein? Kann ja auch gar nicht sein, so lang, wie du schon weg bist! Hundert pro hast du die Hälfte vergessen. Gottogott, träumst du auf Englisch? Ich träum weder auf Serbisch noch auf Englisch. Vielleicht als Kind, später nie mehr. Keine Ahnung, warum. Weil jeden Tag die Nachbarinnen rüberkamen und erzählt haben, was sie in der Nacht geträumt hätten. Von Männern hab ich das nie gehört, vielleicht ist Träumen für mich Weiberkram. Für mich hat Träumen was Schwules. Ich kann nichts dafür, ist eben so gekommen. Unbewusst, kapierst du? Die Doktors könnten's sicher erklären, aber mich interessiert denen ihr Geschwätz nicht. Noch bin ich nicht verrückt, und wenn ich's je würde, ich würd mich umbringen. Denen will ich nicht lebendig in die Hände fallen. Ich brauch doch nicht jemanden, der mir erzählt, warum ich bin, wie ich bin! Was soll das. Ich bin mein eigener Herr, und sobald man einem Doktor in die Hände fällt, ist man das nicht mehr. Schon beim normalen Doktor, geschweige denn einem, der für den Kopf zuständig ist. Die kriegen meinen Kopf nicht, weder den oben noch den unten. Einmal habe ich mir den Tripper eingefangen, da bin ich ins Krankenhaus, das war in Sarajevo. Kam eine junge Ärztin, schaut sich meinen Schwanz an und lächelt in einer Tour. Meinst du, es wär ihr peinlich gewesen? Von wegen! Du weißt nicht mehr, wie die Bosnierinnen sind, Ärztin hin oder her. Du bist schon lang weg. Ich erinner mich an alles, und das ärgert mich. Mir ginge es besser, wenn ich alles vergessen könnte. Oje, zum Pissen beschissen, so heißt es, nicht wahr? Nein, natürlich nicht, das hab ich mir grad ausgedacht. Klingt aber gut. Könnt anfangen zu dichten, he? Mensch, red doch was, das ist ja langweilig. Latsch mit einem Blumenstrauß durch dieses Kaff mit einem Typen nebenher, als wär ich schwul!« Vuko quasselte ohne Unterlass, Hasan lief und lief, winkte ab, zuckte die Schultern, presste die Lippen zusammen, als habe er etwas im Mund, und ging so gebeugt, als bedeute jeder Schritt ein Jahr.

»He, guck mal, sie haben dein Auto gebracht. Schön für dich, oder?«

Hasan antwortete nicht, er suchte in seinen Taschen nach dem Schlüssel, aber sie öffnete plötzlich die Tür.

»Ich wusste es! Eben hat Al Rahimi angerufen, und ich sagte ihm, ich kann nicht lange reden, weil ihr sicher gleich kommt, ich schau vor die Tür, und ihr steht da.«

Vuko streckte die Hand aus: »Angeblich mögen Sie keine Blumen, aber das wollte ich nicht glauben.«

Angela lachte wie über einen gelungenen Scherz: »Hasan sagt das im eigenen Interesse.«

Im Flur kam es zu einem kurzen Durcheinander, Vuko klopfte den Schnee vom Mantel und entschuldigte sich: »Im Fernsehen hatten die doch was von globaler Erwärmung erzählt«, erneutes Gelächter, der Bügel brach unter dem Gewicht der Mäntel, und Hasan stand mit allen dreien auf dem Arm da und wusste nicht, wohin ...

Auf dem Tisch lag die weiße bestickte Tischdecke aus Bosnien, die seine Mutter ihnen einmal als Mitbringsel geschenkt hatte. Sie wurde selten benutzt, Hasan mochte sie zu gern, weil sie ihn an die Feiern zum Ersten Mai erinnerte. Da aßen sie im Garten zu Mittag, und Onkel Abid begleitete sich danach selbst zum Liebeslied vom Pascha Ali und der schönen Mara auf der Gitarre: »Ali Paša na Hercegovini ...« Wenn er sang, näselte er stark, der Onkel Abid, und blinzelte ständig, fast wie ein spanischer Bischof. Angela mochte die Decke nicht, denn die Weingläser standen darauf meistens schief und kippten leicht um. Aber sie hielt sie wahrscheinlich für Teil jener anderen Welt und dachte, es würde dem Gast gefallen, wenn er seine Nationalflagge auf dem Tisch sähe. Hatte Hasan ihr überhaupt gesagt, woher der Gast kam? Er versuchte sich zu erinnern, aber es gelang ihm nicht. Wenn ja, dann aus purem Zufall. Auch die Teller erinnerten an Heimat. Sie hatte sie von der Großmutter mütterlicherseits geerbt, an die sie keine Erinnerung hatte, weil sie starb, als Angela zwei Monate alt war, aber die Familienanekdote wollte es, dass die Sterbende sie ihr zugedacht hatte und alle, die sie in den letzten beiden Stunden ihres Lebens begleitet hatten, wurden mehrfach daran erinnert, nur ja nicht zu vergessen, Angela diese Teller zu geben, sobald sie alt genug sei, um sie nicht mehr zu zerschlagen. Sie wurden noch seltener als die Tischdecke benutzt. Der Grund war weniger ihre Angst, dass sie beim Spülen kaputtgehen könnten, als vielmehr die Hakenkreuze auf der Unterseite, mit denen jedes einzelne Exemplar versehen war, auch wenn wohl kaum ein Gast auf die Idee gekommen wäre, einen Teller umzudrehen.

Sie saßen nebeneinander.

»Geht's dir gut?«, flüsterte Vuko, als Angela hinausgegangen war, um das Essen in die Mikrowelle zu stellen.

Hasan nickte: »Noch besser, und mir ging's zu gut.«

Er fühlte sich ein bisschen dumpf, als wäre die Welt ein Stückchen von ihm abgerückt oder als schaue er durch den Sucher einer Kamera und die nahen Dinge wirkten wie weit entfernt und dadurch weniger wichtig, aber realistischer. Er spürte Vukos Besorgnis und wusste, dass er sich darüber eigentlich ärgern müsste. Angela sollte es nicht auffallen, dass er stark betrunken war, und so versuchte er sich selbst einzureden, dass er alles ausgekotzt hatte. Er wollte reden, wollte wissen, wie er redete, ob es normal klang oder die Zunge immer noch auf der Ruderspitze saß und sich nur schwer durchs Meer ziehen ließ.

»Dir sieht man wirklich nicht an, dass du betrunken bist«, sagte er.

»Wie sollte man, ich bin gut im Training. Das gehört zu meiner Arbeit, viele Geschäftsessen mittags und abends, und dabei wird natürlich viel getrunken.«

»Ich trink nicht oft.«

»Ne, du nicht«, gähnte Vuko.

Hoffentlich schläft der jetzt nicht ein, und Angela bietet ihm an, hier zu übernachten.

»Wo hast du dein Auto gelassen?« Eigentlich wollte er fragen, wohin die Reise gehen sollte, aber das schien ihm doch zu aufdringlich.

»Das hab ich zum Teufel gejagt«, antwortete Vuko, »es erinnert mich zu sehr an das, woran ich nicht mehr erinnert werden will, ich habe die Schlüssel in ein Kuvert gesteckt und meiner Frau geschickt, soll sie ihn sich holen. Ich will nichts haben, was nicht mir gehört. Meine Hand soll verdorren, wenn ich ihren Schlüsselanhänger klaue, geschweige denn das Auto.«

»Ich habe ein typisch thailändisches Essen bestellt und vergessen, um eine Liste mit den Namen der Gerichte zu bitten, jetzt werden wir gar nicht wissen, was wir essen«, bereitete sie sie auf das Abenteuer vor, während sie Porzellanschüsseln auf den Tisch stellt, insgesamt fast ein Dutzend, der Inhalt in Farben wie von Gauguin gemalt.

»Das ist Reis«, merkte Hasan dümmlich an, »ich bin mir nicht sicher, ob in original Thai-Restaurants Reis serviert wird.«

»Was denn sonst, bei denen gibt es weder Brot noch Kartoffeln«, Vuko quiekte fast.

»Ich finde das alles schrecklich interessant. Ich würde nie an der Authentizität zweifeln, niemals. Entweder man lässt sich darauf ein oder nicht. Hasan hat damit Schwierigkeiten, wissen Sie. Ist sein Charakter. Ich bin in solchen Dingen wie ein Kajak auf Stromschnellen, alles trägt mich, und ich genieße es. Obwohl es seltsam ist, dass ich so bin. Da, wo ich herkomme, gibt es nur Sauerkraut, Würstchen, Bratkartoffeln und Mehlschwitze. Manchmal ist es mir lieber, wenn ich nicht weiß, was ich esse. Schauen Sie, vielleicht wissen Sie es, das hier könnte Schildkröte sein, und die würde ich normalerweise nicht essen, aber da ich es nicht weiß, lass ich es mir schmecken.«

Vuko warf einen fachmännischen Blick in die Schlüssel, auf die sie wies: »Nein, das ist wahrscheinlich nicht Schildkröte, sondern ...«

Angela streckte die Hand aus, als wolle sie ihm den Mund zuhalten: »Ach nein, sagen Sie es mir bitte nicht.«

Vukos Lächeln verriet den autorisierten Sondergesandten von Pašin-Gaj in Bangkok.

Hasan fühlte sich allmählich wieder normal. Ihn machte die Art rasend, mit der dieser Mann die Welt eroberte und völlig unterschiedliche Menschen für sich begeisterte. Angela glaubte ihm und lief zu ihm über ebenso wie José, dabei redete er stotternd, mit einem Wortschatz von tausend Wörtern und einer Betonung, die nicht nur fremd, sondern hässlich klang, wie das Geräusch einer Motorsäge in einem mit Stilmöbeln eingerichteten Salon, und er redete von Dingen, von denen er mit Sicherheit keine Ahnung hatte. Doch den Schwindel konnte nur erkennen, wer Schwindel erwartete. Und den erwartete nur, wer an eine Welt gewöhnt ist, in der man auch in Kleinigkeiten ohne erkennbaren Nutzen schwindelt. Wenn du schwindelst, um Eindruck zu schinden, dann beschwindelst du bestimmte Personen. Und die wissen, dass du Grund dazu haben könntest, weil sie dir vorgesetzt sind oder du etwas von ihnen willst, und sind deswegen auf der Hut. Sobald du aber gewohnheitsmäßig lügst, ein ganzes Lügengebäude entwickelst und mit Nebelwerfern arbeitest, können sie dich nicht einordnen und die Täuschung nicht von der Wahrheit unterscheiden. Sie glauben, du wärst es, weil sie niemals erfahren werden, wer du bist. Ein richtiger Mensch könnte es gar nicht durchhalten, er würde aus der Rolle fallen, etwas Falsches sagen und wäre erledigt. Menschen können sich eine Zeit lang verstellen, aber irgendwann müssen sie sich verraten. Und wenn du hundert Jahre übst, einer zu sein, der du nicht bist, und dir dein Leben lang so viele Gesichter anerziehst, wie du für alle Lebenslagen und Personenkreise zu brauchen glaubst, du wirst trotz allem nie ganz verinnerlichen, das zu sein, was du nicht bist. Du hältst es nicht aus, und hinter dem fremden Gesicht lugt deins hervor, oder dir fällt nicht im rechten Moment ein, was du hättest sagen oder fühlen müssen. Nichts ist schwerer, als ein anderer zu sein. Deswegen bleiben die meisten Menschen ihr Leben lang auch an einem Ort, dort, wo sie nichts erklären, sich weder anpassen noch ihre Eigenheiten verleugnen müssen. Sie lachen nur, wenn sie fröhlich sind, auf die Frage nach ihrer Gesundheit antworten sie ernsthaft und zählen all ihre Gebrechen auf, einschließlich schlechtem Wetter und schlechter Laune, und sie gehen nie dahin, wo die Menschen lachen, um zu zeigen, wie gesund und stark sie sind, und wo man auf ein »Wie geht's?« stets mit einem »Sehr gut!« antworten muss. Vuko war das alles völlig gleichgültig. Er konnte das eine so gut wie das andere und hatte so viele Gesichter, wie es Menschen gab, die er treffen konnte. Jedem zeigte er das Gesicht, das dieser erwartete.

Er ist der Satan, dachte Hasan. Satan, Satan, Satan … Wären Worte Wesen und könnten wir sie von oben betrachten, alle Worte, die in dieser Sekunde ausgesprochen oder geschrieben werden oder auch nur durch die Köpfe flattern, in denen sie wohnen, dieses Wort wäre im verschneiten Frühling von Oregon sehr vereinsamt. Und nicht nur dort. Von der West- bis zur Ostküste, über Ozeane und Kontinente hinweg würden sich jene, die es verstehen, eine Zeichentrickfigur oder eine schreckliche Macht vorstellen, gegen die in den Gotteshäusern gekämpft wird, aber wer würde den Satan in einer weichen Stimme und den ruhigen Bewegungen einer Hand erkennen, die die Luft im Zimmer nicht zerteilt, sondern streichelt und sich mit jeder Bewegung einschmeichelt? Er bewegt sich anders, seine Gelenke biegen sich anders, während er anderen ein erfundenes Ich vorgaukelt. Schau, wie er die Hände aneinander legt, kaum dass sich die Fingerkuppen berühren, während sie ihm etwas erzählt! So, mit zusammengelegten Händen und die Ellbogen auf den Tischrand gestützt, hören nur Menschen zu, die ihr Leben lang auf jemand gehört haben, Lehrer, Gelehrte und Geistliche, das kann man nicht so einfach lernen. Er ist der Satan, der Gedanke kehrte zurück und erstarrte in seinem Kopf zu Eis.

Mit Gott war er nie ins Reine gekommen. Allah war mehr als alles andere Oma Fadilas ganz persönliche Wahrheit. Eine größere und reinere Wahrheit kannte er nicht, aber es konnte weder die seine noch die jener sein, die er in die Moschee gehen sah. In Sommernächten weckte ihn, kurz bevor es hell wurde, das leise Knarren der Dielen, er öffnete ein Auge und sah den Umriss der Großmutter, den Gebetsteppich in der einen und die Wasserkanne in der anderen Hand, leise, um die Träume der anderen nicht durcheinander zu bringen, hinausgehen, um das Frühgebet zu beten. Wäre ein Buch vom Himmel gefallen mit dem Beweis, dass Gott nicht existierte, es hätte für Hasan nichts geändert. Er spürte ihn nicht in sich, leer war die Stelle, an der Gott in den Menschen wohnt, aber in ihr war Gottes Anwesenheit vollkommen offensichtlich, so offensichtlich wie eine Wiese und der eine Baum, der mitten auf der Wiese steht.

Von ihm erwartete er keine Hilfe, noch hätte er je gedacht, dass Allah auf irgendeine Art die Welt und das Schicksal der Menschen lenkt. Er hatte nicht einmal das Schicksal von Oma Fadila gelenkt. Hasan hatte, anders als die Mehrheit der Atheisten, niemals bei einem großen Schmerz zu Gott gebetet oder ihn angerufen, wie er die Mutter gerufen hatte. Im Gegenteil, bei solchen Anlässen war das Wort Gott tabu, davon war er überzeugt, selbst wenn es sich um eine bloße Redensart oder einen sinnentleerten Ausdruck handelte, denn damit beleidigte man jene, die in Ihm lebten und in deren Seelen Er wohnte. Den Namen Gottes sprach er nicht einmal dann aus, wenn es sich geradezu aufdrängte, etwa weil er bei bestimmten Gelegenheiten an einem Gottesdienst teilnahm oder an anderen gesellschaftlichen Ritualen oder Konventionen, bei denen Sein Name so häufig erwähnt wird. Es gibt keine Feier, bei der die Amerikaner nicht Gott anrufen. Bei dieserart Veranstaltungen presste er die Lippen aufeinander und faltete die Hände nicht. Natürlich glaubte er nicht an Gott, aber anders als jene, die Oma Fadilas Maßstab nicht standhielten, er war sicher, dass es den Satan gab und seine Finger die Welt durchwalkten. Wenn sich gehäuft jeweils die schlechtere Möglichkeit realisierte, obwohl sie viel unwahrscheinlicher wirkte, und sich Zufall an Zufall reihte, dann sah Hasan dessen Hände am Werk, sein Glaube wurde stärker und die Angst größer. Dem Satan ging alles von der Hand, nicht weil er allmächtig gewesen wäre – hätte er das geglaubt, dann hätte er auch an Gott glauben können –, sondern weil die Menschen ihm gegenüber taub und blind wurden; die einfachsten Dinge konnte man ihnen nicht erklären, sie dachten das Spiel nicht zu Ende, obwohl es viel einfacher war als Schach. Der Satan war kein übermenschliches Wesen, so wenig wie Gott in Oma Fadilas Glauben etwas Übermenschliches war. Gewöhnlich und alltäglich beherrscht der Satan alle Zufälligkeiten, denn gute Zufälle gibt es nicht und kann es nicht geben, und alles, was er tut, ist banal und keiner Erzählung wert, es taugt nicht zur Legendenbildung. Menschen können sich an die Werke des Satans nicht erinnern, außer jenen, die umkommen und von denen es hinterher heißt, sie seien selbst schuld gewesen. Das, was man leichtfertig für Satans Werk hält, ist ein bloßes Produkt der Fantasie, Gespenster aus den Bilderbüchern der Kindheit. Er schaltete den Fernseher aus oder ging in ein anderes Zimmer, wenn ein Film über den Teufel lief. Die Lüge war zu groß, um ihn gleichgültig zu lassen.

»Nichts für ungut, ich finde Deutschland zwar groß, aber auch hässlich. Wenn etwas so groß ist, muss man es bewundern«, sagte Vuko und knabberte an etwas, von dem man gesagt hätte, es sei der Schwanz eines Scampi.

»Ich mag lieber kleine Dinge, viel kleiner als Staaten und Gespräche über Staaten. Der Staat ist dasselbe wie Politik, und meine Fantasie ist nicht armselig genug, um mich auf irgendeine Art mit Politik zu beschäftigen. Wussten Sie, dass ich nie wählen war? Wirklich nie. Kein einziges Mal im Leben.«

»Was Sie nicht sagen! Ich kann es nachvollziehen, obwohl unsere Erfahrungen sich stark unterscheiden. Wir haben von Demokratie geträumt, von dem Tag, an dem wir genau wie die Amerikaner zwischen mehreren Parteien wählen können. Na ja, der Traum ist uns schlecht bekommen. Ich musste weg, weil ich es nicht mehr ausgehalten habe«, sagte Vuko und pickte ein Reiskorn auf, als wäre es der Samen eines Granatapfels.

»Kennen Sie Brecht?«, fragte Angela.

Vuko überlegte – sagte er ja, würde er sich wie ein Kater in einem Wollknäuel verheddern –, seufzte dann, als sei jemand gestorben: »Nein, leider nicht!«

»Deutscher Theaterschriftsteller«, murmelte Hasan, den Blick fest auf den Teller gerichtet.

»Das Theater ist nicht mein Fach. Die Gelegenheit hat sich nie ergeben«, ergänzte Vuko.

»Brecht hat ein Gedicht geschrieben, nach dem ich Menschen einordne. Es handelt von einer afrikanischen Maske, die das Böse darstellt. Brecht sieht sie an, sieht das Verkrampfte in diesem Gesicht und schließt daraus, dass es anstrengend ist, böse zu sein. Menschen mit entspannten Zügen können nicht böse sein. Das ist meine Erfahrung.«

Hasan hatte sie noch nie so abgehoben reden hören, nicht einmal im Theater. Sie hatte auch noch nie Brecht erwähnt. Hätte man ihn für eine anonyme Umfrage auf der Straße angehalten und gefragt, was seine Frau von Bertolt Brecht halte, er hätte keine Ahnung gehabt. Nichts. Sie ist eine emanzipierte Schauspielerin. Emanzipierte Schauspielerinnen haben eventuell eine Meinung zu Tschechow oder zu einem Dutzend

Schriftstellern, von denen Normalsterbliche nie etwas gehört haben. Berühmte Schriftsteller sind Gemeinplätze, und es ist unter der Würde der Profis, etwas über sie zu sagen, so wenig wie ein Herzchirurg die Metapher vom Herz, das Amors Pfeil durchbohrt hat, verwenden würde.

»Sie haben genau so ein Gesicht, entspannt und fröhlich, mit ausdrucksstarken Augen. Sie könnten Schauspieler sein«, sagte sie, und Hasan hob den Blick und sah Vuko mit hochgezogenen Brauen an. Der Scherz blieb unbemerkt.

»Also das ist mir jetzt wirklich peinlich. Schauspieler. Ich war Busfahrer, und wenn der Krieg nicht dazwischengekommen wäre, würde ich heute noch auf derselben Strecke fahren. Wissen Sie, das ist wie im Film. Ein und dieselbe Figur fährt zwanzig Jahre lang von einem Städtchen zum anderen, kennt jedes Schlagloch und jeden Baum an der Strecke, könnte sie mit geschlossenen Augen abfahren, und anscheinend ist es immer dasselbe. Aber die Generationen wechseln sich in ihrem Bus ab, Ehen werden zwischen zwei Haltestellen geschlossen, Freundschaften gehen auseinander, Leute werden bestohlen, lokale Missverständnisse halten sich lange, Kinder werden geboren, Menschen sterben, neue ziehen zu und bekommen Geschichten über zwei Städte erzählt, auch wenn wir von ihnen nur die Busbahnhöfe kennen. Ja, ich war Busfahrer ...«

»Toller Film«, rief sie begeistert.

So was Mickriges, dachte Hasan. Ein Busfahrer, der Geschichten erzählt. Trotzdem ist es faszinierend, wie er sich das aus dem Stegreif einfallen lässt, klingt richtig gut. Er kannte solche Menschen, aber sie hatten nichts Satanisches an sich. Es waren entweder gutherzige Säufer oder Vertreter.

»Womit beschäftigen Sie sich derzeit?«, fragte sie.

»Schwierige Frage. Ich werde sie ehrlich beantworten, aber wundern Sie sich bitte nicht, wenn ich so offen bin, obwohl wir uns zum ersten Mal sehen. Eben ist meine Ehe zerbrochen, und ich haue gerade ab. Ich weiß nicht, was ich tun werde, und ich weiß nicht, wo ich hingehe. Aber in so einer Situation muss man von vorne anfangen, davon bin ich überzeugt, sonst wird man zum Sklaven der eigenen Vergangenheit. Eine Phase ist vorbei. Ich war glücklich verheiratet, habe als Geschäftsmann gearbeitet, hatte einen Lebensrhythmus, der mir sehr lag. Jetzt fängt etwas Neues an, und das finde ich aufregend, in einem positiven Sinn aufregend.« Während er redete, zog er die Zigarettenschachtel aus der Innentasche seines grauen Sakkos, in einer anderen war das Feuerzeug, er wirkte wie jemand, der wirklich immer weiß, wo er was hingesteckt hat. Angela hörte voll Mitgefühl zu, sie hätte gern so viel Mut gehabt; er sprach, als habe er Krebs und als sei das eine vorübergehende Lebensphase; dann lief sie in die Küche, um einen Aschenbecher zu holen.

»Du hast es wirklich nicht leicht«, sagte Hasan.

Vukos Irritation hielt nicht länger vor, als der Funke vom Flintstein das Benzin entzündete.

Was hat dieser Jammerlappen nur gegen mich, dachte er und sah Hasan zu, der mit dem kleinen Finger wie ein Schneepflug Reiskörner über die Tischdecke schob. In der Bar hat er geschwiegen, jetzt schweigt er und lauert nur auf den richtigen Moment: »Grab nicht mein Land um, Šalipur, trampel nicht über mein Territorium!« Und ob ich über dein Territorium trampel und dein Land umgrabe, wenn ich Lust dazu habe, du Grizzly! Wir sind in Amerika, nicht in Pašin-Gaj, Mann! Und selbst wenn, es kommt auf eins raus, denn das ist auch nicht mehr, was es war. Der Krieg und die Toten waren nicht umsonst, und Vuko ist nicht wegen der Gesundheit deiner Kinder geflohen. Er ist geflohen, weil man etwas verlieren muss, um überhaupt etwas zu besitzen. Das kannst du halbe Portion nicht wissen. Du hast nichts und hältst dich an diesem Nichts fest und lässt nicht locker. Du bist auf diese kleine Frau hereingefallen und denkst, es wär deine, du belegst zwei Ellen Tischtuch und denkst: Ich will's sauber haben! Du hast Angst, dass dir jemand streitig macht, was du erreicht hast. Gekommen, hingesetzt, zugegriffen, und jetzt verteidigst du es und weißt gar nicht, was es ist. Luft, lieber Hasan, du hast nichts als Luft in der Hand und fegst Reiskörner von der Tischdecke! Hauptsache, ich hab's sauber, soll die Welt doch untergehen, wenn's ihr Spaß macht. Scheiße hat's gern sauber. Wär er nicht Scheiße, würd ihn der Dreck nicht derart stören. Tatsache ist, ihr seid immer sauber gewesen, war schon immer euer Thema, wie man den Hintern gewaschen kriegt. Hast du hier auch eine silberne Wasserkanne im Klo stehen? Und bei deinem Gott, deinem Allah, wie hast du deiner Deutschen erklärt, was die Wasserkanne da soll? Weißt du, uns verbietet unser Glaube, uns den Hintern mit Papier abzuwischen! Was, schreibt euch euer Glaube selbst das vor?! Gibt's eigentlich irgendwas, was euer Glaube euch nicht verbietet, ist euch zur Abwechslung auch was erlaubt? Und gibt's irgendeinen Fleck auf der Welt, an dem ihr nicht seid? Kann man irgendwohin gehen, wo ihr einen in Frieden lasst, wo man sich ein bisschen von eurer Hygiene erholen kann und von dem, was ihr denkt, während ihr schweigt, und von dem Klappmesser in euren Hosentaschen, das man, kaum dass man sich umdreht, piks!, zwischen den Rippen hat!

Er beobachtete ihn von oben herab, wie er winzig klein seine Körner zusammenkehrte, aber die Höhe genügte ihm nicht, und es war auch keiner da, der gesagt hätte: Ui, ist der dem überlegen! Und ohne das fand Vuko keine Ruhe. Was sich nicht in den Augen anderer spiegelte, existierte für ihn nicht. Er hatte nie flache Steine übers Meer hüpfen lassen, aber ansonsten war es genau das: Vuko Šalipur, Hasans Satan, musste sich selbst nichts beweisen, er verspürte kein Bedürfnis danach, was hätte er sich selbst erzählen können, was er nicht längst schon wusste? Deswegen brauchte er andere, die ihn beobachteten und bewunderten und denen wie ihm klar war, dass er nicht in Samt und Seide geboren war und die Welt von Vater und Mutter nicht auf dem Silbertablett serviert bekommen hatte, sondern sich alles selbst erarbeiten und jede Wahrheit am eignen Leib erfahren musste. Als es einmal in der Schule Pausenbrote mit Streichwurst gab, hatte er die dicke Köchin beim Brotschneiden beobachtet. Für ihn war das ein Wunder, denn zu Hause riss der Vater das Brot mit seinen Pranken ab, und Vuko wäre nie auf die Idee verfallen, dass man Brot wie das Fleisch mit einem Messer schneiden konnte. Gleichmäßig geschnittene Scheiben wirkten auf ihn vornehm, irgendwie städtisch, die Wurst ließ sich darauf besser verstreichen, und alles schmeckte besser. Während er in der Bank saß und aß, wich sein Blick nicht von der Hand der Köchin. Welche Geschicklichkeit, welche Verständigkeit, das Brot nicht abzureißen, sondern mit einem Messer in gleiche Teile zu teilen! Hatte sie sich das selbst ausgedacht oder bei jemand abgeguckt? Da schämte er sich für seinen Vater, in Gedanken verriet er ihn, kam denen näher, den Leuten aus der Stadt, von denen man nicht wusste, aus welcher Familie sie kamen und wer sie waren und die keine Beständigkeit kannten. Sie konnten nicht mit dem Finger auf etwas zeigen und sagen: Hier bin ich geboren und mein Vater und mein Großvater und mein Urgroßvater, und dieser Fleck gehört, seit es die Welt gibt, nicht niemand, sondern mir! Stadtmenschen sind Menschen ohne etwas Eigenes, sie torkeln haltlos herum, wie ein Hund, den man nachts von der Kette lässt, der herumstreunt, bellt und sich vermehrt. Aber von alldem wusste Vuko Šalipur an jenem Tag vor den großen Ferien nichts, sondern schämte sich für seinen eigenen Vater! Als er nach Hause kam, nahm er das Messer, mit dem der Schinken geschnitten wurde, weil ihm das jenem, das die Köchin benutzt hatte, am ähnlichsten zu sein schien, holte das Brot aus dem Küchenschrank, legte es auf den Tisch und wollte eben anfangen zu schneiden, als ihn von hinten die Faust des Vaters traf. »Gegen das Brot hebst du das Messer, du Hurensohn«, er schlug ihn mit der Hand, dem Schüreisen und was sonst noch in seiner Reichweite lag, »das wirst du nicht tun, das schwöre ich bei Gott, heute mit dem Messer gegen das, was dich ernährt, und morgen erhebst du es gegen mich!« Vuko lag auf dem Boden, während der ganze Zorn des Himmels auf ihn prasselte, er konnte weder weinen noch schreien, spürte nur, dass er irgendwann das Bewusstsein verlor, aus den Worten des Vaters wurde ein rauschender Wasserschwall und dann nichts. Als er aufwachte, hielt ihn die Tante im Schoß, auf einem Ohr hörte er nichts, es tat furchtbar weh, als er etwas sagen wollte, konnte er den Unterkiefer nicht bewegen. Kein Knochen war noch an der Stelle, an der er hingehörte, tagelang pisste er Blut und trank Suppe mit einem Strohhalm, aber er hatte zwei Lektionen für immer und ewig gelernt. Eine über das Brot und eine über jene, die es schneiden.

Als sein Vater zwei Monate vor dem Krieg in einem Krankenhaus in Sarajevo an Leukämie starb, weil sein Blut verwässert war, wie der Weise gesagt hatte, saß er drei Tage und drei Nächte am Bett und wartete.

»Tut dir was weh?«, hatte er ihn gefragt.

»Wenn's nur weh täte, wüsste ich wenigstens, was ich hab«, antwortete er, grau wie die Wand, und seine Augen wurden so groß, als wollten sie den ganzen Raum verschlingen.

»Wenn's nicht wehtut, geht's vorbei«, versuchte er ihn zu trösten.

»Natürlich geht's vorbei, alles geht vorbei, das Leben geht vorbei«, seufzte er, und Vuko brach in Tränen aus. Damals sah der alte Šalipur zum ersten und zum letzten Mal im Leben seinen Sohn weinen. Tröpfchenweise verließ ihn die Kraft, er konnte nur daliegen und mit aufgerissenen Augen das Wunder bestaunen. Vuko weinte, aber nicht aus Schwäche, sondern weil sein Vater für ihn etwas Größeres und Höheres war, als Kinder gewöhnlich in ihren Vätern sehen.

»Vuko ...«

»Mein Alter«, schluchzte er so laut, dass die Sterbenden in den anderen Betten ihre Köpfe hoben.

»Vuko, ich will dir noch etwas sagen«, er brauchte ein wenig Stille, »wenn ich noch einmal leben würde, würde alles anders, mir hat nicht gepasst, was mir nicht gepasst hat«, er suchte nach Worten, aber es waren zu wenige und alle waren falsch.

Vuko legte sein Gesicht in seine linke Hand, mit der rechten streichelte ihm der Vater über Kopf und Haare, zum ersten Mal seit Rosa, seine Frau und Vukos Mutter, gestorben war und ihn so schrecklich hintergangen hatte, indem sie ihn, den Holzfäller, mit einem noch nicht einmal schulpflichtigen

Kind zurückließ. Er hatte es ihr nie verziehen. Wie sollte er wissen, was ein Kind braucht? Er hatte ihn so erzogen, wie ihn sein Vater erzogen hatte, aber es war alles verkehrt gewesen, und das sah man jetzt, denn sonst wäre der Sohn heute anders.

»Mein Sohn ...«

»Papa ...«

»Ich würde es heute ganz anders ...«

»Was, Papa?«

»Nichts würde ich wieder so machen. Vergiss nicht, dass ich dir das gesagt habe. Alles wäre anders.«

Vukos Vater starb am vierten Morgen um fünf Uhr in der Früh. Blut trat aus seinem Mund und seiner Nase und aus allen Körperöffnungen, es drang am Ende aus den Augen, und eine halbe Stunde später war er tot. Vuko wollte seine Hand nicht loslassen, Krankenschwestern und Ärzte redeten auf ihn ein, aber er legte sich über ihn, damit sie ihn nicht wegnehmen konnten, und heulte lange und untröstlich, so wie Wölfe heulen und jedes Lebewesen, das nicht an Trauer gewöhnt ist. Er kam völlig blutverschmiert aus dem Krankenhaus, Gesicht, Hände und Kleidung, alles war rot. Die Polizei hielt ihn auf der Straße an, sie dachten, er hätte jemand umgebracht. Was der Vater hatte sagen wollen, hatte er verstanden, aber das war für ihn umso mehr ein Grund, den Vater in sich so zu verteidigen, wie er gewesen war. Es war leichter zu glauben, er habe Gutes getan, als er ihn verprügelt hatte – und ihm mehr Narben auf dem Rücken als Worte zum Andenken hinterließ –, als die Wahrheit in dem anzuerkennen, was er vor seinem Tod gesagt hatte. Wenn das stimmte, dann hätte dieses Leben keinen Sinn gehabt, weder für den einen noch für den anderen, und das ganze Leid wäre für nichts und wieder nichts gewesen. Vuko Šalipur konnte mit dieser Wahrheit nicht leben.

Aber der, der neben ihm saß, war nicht durch so eine Schule gegangen. Wenn ihm sein Vater nur einmal, als es noch Zeit war, ordentlich eine in die Fresse gegeben hätte, wäre er heute vielleicht ein Mann, hätte der Welt in die Augen gesehen und nicht zugelassen, dass seine Frau die Hosen anhatte.

»Hast du ausprobiert, ob das Auto anspringt?«, fragte Vuko, als Angela den Aschenbecher aus schwarzem Holz in der Form einer ausgestreckten Hand vor ihn hinstellte.

»Nein, hätte ich aber tun sollen. In einer halben Stunde müssen wir los. Angela muss zur Probe ins Theater.«

»Nein, ich habe Al Rahimi gebeten, mich abzuholen. Ich will nicht, dass uns mit dem Buick unterwegs etwas passiert«, sie hatte vergessen, es ihm zu sagen.

Das bittende »Aber« blieb Hasan im Hals stecken. Schau mir in die Augen und sag mir, was du darin siehst, wollte er ihr sagen, aber sie räumte bereits den Tisch ab.

»Darf ich helfen, gemeinsam geht es schneller«, erbot sich Vuko, Hasan stand auf und nahm seinen Teller.

»Nicht doch!«, sagte sie, und er beharrte nicht darauf, obwohl er es wollte, aber seine Reaktionen hinkten genau jenen Zeitraum hinter den Gedanken her, dass er sich lächerlich gemacht hätte, wenn er den Teller erneut gepackt oder das folgsame Sichhinsetzen abgebrochen hätte und stattdessen mit seinem Teller und einigen anderen vom Tisch zusammengerafften Sachen in die Küche gegangen wäre. Und dem Satan zu demonstrieren, dass das, was er sah, weder Angst noch Zustimmung bedeutete.

Der Tisch war leer. Vuko schnippte die Asche auf die Hand des Bettlers, ein billiges Souvenir aus einem westafrikanischen Land. Was die Leute alles produzieren, dachte er, und was sich so alles verkauft. Es war ihm ein bisschen unangenehm, als er den Stummel ausdrückte. Es war nicht in Ordnung, seine Zigarette auf einer menschlichen Hand auszudrücken, und sei sie aus Holz, sowenig es in Ordnung war, auf der Straße an einem weggeworfenen Stück Brot vorbeizugehen, ohne sich zu bücken, es aufzuheben und an eine Stelle zu legen, wo kein Passant darauf treten konnte.

»Willst du dich nicht umziehen?«, fragte Hasan.

»Seh ich nicht gut aus?«, scherzte Angela.

»Ich darf nichts sagen, es wäre unhöflich«, lachte Vuko. »Sag du was!«, forderte er Hasan heraus.

»Wie du willst«, sagte der.

»Ich habe mich sehr wohl gefühlt, und das Essen war ausgezeichnet. Aber das ist das wenigste, was man sagen kann«, begann er seine Tirade, »ich weiß einfach nicht, wie ich Ihnen danken soll. All die Jahre, die ich in Amerika bin, habe ich mich nicht so gut unterhalten. Mit Menschen, mit denen ich mich richtig gut verstehe. Wissen Sie, das ist seltsam. Hier ist niemand ein Fremder, einen Monat nach der Einwanderung ist man Amerikaner, aber man dringt kaum zu den Menschen vor. Ich bin wirklich glücklich, dass ich Sie kennen gelernt habe. Wenn ich irgendetwas für Sie beide tun kann, sagen Sie es bitte. Von heute an haben Sie einen Freund. Aber sag mal«, wandte er sich an Hasan, »wie viel hast du für Buick Rivera bezahlt? In letzter Zeit habe ich mich kaum mit Oldtimern befasst, deswegen interessiert es mich.«

Angela rollte die Augen: »Dieser Schrotthaufen wird uns noch um Kopf und Kragen bringen.«

»Aber gute Frau, nicht doch, das ist kein Schrotthaufen, sag schon, was hast du dafür hingeblättert?«

»Das ist lange her, ich weiß es nicht mehr.«

»Du hast achthundert Dollar für ihn bezahlt, erinnerst du dich nicht mehr?«, Angelas Stimme klang ärgerlich.

»Achthundert Dollar, das kann ich kaum glauben! Das muss wirklich lange her sein«, sagte Vuko bewundernd.

»Ja, aber es war trotzdem zu viel«, winkte sie ab.

»Für dich vielleicht, für mich nicht«, er sah sie wütend an.

»Da hat er Recht, muss ich Ihnen leider sagen, bei diesen Autos bezahlt man etwas anderes, nicht den Motor und die Räder, nicht wahr?«

Hasan nickte widerwillig.

»Keine Ahnung, was das sein soll, aber ich weiß, dass er zu teuer war«, regte sich Angela auf. Wie immer bekam sie rote Ohren, und zwei kleine Falten zuckten wie kleine Säbel in den Mundwinkeln.

»So arm sind wir nicht«, sagte Hasan müde.

»So ist es. Es gibt kostspieligere Hobbys. Dies ist eines der billigeren. Ich spreche aus Erfahrung. Sie sehen die Dinge wahrscheinlich anders. Die Schauspielerei ist eine Kunst, und Künstler können das Bedürfnis nach einem Hobby schwer nachvollziehen«, redete Vuko weiter auf sie ein.

»Das ist dummes Zeug, anders kann ich es nicht bezeichnen. Entschuldigen Sie, aber so ist es, das ist dummes Zeug«, Angela redete sich in Rage.

Hasan begriff nicht, wo das alles hinführen sollte. Seit einiger Zeit schon träumte er vom Bett, weich und groß, in dem man nur die Wanduhr und den Schnee und die Zeit hört, die im Schlaf zu schnell vergeht, die er anhalten müsste, damit sie so lange wie möglich dauerte und damit so lange wie möglich nichts geschah.

»Sie halten es für dummes Zeug, aber das trifft mich nicht« – Angela wehrte Vukos Worte mit beiden Armen, angewinkelt wie gebrochene Windmühlenflügel, ab –, »hören Sie mich bitte trotzdem an, es ist wirklich wichtig«, er gab sich Mühe, aber offensichtlich immer vergeblicher, »versuchen Sie zu verstehen, wie es einem gewöhnlichen Mann geht, einem, der im Leben nichts Schöpferisches leisten kann. Es ist, als ob Sie unbedingt ein Kind haben wollen« – Angela wollte unbedingt ein Kind, Hasan konnte keine haben – »oder wenn Sie etwas sagen wollen, aber die Sprache nicht gut beherrschen. So wie ich! Ich lebe schon fünf Jahre hier und kann immer noch nicht ausdrücken, was ich will. Versuchen Sie zu verstehen« – Angela stellte ihre Abwehr ein, ohne zu wissen, wohin mit ihrer Wut –, »bitte versuchen Sie zu verstehen, Sie erschaffen jeden Tag, in jeder Vorstellung ein ganzes Leben, etwas Neues, Schönes, schöner als das Leben. Die Kunst ist meiner Meinung nach schöner als das Leben. Gott hat Sie ausgezeichnet, und Sie brauchen kein Hobby. Das ist die ganze Wahrheit«, endete er und legte die Hände auf den Tisch, wie ein Schüler, der bei einer Hygienekontrolle seine Fingernägel zeigt. Sie waren sauber, die langen schmalen Finger vollkommen weiß.

»Es tut mir leid, wenn ich unangenehm geworden sein sollte«, sagte Angela.

»Aber nein! Das lasse ich nicht zu, bei mir dürfen Sie sich nicht entschuldigen. Ich weiß, dass Sie sich nichts Böses gedacht haben, und wenn sich jemand entschuldigt, der nichts verbrochen hat, dann ist das eine Erniedrigung«, er wurde wütend, »aber ich verstehe nicht«, sagte er zu Hasan, »warum du schweigst und mich nicht unterstützt. Wie kommt es, dass du Frau Angela nie dein Hobby erklärt hast?«

Der Satan spielte auf Saiten, die zwischen zwei Küsten gespannt waren, in der Maske eines Clowns mit aufgespanntem, buntem Regenschirm und stellte sich schwach.

»Ich weiß nicht, wovon du sprichst. Außerdem habe ich kein Hobby, ich wüsste nicht wozu«, Hasan runzelte die Stirn und versuchte, sich zu konzentrieren.

»Unglaublich! Du hast kein Hobby. Du hast nichts, was dich neben der Arbeit ausfüllt«, Angela lächelte verführerisch, »und neben der Liebe? Und was ist Buick Rivera? Nur ein Auto?«

Hasan biss sich hart in die Unterlippe, es tat weh: »Ja, das ist mein Auto. Was sollte es sonst noch sein. Mein Auto!«, betonte er, und seine Augen funkelten.

»Warum wirst du wütend?«, fragte Angela.

»Und worüber hast du dich gerade eben aufgeregt?«

»Ich hatte etwas falsch verstanden, deswegen«, sagte sie im versöhnlichsten Ton, den es in der Geschichte von Toledo, Oregon, je gegeben hat, »etwas falsch verstehen kann nicht schlimm sein.«

»O mein Gott, ich bin schuld«, Vuko griff sich an den Kopf. »Ich bin nicht ganz bei mir, finde nicht das richtige Maß. Es tut mir wirklich leid ...«

»Ha! Jetzt hab ich Sie ertappt. Sie haben eben gesagt, dass sich niemand entschuldigen darf, der nichts Böses gedacht hat.«

Vuko lachte und kratzte sich hinterm Ohr, ganz der verlegene Playboy: »Sehen Sie, wie ich mir selbst widerspreche! Und alles wegen eines Hobbys.«

»Haben Sie ein Hobby?«, fragte Angela interessiert.

»Nur dieses eine, große, wie groß, können Sie sich gar nicht vorstellen. Achthundert Dollar, sagst du«, er schlug mit der Faust so auf den Tisch, dass die hölzerne Bettlerhand umkippte und Mann und Frau wie von einem Kanonenschlag hochschreckten. »Ich biete dir 15 000 Dollar für den Buick Rivera!«

Angela lachte: »Was für eine Geste!«

»Der steht nicht zum Verkauf«, sagte Hasan ruhig.

»Ich meine es vollkommen ernst! Ich biete dir so viel Geld an, dass du vier neue Autos dafür kaufen kannst«, Vuko sah Angela an, während er mit Hasan redete. Diese schon früher bewiesene Fähigkeit hätte zu anderen Zeiten und an anderen Orten als Beleidigung gegolten, als schlechte Erziehung, als Makel, an dem man in der Stadt unfehlbar die Leute vom Dorf erkennt, die es nicht gewohnt sind, mit mehr als einer Person gleichzeitig zu reden und sich deshalb bauernschlau eine aussuchen, um sie anzuschauen.

»Wir brauchen kein neues Auto!«, raunzte Hasan ihn an.

»Wie man's nimmt, ich bräuchte es schon«, wieder war Angela beleidigt.

»Sie haben kein eigenes Auto?«, fragte Vuko verwundert, »ich dachte, der Buick Rivera sei mehr nebenher, ein Zweitwagen für ihn, damit er sich mit dem Motor beschäftigen kann, aber...«

»Nein, wir haben nur dieses Auto, wenn du es unbedingt wissen willst, obwohl es dich meiner Meinung nach nichts angeht«, sagte Hasan.

»Ich wollte nicht aufdringlich sein. Ich geh jetzt.« Vuko erhob sich, steckte das Feuerzeug in die eine, die Zigaretten in die andere Tasche.

»Bleiben Sie doch, so kann ich Sie doch nicht gehen lassen«, Angela sprang auf.

»Soll er doch gehen!«, sagte Hasan.

»Ich lasse nicht zu, dass jemand aus meinem Haus vor die Tür gesetzt wird«, sie stand knapp davor, hysterisch zu werden, und betonte das Wort »meinem«, als müsse sie Europa gegen die Hunnen verteidigen. Sie erwischte Vuko am Saum des Sakkos, man hörte Stoff reißen, weniger weil er sich gewehrt hätte, als weil sie ihn in ihre Richtung zog.

»Jetzt weiß ich wirklich nicht mehr, was ich machen soll«, er legte Verzweiflung in seine Stimme.

Hasan wusste nicht, wem er antworten sollte, ihm oder ihr.

»Meins ist auch deins«, hatte sie ihm am Anfang ihres Zusammenlebens gesagt, »es ist schwer, mit jemand ein Wir zu werden, aber wenn das geschieht, gibt es kein Mein und Dein mehr, eine Ehe ist immer kommunistisch«, philosophierte sie und mixte seine und ihre Bleistifte und Papiere und schichtete Frauen- und Männerkleider in ein Regal. Keine einzige Schublade im Haus enthielt nur seine oder nur ihre Sachen. Auf diese Weise schuf Angela ihren kleinen häuslichen *melting pot*, ihren Eheknoten, der sich nie wieder entwirren sollte, eine Welt, die sich nie mehr in die ursprünglichen Bestandteile zerlegen ließe und in der niemand, auch Hasan nicht, noch nachvollziehen könnte, was woraus entstanden war und was wessen Blick auf die Welt entstammte. Sie hängte die Bilder an die Wand, dekorierte die Kissen auf dem Dreisitzer, suchte den Briefkasten im Supermarkt aus und entschied, dass der Zaun grün gestrichen wurde, jede Szene und jedes Arrangement verriet ihren Sinn für das Schöne, Symmetrische und Ordentliche, aber wenn ihr das jemand gesagt hätte, hätte sie gelacht: Blödsinn, natürlich war das nicht nur ihre Welt, sondern die gemeinsame, gebildet aus der idealen Schnittmenge zweier Kreise, wie man sie in den Mathebüchern fürs zweite Schuljahr findet. Hasan redete ihr allerdings auch nicht hinein, ihm gefiel, wie die Gegenstände auf dem Schreibtisch angeordnet waren, und er war es auch zufrieden, wenn sie diese im Frühjahr und Herbst in ihrer nervösen Aufbruchstimmung jeden dritten Tag änderte. Ihm war es recht, wenn der Dreisitzer in der Zimmerecke stand und der große Tisch in der Mitte, ihm war es genauso recht, wenn der Tisch an die Wand und der Dreisitzer in die Mitte gerückt wurde, als handele es sich nicht um ein Sitzmöbel, sondern um eine Skulptur von Rodin. Hasan wäre selbst damit zufrieden gewesen, wenn sie den Fernseher mit dem Bildschirm zur Wand gedreht hätte. Oder er hätte es zumindest für anständig gehalten, zufrieden zu sein. Er benahm sich in diesem Haus wie ein Gast, das spürte Angela, ohne die Gründe dafür zu verstehen.

»Das ist dein Zuhause«, sagte sie, »du hast kein anderes, wenigstens nicht auf dieser Seite des Ozeans.«

Sein Grundproblem war, dass es ihr Haus war, aber das traute er sich nicht zu sagen, er hielt es für grob, primitiv und nicht der Idee der Liebe gemäß. Sie hatte es gekauft, bevor sie sich kennen gelernt hatten, darin gelebt und sich an jede Wand gewöhnt. Er war ein Eindringling, der die Ordnung der Räume störte, dieses Gefühl bezog sich nur auf das Haus, nicht auf seine Frau. Angela hätte man das kaum verständlich machen können, und noch weniger hätte sie begriffen, warum Hasan nie das Gefühl loswurde, dass es ihr Haus war und es niemals gemeinsames Eigentum würde, so wie sein Elternhaus, wenn es denn den Krieg überlebt haben sollte, immer sein Haus sein würde, sosehr er sich bemühen mochte, es zu teilen und als materielle Grundlage von absoluter Liebe und Vertrauen anzubieten. Außerdem war er sich nicht sicher, ob dieser Stand der Dinge aus seiner schiefen Empfindung resultierte, ein Erbe der Welt, aus der er stammte, und insofern etwas war, was es zu überwinden galt und für das man sich schämen musste, oder ob es ein ganz menschliches Gefühl war, unabhängig von Herkunft und Wohnort, über das man aber ebenso wenig redete wie über gewisse Vorgänge hinter der Klotür. Eins hätte er sich allerdings nie vorstellen können: dass Angela mit vollem Ernst von »meinem Haus« reden würde und ihn damit von dem ständigen Gast, als der er sich fühlte, zu einem auf ein Mittagessen eingeladenen Gast herabstufte.

»Du bluffst und schwindelst, das kannst du mit ihr machen, aber nicht mit mir. Das ist mir einfach zu oft passiert. Wenn ich das gewollt hätte, wäre ich in Jugoslawien geblieben«, sagte er zu ihm in seiner Sprache.

»Red englisch!«, schrie Angela, ohne Vukos Sakko loszulassen.

»Er hat gesagt, ich würde mit gezinkten Karten spielen«, offerierte Vuko eine Übersetzung.

»Du wirst meiner Frau erklären, was ich gesagt habe!« Hasan sprang auf und warf den Stuhl um.

»Bitte, lassen Sie mich gehen.«

»Nur zu. Du hast deine Schuldigkeit getan, du kannst wirklich gehen«, antwortete er automatisch auf Englisch.

Jemand klingelte. Es war eigenlich kein Klingeln, vielmehr ertönte Schuberts Wiegenlied. Einmal den Knopf gedrückt, klimperte volle zwei Minuten lang eine altertümliche Spieluhr die Melodie herunter. Hasan hob den Stuhl auf und ging zur Tür.

»Jetzt können Sie wirklich nicht gehen«, sagte Angela, und Vuko setzte sich folgsam wieder auf seinen Platz.

Al Rahimi breitete die Arme aus: »Es ist so schön, euch zu sehen!« Er schlängelte sich zwischen den Stühlen durch wie eine in die Jahre gekommene Primadonna, die ihr Alter nicht akzeptiert. »So ein fester Händedruck ist so selten und so angenehm«, machte er sich mit Vuko bekannt.

»Setz dich für zehn Minuten, so viel Zeit haben wir«, sagte Angela.

»Ja, sehr gern, es ist doch verrückt, wie selten ich mir das bei der ständigen Hetzerei erlaube.« Kokett blickte er über den Tisch, dann legte er die Hand auf Hasans Unterarm: »Und, Bruder, wie kommst du voran?«

Was wohl passieren würde, wenn ich ihn mitten in die Fresse haue, dachte Hasan, der den verliebten Hundeblick nur schwer ertrug. Zwischen den langen, schwarzen Wimpern, die sich bei jedem Ein- und Ausatmen schwingend bewegten, wohnte die reine Güte. Übersprudelnd wie das Aquarium mit Plastikfischen, das in einem Spielzeuggeschäft in Salem stand, konnte Al Rahimi einfach nicht böse sein. Seit zweitausend Jahren waren die Vorfahren des syrischen Waisenkindes vermutlich sowohl in der weiblichen wie in der männlichen Linie grimmige Krieger gewesen, bevor sich in ihm zwei neue Gene getroffen hatten, entstanden durch irgendeine Mutation, geschmückt mit rosa Flamingofedern, und die historische Reihe verwandelte sich zu einer Revue mit weiblicher Spitzenunterwäsche. Aus irgendeinem Grund war Hasan davon überzeugt, dass es gut wäre, ihm derart auf die Nase zu hauen, dass das Blut lief. Al Rahimi würde es sich verständnisvoll mit einem seiner feinen Taschentücher abwischen, die nach bulgarischen Rosenplantagen dufteten. Damit hätte Hasan dem lieben Knaben seinen angenehmen Unterschlupf zerstört, aber sich selbst geholfen. Er hätte dem Lauf der Dinge eine neue Richtung gegeben, die nicht in Tod und Verderben führte, und hätte seinen Grund für die Verzweiflung und Angst getilgt. Hasan konnte nicht voraussehen, was sich daraus entwickelt hätte, aber diese Ungewissheit kümmerte ihn nicht. Alles Gewisse war unerträglich schlecht.

»Geht es dir gut?«, fragte Al Rahimi besorgt.

Das war die letzte Gelegenheit, bei der Hasan die Dinge hätte regeln können. Es juckte ihn in den Fingern des Armes, auf dem Al Rahimis Hand lag; der kleinste Auslöser, das Knarren eines Stuhls, eine Duftschwade, Rauch von Vukos Zigarette, und er würde zuschlagen.

»Und mich fragst du nicht, wie es mir geht?«, meldete sich Angela, und Hasan verlor das Gleichgewicht, getroffen von der Kugel des Wahnsinns, die er selbst irgendwann einmal abgeschossen hatte: Wenn ich diesen Knaben schlage, wird man im Himmel wissen, dass es sein musste, weil ich nicht früher zugeschlagen habe, als noch Zeit war, und weil er der Einzige ist, der sich nicht wehren kann.

»Wir wollen hier doch ein für alle Mal festhalten, dass du gar keine 15 000 Dollar hast. Deine Frau hat dich aus dem Haus geworfen, weil sie dich nicht mehr ertragen hat, nachdem sie dich jahrelang durchgefüttert und endlich kapiert hat, dass du sie nur dafür brauchst. Du hast in Amerika nie gearbeitet! Ein Geschäftsmann! Was weißt du schon, wie in Amerika Geschäfte gemacht werden? Wir sind hier nicht in deinem

Kaff, wo du auf der Straße türkische Jeans verkaufen und dich mit deinem Business brüsten kannst. Denen zu Hause hast du geschrieben, dass du eine reiche amerikanische Fotze hast, und jetzt ist es damit vorbei. Mich kannst du nicht verarschen, ich fall auf deine Geschichte mit den 15 000 Dollar nicht herein. Erzähl das jemand anders, und misch dich nicht in mein Leben ein. 15 000 Dollar hast du noch nicht mal gesehen! Dafür müsstest du schon eine Bank ausrauben, aber amerikanische Banken kann man nicht einfach so ausplündern«, Hasan redete ruhig und nicht besonders laut, er sah manchmal Vuko, manchmal die ausgestreckte Hand mit Vukos Zigarettenkippen an. Al Rahimi zog sich erschrocken auf seine Seite des Tisches zurück, bereit zu beweisen, dass er weder mit dem einen noch mit dem andern Mann etwas zu tun hatte, Angela öffnete den Mund und versuchte etwas zu sagen, aber ihr anfänglicher Zorn schlug in Verzweiflung um, denn in diesem Moment wurde ein Bild zerstört, das sie sich mühsam zurechtgezimmert hatte. Al Rahimi war für sie wie eine Freundin, mit der sie schöne Stunden verbrachte, eine Freundin, die nur das Schöne sehen sollte und vor der Angela die Illusion aufrechterhielt, sie hätte keine Probleme. Wenn sie Al Rahimi ansah, hatte sie auch keine. Dass sich dies nun alles vor seinen Augen abspielte, war ihr unerträglich.

»Stimmt, 15 000 sind nicht wenig. Deutsche Mark nicht, geschweige denn Dollar«, Vuko lächelte und schielte in den Aschenbecher. Wenn man genau hinschaut, kann man die Tabakasche von der Papierasche unterscheiden. Man kann die verbrannte Zigarette neu zusammensetzen.

»Ich weiß schon, dass du mein Portemonnaie durchwühlt hast.«

»Bitte?«, Vuko blickte überrascht hoch.

»Und, hat es dir gefallen? Hast du was entdeckt?«

»Glauben Sie mir, ich verstehe ihn nicht«, japste Vuko.

»Ich weiß nicht, was du heute hast, Hasan, ich kann dir nicht folgen.« Angelas Worte, ihr Gesichtsausdruck, die Bewegungen, alles war für ein Publikum bestimmt. Sie hatte schon früher geschauspielert, wenn sie Zuschauer hatte, aber da hat es ihn nie gestört. Jetzt betrachtete er sie ohne Liebe und den Wunsch, sie zurückzugewinnen.

»Lüg mich nicht an. Du hast keine 15 000 Dollar, und selbst wenn du alles Geld der Welt hättest, ich würde ihn dir nicht verkaufen. Und weißt du, warum? Weil ich es nicht ertragen würde, wenn irgendetwas aus meinem Besitz in deine Hände kommt. Ich würde dir nicht einmal ein abgebranntes Streichholz überlassen. Nicht um alles Geld der Welt, Vuko. Wenn du es hättest, aber du hast das Geld nicht. Du kannst nichts haben, was mir gehört«, er bemühte sich, nicht laut zu werden.

»In Ordnung. Kein Problem. Ich habe den Preis gesagt, du schlägst nicht ein. Warum sollte man sich aufregen. Ich kann dir nicht mehr anbieten«, er sah ihm geradewegs in die Augen, als würde er ihm Nadeln unter die Fingernägel treiben.

»Du hast nichts. Darum geht es. Nichts! Du hast das Spiel eingefädelt, aber ich spiele nicht mit.«

»Ist es so?«

»Ich meine schon«, gab Hasan ironisch zurück, holte eine Zigarette aus der Schachtel und zog den Aschenbecher zu sich. Vuko, der bis dahin damit gespielt hatte, blieb mit leeren Händen zurück. Eine so unangemessene Geste hatte Al Rahimi wahrscheinlich noch nie gesehen; sie störte ihn mehr, als wenn Hasan Vuko den Aschenbecher an den Kopf geworfen hätte.

Sie saßen schweigend da, Hasan rauchte, ohne Vuko aus

den Augen zu lassen. Dessen Hände verharrten in der Haltung, als hielten sie immer noch den Aschenbecher. Angela war erst zornig gewesen, dann bemitleidete sie diese schönen leeren Hände, die sie, ohne groß darüber nachzudenken, gern getröstet hätte. Was für ein unglücklicher Mensch, dachte sie und bedauerte Vuko, weil er diese 15 000 Dollar nicht hatte. Wenn er doch nur die Hände aus dieser unnatürlichen, erniedrigenden Haltung lösen würde! An Hasan dachte sie überhaupt nicht, überzeugt, er sei der Sieger in einem ungleichen Kampf, bei dem sie zu dem Gast halten musste, so wie sie es getan hätte, wenn es um ein Kartenspiel oder eine Partie Billard gegangen wäre, wo Hasan mit Sicherheit überlegen gewesen wäre.

»Gut«, Vuko hob den Kopf, »und was willst du tun, wenn du zufällig nicht Recht hast?«

Er maß ihn mit den Augen, als wollte er punktgenau zielen. Der erfahrene Jäger nimmt einen Tapir ins Visier. Das Drohende in Vukos Stimme und Angela, die sich wieder einmal auf die Seite schlug, von der sie, wie er fälschlich annahm, den Sieger vermutete, trieben Hasan zum Äußersten.

»In dem Fall kannst du mich mal kreuzweise! Aber da ich im Recht bin, erwarte ich, dass du mit den Verdrehungen aufhörst und deinen Arsch hier wegbewegst. Was immer sie dazu sagt!«

»Hasan, ich habe gesagt …«

»Es interessiert mich nicht, was du gesagt hast!«

Vuko erhob sich wortlos und ging in den Flur. »Wo ist mein Mantel?«

Angela folgte ihm: »Bitte, gehen Sie nicht!«

Der Mantel lag auf dem Schuhschrank.

»Nein, das hatte ich auch nicht vor, jetzt schon gar nicht.«

Er kehrte an seinen Platz zurück und legte den Mantel über die Knie: »Also, was hatten wir gesagt? Was wollten wir tun? Sie, meine Dame, mögen diesen Schrotthaufen offensichtlich nicht, ist es so?«, sagte er, schob die Hand in den Mantel und warf zwei Bündel Hundert-Dollar-Noten auf den Tisch. Aus dem dünneren, das nicht von der Banderole der Bank zusammengehalten wurde, rutschte ein Dutzend Geldscheine über den Tisch.

Vuko warf einen Flash Royal auf den Spieltisch und es war ihm beinahe egal, wie teuer er die Rolle des Widersachers bezahlen musste. Entweder er schnappte ihm unter der Nase Buick Rivera weg oder schnitt ihm die Ehre ab. In beiden Fällen würde er alles verlieren, weil er zu weit gegangen war.

»Ich bitte Sie, nehmen Sie das Geld zurück«, Angela schnappte nach Luft, sie konnte es noch immer nicht fassen, dass dieser Mann für ein altes Auto 15 000 Dollar hinlegte. Al Rahimi beugte sich, neugierig wie ein Kind, über den Tisch und sah sich die Dollars an, hielt aber die Hände fest im Schoß, als würde er eins auf die Finger kriegen, wenn er sie berührte. Sobald das Geld auf dem Tisch lag, war das Drama für ihn gelaufen. In Herzensfragen bedeutet Geld nichts, so erzählen die Frauenzeitschriften ihren Leserinnen, und Al Rahimi glaubte das wirklich.

»Sag etwas!«, schrie sie Hasan an. Sie begriff nicht, wie er auf seinem Platz sitzen bleiben konnte, statt die Situation zu bereinigen. Noch nie hatte er in ihrer Gegenwart einen Streit angefangen oder auch nur ein böses Wort gesagt, und jetzt ging er diesem Mann fast an die Gurgel. Seine Augen irrten durch das Zimmer und suchten etwas, an dem sich sein Blick festhalten konnte. Er wollte an den Ausgangspunkt zurückkehren, darin abtauchen und wieder zur Oberfläche kommen, aber hinter allem, das ihm einfiel, gab es immer noch etwas anderes, und dahinter noch etwas anderes, und dahinter noch etwas anderes, das immer noch nicht der Anfang war. In der vollendeten geometrischen Verknüpfung der Serie schlechter Zufälle gab es niemals jenen ersten Zufall, vor dem alles in Harmonie und Einklang gewesen war.

»Meine Dame, mir scheint, Sie müssen entscheiden«, Vuko streckte wieder seine Finger auf dem Tisch aus, sie waren viel länger als die hölzernen vor Hasan, die auf neue milde Aschegaben warteten.

»Ich bin entschlossen, so lange wie nötig zu warten, mich interessiert dieses Auto und ich bin bereit, 15 000 Dollar dafür zu bezahlen. In gewisser Weise ist der Verkauf ja bereits vereinbart, Ihr Mann hat mir nur nicht geglaubt, dass ich das Geld habe.«

Angela bekam wieder rote Ohren. Al Rahimi presste die Lippen derart aufeinander, als würde ihm andernfalls eine Kugel durch den Mund geschossen werden.

»Bitte geh«, brachte Hasan hervor.

»Mit oder ohne Auto? Wem gehört es, mir oder dir?« Der Satan maß ihn siegesgewiss und überschlug, wie viele Bretter er für ihn brauchte.

»Geh fort«, bat er.

»Sehr gern, aber ich muss es hören: mit oder ohne Auto? Du hast gesagt, dass du mir nichts verkaufen würdest, solange du dachtest, ich hätte kein Geld. Was meinst du jetzt?«

Al Rahimis Augen füllten sich mit Tränen, obwohl er nicht mehr wusste, worum es eigentlich ging.

»Nimm deine Dollars und geh.«

»Also ohne Auto, aber du hast nicht den Mut, es auszusprechen, stimmt's? 15 000 Dollar sind nicht wenig.«

»Sie haben gehört, was der Mann gesagt hat, nehmen Sie Ihr Geld und gehen Sie!«, sagte Al Rahimi auf einmal entschlossen.

»Und Sie, meine Dame, was denken Sie? Denken Sie genau so wie die zwei?«, die Verachtung in Vukos Stimme war das Geld auf dem Tisch wert.

»Ich denke, dass Sie den Schrotthaufen draußen vor der Tür und Ihr Geld mitnehmen können«, antwortete Angela kalt.

»Sie verteidigen ihn, das ist vollkommen in Ordnung, den Mann zu verteidigen!« Er sah Hasan mit demselben Blick an, mit dem er den blinden Weisen angesehen hatte, als sie ihn abgeführt hatten, aber diesmal war er entschlossen, ihn nicht wieder entwischen zu lassen, und er entwischt, sobald du wegschaust. »Es ist schön, wenn einen die eigene Frau verteidigt. Warum siehst du mich so an?«, tat er erstaunt. »Willst du mich etwa umbringen? Bitte, bring mich um, jetzt hast du Gelegenheit dazu! Aber merk ihr: Meine Ehre kriegst du nicht für 15 000 Dollar...«

»Angela...«

Sie verschränkte die Arme vor der Brust: »Mich brauchst du nicht zu fragen, ich kann dir nicht helfen.« Sie sah ihn wie einen Fremden an, hinter dem eine sehr starke Lichtquelle brannte.

»Angela, noch einmal...«, bat er.

»Was denn noch, Hasan, ich verstehe wirklich nicht, was du willst?«, unterbrach sie ihn nervös.

»Schon gut.«

Hasan stand auf, die Schlüssel für Buick Rivera waren in seiner Hosentasche – »Steck ihn nicht in die Taschen, die sind innerhalb von einem Monat zerrissen!« –, zog die Jacke an, die olivgrüne aus Vietnam, die er vor 22 Jahren an seinem letzten Tag in Belgrad gekauft hatte, und ging hinaus in den Schnee, der immer stärker fiel; Buick Rivera war bereits vollständig eingeschneit, und von Al Rahimis Grand Voyager schmolzen die Flocken nur, weil die Standheizung eingeschaltet war; er wollte Buick Rivera aufschließen, das Schloss war vereist, er hielt das Feuerzeug daran, aber zu nah, die Flamme ging ständig aus; Angela kam einen Moment heraus und schrie etwas; es war ihm vollkommen gleichgültig, ob die Flammen den Lack zerstörten; der Schlüssel glitt ins Schloss, das Eis knackte, als würde man Hühnerknochen mit Springerstiefeln zertreten; er nahm die Dokumente aus dem Handschuhfach, schlug die Tür zu, auf dem Sitz blieb ein Haufen Schnee liegen; er ging zum Kofferraum, hielt das Feuerzeug unter das Schloss, besann sich aber anders; alles ging leicht, entsprach dem vorgesehenen Ablauf; er führte etwas aus, was seit langem schon feststand, ein Plan, der kein Nachdenken erforderte, nur die Ausführung von Bewegungen, Hasan führte sie aus und beendete mit einem tänzerischen Finale ein Drama, dessen Ausgang alle außer ihm von Anfang an gekannt hatten und das ihnen nicht wichtig gewesen war.

Er legte Schlüssel und Dokumente vor Vuko auf den Tisch, der ihn aufforderte: »Nimm das Geld!« Angela hielt in der einen Hand Regenschirm, Mütze und Handschuhe und wischte mit der anderen vor ihren Augen, als wolle sie durch eine beschlagene Scheibe sehen; Al Rahimi weinte oder trocknete sich mit dem Taschentuch den Schweiß vom Gesicht; Hasan ging zur Tür, eine Hand fasste ihn am Jackensaum, aber es war eine schwache Hand; er ging hinaus, der Schnee knirschte unter seinen Füßen, die Nacht war hell, erleuchtet von Millionen Milliarden vollkommen regelmäßiger

Kristalle, die jenen, die für Trost offen waren, Gottes großes Werk bewiesen. Die Straße zum Zentrum wurde von Schneepflügen geräumt, die nicht Räder, sondern Ketten hatten, zehn, zwanzig, dreißig Kettenfahrzeuge knatterten neben Hasan; die Maschinen stießen schweren, öligen Rauch aus, der die Schneeflocken verwirbelte und schwärzte. Aus der Gegenrichtung kamen weitere Kettenfahrzeuge, Fahrer in rot karierten Hemden gestikulierten wütend und schrien stumm hinter den Scheiben. Auf der Straße waren keine Fußstapfen zu sehen. Der zusammengepresste Schnee verwandelte sich in weißen Stein. Auf ihm konnten nur Kettenfahrzeuge Spuren hinterlassen. Er drehte sich mehrmals um, um sich zu vergewissern, und sah einen glatten schimmernden Weg, den niemand betreten hatte.

Amerika wütete gegen das Unwetter. Auf gewöhnliche Weise konnte man des Schnees nicht Herr werden. Irgendjemand hatte zu viele Kettenfahrzeuge losgeschickt, sie standen im Stau, und es gab trotzdem zu viel Schnee. Bald schicken sie noch dreißig Schneepflüge, dachte Hasan, als sei das seine größte Sorge. Die Probleme, die Toledo, Oregon, mit dem Schnee hat. Alles andere ließ er hinter sich, ausgelöscht von einem besonders gründlichen und ordentlichen Computervirus. Die Kettenfahrzeuge sind nicht die Lösung des Problems, dachte er, Menschen können es überhaupt nicht lösen. Wenn einst, vor langer Zeit, ein Grubenunglück geschah, eine Schlagwetterexplosion oder ein Wassereinbruch in einen Kohlenstollen in Kakanj oder Aleksinac, war das ganze Land auf den Beinen. Man hatte keine Maschinen, um die Bergleute zu retten. In den Gemeinden wurde Geld für die Verunglückten gesammelt. Vor den Ambulanzen im ganzen Staat bildeten sich lange Schlangen freiwilliger Blutspender. Tränen ums Allgemeinwohl und unsere traditionelle Solidarität. So nannte sich das: traditionelle Solidarität. So wie traditionelle Musik oder traditionelle Kelims. In Serbien gesammeltes Blut wurde nach Bosnien geschickt und bosnisches Blut nach Serbien. Je nachdem, in welcher Republik die Bergleute verunglückt waren. Dieser Blutaustausch der traditionellen Solidarität hat uns zu Brüdern gemacht. Als der Krieg begann, haben die freiwilligen Blutspender auf jene geschossen, die das Blut bekommen haben. Und umgekehrt. Der, um den du dir Sorgen gemacht hast, war derselbe, den du getötet hast. An dem einen Tag war es so, am andern so. Es war immer dasselbe, denn Hilfe kommt nicht an, wenn zu viel Schnee fällt. So wenig die traditionelle Solidarität geholfen hat, so wenig werden Maschinen helfen. Aber wenn Amerika wütet, erschüttert das die ganze Erdkugel, und wenn wir wüten, versickert das Blut schnell im Erdreich.

Das Alhambra hatte zu. Alle Lichter waren ausgeschaltet. Nur die rote Reklame aus stilisierten arabischen Buchstaben leuchtete. Er hatte das Gefühl, als sei eine Ewigkeit seit seinem kürzlichen Besuch verstrichen, er konnte sich kaum erinnern, wann er dort das letzte Mal ruhig und zufrieden Billard gespielt hatte. Weder die Menschen noch die bunten Kugeln sind geblieben, die aneinander klacken und in alle Himmelsrichtungen auseinander stieben, lange schon hält die Ödnis an, die sie hinterlassen haben. In der Zwischenzeit war ein Leben verstrichen, Hasan schien es sehr lange gedauert zu haben, das weder Freude noch Freunde kannte und das der Satan benutzt und verbraucht hatte, aufgelöst wie einen Klumpen Fett auf dem Boden einer heißen Pfanne, er hatte nichts als Ruinen übrig gelassen, deren einziger Sinn darin bestand, sündige Seelen daran zu erinnern, dass es einst etwas gegeben hatte.

Im Fenster der Panhard Bar standen alte Männer, einen Krug Bier vor sich. Auf die Ellbogen gestützt, schauten sie vor sich hin. Fünf identische Gesichter, von denen ein Radiergummi jeden Ausdruck gelöscht hat, sahen ihn vorbeigehen und die Kettenfahrzeuge, die ihn begleiteten; sie hätten genauso gut ein Rudel Wölfe sehen können, das über die Schafe in der Neonreklame für reine Schurwolle herfiel, die über der Polizeistation flackerte. Es hätte nichts geändert und sie nicht gewundert. Vor dem Supermarkt sammelten sich die Kettenfahrzeuge von Toledo. Einem hatten sie gerade die Eingeweide geöffnet, ein Mechaniker in Arbeitsanzug und Lammfelljacke stand auf einer Klappleiter, die man sich im Geschäft geliehen hatte, und versuchte, sich in den Motor zu ziehen. Der Fahrer hupte, als wolle er sich die Seele aus dem Leib schreien, wie ein Jungstier, den sie vor langer Zeit an eine hölzerne Konstruktion gebunden hatten, während ein bärtiger Bauer ihm mit einem Metallwerkzeug die Hoden abzureißen versuchte. Hasan hatte das einmal im Hof hinter der Gaststätte in Gacak beobachtet, während der Vater drinnen über den Kauf eines gebrauchten Fiat 500 verhandelte. Wie hypnotisiert stand er vor dem gefesselten Tier, wichtigtuerisch stemmten die Bauern die Arme in die Hüften, und der bärtige Scharfrichter tat seine Arbeit; zwei junge Kerle, zufällige Passanten, standen ein paar Meter abseits und johlten; der Jungstier brüllte, dass der Himmel über ihm erbebte, es sah aus, als würden sich alle Schleusen öffnen und alle alten Dinge aus der Oberwelt auf die Erde prasseln. Der Bärtige richtete sich plötzlich auf, öffnete wieder sein Gerät, presste die Hebelgewichte noch einmal mit einem Schrei zusammen, sie lockerten die Seile, mit denen der Jungstier an die Konstruktion gefesselt war; der brüllte noch einmal, aber leise; die Müßiggänger applaudierten, der Bärtige verneigte sich lachend; zwei Tieraugen flogen auf den Wimpernspitzen in den Himmel. Den Schneepflug trennten vierzig Jahre von dem Tier, aber es gab keinen Unterschied. Die Menschen versuchen, etwas für sich zu erreichen, während der Himmel über ihnen losbricht.

Er ging in den Supermarkt und schob einen Einkaufswagen vor sich her. Der Laden war praktisch leer. Zwei Fahrer in Lammfelljacken unterhielten sich lebhaft vor dem Regal mit den Spirituosen. Einer rief: »Wodka!«, der andere sagte etwas von Erblindung und Russland.

»Wenn der Russe trinkt, fällt er oft in eine Zisterne voll Alkohol!«

Drei Verkäuferinnen folgten Hasan diskret mit den Augen. Sie fragten sich wohl, was er bei diesem Wetter im Supermarkt zu suchen hatte. Trotz all der Jahre in Toledo kannten sie ihn nicht und konnten nicht wissen, dass er weder Erdnussbutter klauen noch plötzlich einen Revolver ziehen würde. Der Geschäftsführer, dem Hasan Buick Rivera abgekauft hatte, arbeitete seit Jahren nicht mehr hier und wohnte auch nicht in Toledo. Wer weiß, ob er noch lebte. Es war ihm nur eines Tages aufgefallen, dass er nicht mehr da war. Er hatte jemand fragen wollen, was mit dem Mann passiert war, konnte sich aber einfach nicht mehr an dessen Namen erinnern. Er hatte sich damit abgefunden, dass er weg war. Wie so viele, die er gekannt hatte. Er hielt vor einem Regal, auf dem im langen Reihen weiße Drei-Liter-Plastikkanister mit Enteiser standen. Auf jedem war ein schwarzer Totenkopf mit zwei gekreuzten Knochen abgebildet. Es war eine Reihe mit mindestens hundert Schädeln. Buick Rivera wärmte sich an Gift.

Inzwischen hatte Vuko Šalipur das Auto freigeschaufelt, dass er so teuer erworben hatte. Ohne einen Dollar in der Tasche, mit einer einzigen Scheckkarte, die wahrscheinlich längst gesperrt war, fühlte er sich immer noch sauwohl.

Angela und Al Rahimi warteten im Grand Voyager, ob Buick Rivera ansprang, damit sie Starthilfe geben konnten, falls die Batterie leer war, oder um ihn notfalls aus dem Schnee zu schleppen. Sie hatte im Theater angerufen und gesagt, dass sie wahrscheinlich eine volle Stunde zu spät käme, ihr Ehemann habe einen schweren Herzanfall erlitten. Sie log, weil sie ständig Angst hatte, man könne ihr das Engagement kündigen. Was hätte sie dann tun sollen, wovon hätte sie leben sollen? Ohne das Theater wäre ihr der Himmel von Oregon längst schon auf den Kopf gefallen. Sicher würde sie normalerweise nicht hier leben, aber wo sie sonst hätte hingehen können, wusste sie nicht. In ihrer Tasche steckten 15 000 Dollar, sie wollte in Salem prüfen lassen, ob es Blüten waren. Im Grunde war sie davon überzeugt, dass es Falschgeld war, aber darüber regte sie sich nicht im mindesten auf. Angela gehörte nicht zu den Menschen, denen viel am Geld lag, denen es nie reichte und die jeden Dollar in Gedanken mindestens dreimal ausgaben. Dass sie sich in diesem attraktiven Mann getäuscht hatte, war für sie die lustige Pointe eines aufregenden Tages. Auf jeden Fall war das eine Geschichte, die sie allen erzählen würde. Wenn die Scheine echt waren, würde die Story noch interessanter. Für eine Karre, die kaum 500 Dollar wert war, hatte er 15 000 hingeblättert. Ziemlich exzentrisch. Vielleicht sollte sie auch zur Polizei gehen, und fragen, ob das Geld gestohlen war, ob es von einer Erpressung oder Entführung stammte. Aber wie erkundigte man sich nach solchen Dingen? Und musste man beim Verkauf eines Gebrauchtwagens irgendwelche Steuern bezahlen? Sie war verwirrt und beschloss, das Geld nur auf Echtheit untersuchen zu lassen. Würde es sich als echt erweisen, würde sie es nicht ausgeben. Es über Jahre aufheben. Mindestens zehn Jahre lang. Hasan würde das Geld ausgeben, er gab Dollars in seiner Fantasie schon aus, noch bevor er sie in der Hand hielt; sie würde seine Rechnungen bezahlen. Oder 15 000 Dollar von ihrem Konto abheben. Sie würde ihm nicht sagen, dass sie Zweifel hatte, ob das Geld aus einer Erpressung stammte. Er würde sie nur für paranoid halten. Und wenn sie ihm verschwieg, dass es Falschgeld war? Wenn es so wäre, würde er sich fürchterlich aufregen. Immerhin hatte er mehr als normal an dem Auto gehangen, wie würde er reagieren, wenn er keinen Dollar dafür bekommen hätte? Sie war entschlossen, 15 000 Dollar vom Konto abzuheben, ob es das nun hergab oder nicht. Es war mehr als die Hälfte ihrer Ersparnisse, aber das war es wert. Dieses Auto hatte wirklich zu viel verbraucht. Und Hasan hatte sich zu viel damit beschäftigt. Vielleicht sollte sie ihn mit einem neuen Auto überraschen? Einfach in ein Geschäft gehen, es kaufen und dem Händler sagen, er solle es vors Haus stellen. Wenn Hasan aufwachte oder aus dem Alhambra kam, würde er fragen, wer das Auto vor der Tür geparkt hätte, und sie würde sagen: »Keine Ahnung!« Er würde fragen, wem das Auto gehöre, und sie würde sagen: »Dir.« Was für ein Auto würde er sich wünschen? Merkwürdig, darüber hatten sie nie geredet. Sie hatten über alles Mögliche geredet, zugegeben am meisten über ihre Arbeit (das war ihre Schuld und musste aufhören, es war nicht in Ordnung, ihn so mit Problemen zu belasten, die sich letztlich in nichts auflösten), nur über Autos nicht. Sie musste es also auf gut Glück kaufen. Und wenn sie ihn unauffällig ausfragte? Wenn sie einkaufen gingen, könnte sie sagen: »Dieser Geländewagen von Toyota ist ja schön!« Dann wüsste sie, ob er ihm gefällt oder nicht. »Super, der PT Cruiser von Chrysler, nicht?!« Fünf verschiedene Autos, und der Fall wäre klar. Aber das war zu durchsichtig, er könnte sich schon denken, warum sie das tat, und es wäre keine Überraschung mehr. Ob das neue Auto Buick Rivera ähnlich sehen sollte oder besser nicht? Vielleicht mochte er tatsächlich solche Autos, vielleicht hing er aber auch nur an diesem einen.

Angela überlegte hin und her, während sie mit Al Rahimi wartete, bis Vuko Buick Rivera freigeschaufelt hatte. Indem sie überlegte, wie sie Hasan etwas Gutes tun konnte, verbannte sie jeden weiteren Gedanken daran, dass zwischen ihnen etwas Schreckliches und Definitives vorgefallen war. Was sie vor sich selbst nicht als Rache für eine Dummheit hätte rechtfertigen können, eine Dummheit, die er gemacht hatte oder die eben zu ihm gehörte, versuchte sie mit unausgesprochenen Zärtlichkeiten gegenüber dem Hasan auszugleichen, der in ihrem Kopf und in ihrer Seele seinen Platz hatte. Und zwar den schönsten und höchsten Platz, den kein anderer je einnehmen könnte. Vor diesem Hasan wurde sie zu einem richtigen kleinen, patriarchalisch gesinnten Frauenzimmer, das sich dem Objekt seiner Liebe, ihrem Liebsten und Einzigen, unterordnete und unterwarf. Sie liebte ihn sehr, aber nicht so, wie er neben ihr lebte, nicht so, wie er wirklich war.

Das alte Auto sprang sofort an, aber Al Rahimi musste es trotzdem mit dem Seil aus dem Schnee ziehen. Sie winkten einander, Angela und Vuko, er zwinkerte ihr zu, zu spät fiel ihm ein, dass sie es wahrscheinlich falsch auffassen würde, aber das war nicht wichtig. Jeder fuhr seines Weges, wie Billardkugeln, die eben aufeinander geprallt waren, sie Richtung Salem, er Richtung Toledo-Zentrum, und dann wollte er weiter nach Portland. Er war kaum hundert Meter weit gefahren, da musste er schon wie eine Schnecke hinter einem Schneepflug herschleichen. Vuko konnte selten über sich lachen, aber jetzt war der Moment gekommen. Die zweite schlaflose Nacht begann, doch er hatte sich nie ausgeruhter gefühlt. Fast hätte er das Märchen geglaubt, vor ihm liege ein neuer Lebensabschnitt, frei von den Belastungen, die ihm das alte schwer gemacht hatten. Er erreichte das Alhambra, ohne dass der Schneepflug an die Seite gefahren wäre. Zwei-, dreimal hupte er, aber der Schneepflug blieb stur auf der Mitte der Straße. Es war egal, zu unbedeutend, um sich darüber aufzuregen. Er hatte es nicht mehr eilig, hatte getan, was er hatte tun wollen, und jetzt konnte er sich Zeit lassen. Der Tank war voll, und wenn er unterwegs müde würde, würde er den Sitz umlegen, das neue Auto war groß, viel größer als der Mercedes, er würde die Standheizung einschalten und … Da fiel ihm ein, dass das Auto 1963 gebaut worden war und keine Standheizung hatte. Aus dem Schlafen wurde also nichts, falls er nicht an einem Motel vorbeikam. Und das auch nur unter der Bedingung, dass Lisa oder genauer ihr Vater nicht die Kreditkarte hatte sperren lassen. Der Schneepflug bog zum Parkplatz vorm Supermarkt ab, und in Vuko wurden die ersten Zweifel wach. Warum hatte er nicht erst mal 5000 oder 10 000 Dollar angeboten, sondern sofort 15 000? Es hätte nichts geändert, außer dass er jetzt Geld in der Tasche gehabt und nicht darüber hätte nachdenken müssen, was sein Schwiegervater getan oder nicht getan hatte. Sein ehemaliger Schwiegervater.

Ein paar Kilometer weiter war er nicht mehr sicher, wer wen übers Ohr gehauen hatte und wessen Spiel gespielt worden war. Gut möglich, dass Hasan überglücklich nach Hause zurückkehrte, weil er dem dummen Serben für 15 000 Dollar eine Schrottkarre angedreht hatte. Vielleicht war alles ein abgekartetes Spiel zwischen ihm und seiner Frau, um ihn auszutricksen. Eigentlich schwer vorstellbar, woher hätten sie denn wissen sollen, dass er so viel Geld dabeihatte? Die meisten Amerikaner haben ihr Leben lang nicht so viele Dollarnoten auf einem Haufen gesehen. Aber er hatte den Beruf seines Schwiegervaters erwähnt, also vielleicht … Hasan wusste bestimmt, wie sich unsere Leute in Amerika verhalten, sie verlassen die Frau nicht ohne Bargeld in der Tasche. Man spart für schlechte Zeiten, und die kommen unfehlbar auf die eine oder andere Weise, ob dir der Geduldsfaden reißt oder sie dich aus dem Haus wirft, und dann musst du irgendwie klarkommen. Karten werden gesperrt, Konten gelöscht, aber richtige Dollars, Bargeld, Cash, Scheine und Münzen, die bleiben. Schecks verfallen mit der Ehe, die Währung nur, wenn Amerika zerfällt, so wie Jugoslawien zerfallen ist. Um diese Dinge zu verstehen, muss man nicht besonders intelligent sein. Du triffst einen von uns mitten in einem nächtlichen Schneegestöber, und der erzählt dir, er habe gerade seine Frau verlassen. Was würdest du denken? Dass seine Taschen voller Geld sind, weil er von irgendwas leben muss. Wenn du nicht mit dem System aufgewachsen bist, vertraust du keinem Bankautomaten, sondern trägst dein ganzes Vermögen mit dir herum. Kopflos, bis dir's jemand abnimmt.

All das musste Hasan wissen, und wenn er es nicht gewusst hatte, dann konnte er es sich denken. So sind die geboren, wenn die was nicht wissen, denken sie es sich. Dagegen kommst du nicht an. Sie hauen dich übers Ohr, und du merkst es nicht einmal. Du kannst ihn töten, verbrennen und ihm alles wegnehmen, was er dir auf seine feine Art geklaut hat, kannst einen Krieg führen und meinst, es wäre das Ende und dass sich aus dieser Asche nie mehr etwas erheben wird, aber er kommt wieder, spürt dich auf und nimmt dir auf seine feine Art wieder alles weg, dachte Vuko. Er begriff, dass auch Amerika zu klein war, um sich und ihnen zu entfliehen. Die hatten ihm ihr Spiel aufgedrängt, das Geld eingestrichen, und jetzt feiern sie hier irgendwo. Sie haben sich versammelt und erzählen sich ihre Taten, trinken Salep, scheißen, paffen und singen das Lied vom kleinen roten Fes. »Crven fesić naaano, crven fesić joooj nanice, crven fesić u dragana moooga, jooooj nano nanice …«

Fuchsteufelswild jagte er Buick Rivera durch den Schnee von Oregon und versuchte zu verstehen, was eigentlich passiert war, ob er jemand vernichtet, dafür allerdings zu teuer bezahlt hatte – das war das Wahrscheinlichere –, oder ob ihm der andere – weniger wahrscheinlich – zuvorgekommen war und ihn vernichtet hatte. Es war ziemlich unwahrscheinlich, dass Hasan zu Hause saß und feierte und seine Frau sich ausrechnete, wie oft sie von 15 000 Dollar zum Friseur gehen konnte, aber das beruhigte ihn nicht. Je schwerer man sich etwas vorstellen kann, desto wahrscheinlicher wird es geschehen. Das Leben ist keine Mathematik oder Physik. Bei uns zählt nicht die Wahrscheinlichkeitstheorie, was immer die auch besagt und wie oft sich auch der Mond entsprechend dieser Theorie tatsächlich um die Erde gedreht haben mag. Menschen sind keine Himmelskörper, Bosnier schon gar nicht und bosnische Muslime schon überhaupt gar nicht. Mit Wahrscheinlichkeiten haben die nichts zu schaffen. Mit Wahrscheinlichkeiten verarschen sie dich nur. Deswegen haben wir den Krieg auch verloren, obwohl wir ihn laut Mathematik und Physik hätten gewinnen müssen. Deswegen war er selbst Hals über Kopf nach Amerika geflohen, obwohl theoretisch keine Chance bestand, dass ihn jemand erkennen würde. Und trotzdem hatten sie ihn erkannt. Der Unterschied zwischen dem Leben und der Theorie ist derselbe wie zwischen einem Menschen und seiner Büste. Du sagst, es ist dasselbe, aber das täuscht. Nur dass man Denkmäler nicht für lebendig hält, während man an die Theorie glaubt, und damit fängt die Scheiße an.

Die schwere Philosophie quälte Vuko, und wie er es auch drehte und wendete, er war immer der Verlierer. Ohne einen Dollar in der Tasche, auf der Straße nach Portland, wo er in der Bank vielleicht Dollars bekommen würde, vielleicht aber auch nicht und von wo aus er vielleicht in ein neues Leben aufbrechen würde, vielleicht aber auch nicht. Selbst wenn alles nach Wunsch liefe, er würde vor Neugier platzen, ohne zu wissen, wie es mit Hasan Hujdur weiterging und ob er seine 15 000 Dollar in den Wind geschossen hatte. Zu beiden Seiten der Straße flogen hell erleuchtete Tankstellen vorbei, Männer in gelben Uniformen schaufelten den Schnee weg, der aufgehört hatte, zu fallen; die Wolkendecke war sogar ein wenig aufgerissen, man sah einzelne Sterne, der zunehmende Mond ging auf; die unnatürlich große Sichel kam der Erde in diesem Jahr besonders nah.

Hasan las am Tisch im Wohnzimmer Angelas Nachricht, die sie auf die Rückseite des aus dem Wandkalender herausgerissenen Märzblatts geschrieben hatte: »Mein Lieber, ich mache mir Sorgen um dich, ich glaube, du hast dich zu sehr aufgeregt, ohne dass es wirklich Grund dafür gäbe. Wo bist du hingegangen, du hast nicht einmal Tschüss gesagt? Ich hoffe, dir geht es besser, wenn ich morgen früh zurückkomme. Entschuldige, falls ich etwas Falsches gesagt haben sollte. Pass auf dich auf. Iss etwas und geh nicht zu lange nach draußen, es ist kalt. Deine Geli!«

Er stellte den Plastikkanister mit dem Enteiser neben sich. Er hatte ihn gekauft, weil er den Supermarkt nicht mit leeren Händen verlassen konnte, und er trug sich mit der Idee, das Gift zu trinken und damit selbst den Punkt hinter eine Geschichte zu setzen, von der er den Eindruck hatte, dass sie von Anfang an gegen seinen Willen gelaufen war. Kein fester Entschluss, der Gedanke kam ihm, nachdem er den Enteiser bereits gekauft hatte, um seinen Rundgang durch den Laden irgendwie zu rechtfertigen. Der Gedanke verfestigte sich, während er nach Hause zurücklief, aber er dachte mehr über das nach, was nach seinem Tod geschehen würde, als über den Tod selbst.

Zwischen dem christlichen und dem jüdischen Friedhof war Niemandsland, und unter den Birken dort wurden die Outsider beerdigt. Sein Grab wäre das siebte in der Reihe. Der Legende zufolge hatte man an dieser Stelle, nach dem gescheiterten Aufstand von 1853 gegen die Goldsucher und den daraufhin zerstörten Reservaten, einen ganzen Indianerstamm in eine Grube geworfen, Löschkalk darüber geschüttet und das Loch wieder zugeschaufelt. Deswegen erhob sich hier ein kleiner Hügel und deswegen wuchsen dort Birken, während die Gegend um Toledo ansonsten vollkommen eben war und keinerlei Birken dort vorkamen. Aber wahrscheinlich war auch diese Geschichte erfunden, wie die meisten anderen über Friedhöfe und untergegangene Völker. Nun, der Weg war zu weit und zu ungewiss, als dass es sich für Hasan Hujdur gelohnt hätte, zwischen den Birken anzukommen. Wo sollte er sich überhaupt umbringen? Draußen im Schnee zwischen den Räumfahrzeugen oder in Angelas Haus, im Schlafzimmer mit Blick auf die Reproduktion eines Plakats von Alfons Mucha? Draußen würde die Sache in die Öffentlichkeit gezerrt; die *Toledo News* würde schreiben, im Ort hätte sich ein weißer Asylant getötet, das Echo des traurigen Bürgerkrieges im fernen Europa sei jetzt also bis hierher zu hören. Wenn er sich im Haus tötete, würde das wie eine dumme, würdelose Rache wirken. Angela würde das Haus verkaufen und wegziehen, wenn sie denn einen Käufer fände, denn niemand kauft gern ein Haus, in dem sich jemand umgebracht hat. Brennnesseln würden ins Kraut schießen, die Fenster würden blind vor Dreck, nachts würden lose Bretter im Wind quietschen, und Toledo hätte wie jedes anständige Filmstädtchen endlich ein Haus, in dem es Gespenster gab. Allein schon, dass sich Hasan Gedanken über die Zeit nach seinem Selbstmord machte, zeigte, dass er sich nicht umbringen würde und das nie ernsthaft vorgehabt hatte. Er konnte es auch deshalb nicht, weil es ihm nicht bestimmt war, die Hand gegen sich selbst zu erheben.

Der eigentliche Grund, warum er niemals ein Selbstmörder sein könnte, hatte allerdings mit seinem Leben in Toledo nichts zu tun. Er war noch ein kleiner Junge, als sich der Bruder des Imams umbrachte, Alaga Osmanković, der jedes Freitagsgebet besuchte und keines der fünf täglichen Gebete ausließ und dazu nach Regeln lebte, an die sich sonst niemand mehr – und schon gar nicht sein Bruder – derart sklavisch hielt. Die Hälfte seiner Zeit verbrachte er in der Moschee und die übrige Hälfte mit anderen religiösen Verpflichtungen. Einige Zeit nach seinem sechzigsten Geburtstag erkrankte er an Krebs. Binnen zwei Jahren verfaulten sämtliche Eingeweide, ein Organ nach dem anderen war befallen, nie so schlimm, dass er daran gestorben wäre, aber jedes so, dass er fürchterliche Schmerzen hatte. Am Schluss brachen die Knochen bei der geringsten Bewegung. Keiner konnte sich vorstellen, wie er sich aus dem Bett gehievt und bis zur Wand geschleppt hatte, wie er das Gewehr gehalten, den Hahn gespannt und sich den Kopf zerfetzt hatte, aber er hatte es getan. Sie begruben ihn außerhalb des Friedhofs. Auf den muslimischen konnte er nicht, weil er sich umgebracht hatte, und auf dem Partisanenfriedhof wollten sie ihn nicht, weil er gläubig gewesen war. Der eigene Bruder weigerte sich, die Totenfeier zu zelebrieren. Alagas bester Freund, Pope Simo Vukotić, hätte tausendundeinen Imam aus der Herzegowina bestochen, aber keiner wollte Gott einen Verstorbenen empfehlen, dessen Glaube so mächtig war wie das Velež-Massiv und der doch Hand an sich gelegt hatte. Für den Marktflecken, für die muslimischen Bewohner ebenso wie die anderen Ortsansässigen, für die Gläubigen wie die Ungläubigen, war es schrecklich, schrecklicher noch als der Tod eines Menschen, über den wirklich keiner ein böses Wort sagte. Oma Fadila pflegte zu sagen: »Alaga war eine Seele von Mensch, sein Bruder dagegen ein Tunichtgut. Pope Simo ist ein besserer Muslim als er. Trotzdem hat

Alagas Bruder Recht. Man legt nicht Hand an das, was Gott so und nicht anders geschaffen hat. Wer sich selbst tötet, tötet ihn.«

Oma Fadilas Verdikt gegen Alaga war die einzige Ausnahme von ihrer Duldsamkeit. Lange versuchte er herauszufinden, warum sie nicht der Auffassung von Pope Simo zuneigte, obwohl sie über sein Verhalten nicht ein hässliches Wort verlor, nicht einmal über seine Versuche, andersgläubige Geistliche zu bestechen, was dem breiten Publikum als unschlagbarer Beweis von Simons Verderbtheit gegolten hätte. Er überlegte, warum sie nicht den armen Alaga bedauerte, jedenfalls nicht in dem Maß, in dem das jeder Ungläubige getan hätte, und wie sie einem Imam Recht geben konnte, von dem sie das Schlimmste annahm: dass er sich in der Fastenzeit den Bauch voll schlug, dass er gern Schnaps aus hübsch verzierten Fläschchen trank und dass er die Gläubigen und die ganze Gemeinde in Angst und Schrecken versetzte, wo immer man sein Gebrüll hören konnte; jeder, der sich so verhielt wie er, verdiente Höllenstrafen. Trotzdem gab sie ihm in einer Sache Recht, die Gott betraf und die Beziehung jedes einzelnen Menschen zu seinem Gott. Über alles konnte sie hinwegsehen, darüber, dass Hasans Vater trank und ihre eigene Tochter nicht an Gott glaubte, aber dass jemand Hand an sich gelegt hatte, das konnte sie nicht hinnehmen. Es war die einzige Verhärtung in ihrer Seele, die einzige Stelle, die von ihrem Glauben hart und unmenschlich gemacht worden war – aber hätte es diesen Glauben nicht gegeben, wäre alles andere an ihr nicht so gut und weich gewesen, viel besser, als ein Ungläubiger je sein könnte. Ihre Seele stellte sich Hasan als Aprikose vor, ein Obst mit hartem Kern und süßem Fruchtfleisch. Es gibt keine weiche Frucht ohne harten Kern.

Sich umzubringen hätte einen Schlag gegen jenes letzte Unberührte und Große in ihm bedeutet, dem Feind das Unbezwingbare preisgegeben, die kleine Welt, zu der keiner Zugang hat, weil nur der, dem sie gehört, davon weiß. Deswegen war der Plastikkanister mit dem Enteiser, der neben ihm auf dem Tisch stand, während er Angelas Brief las, nur eines der falsch verstandenen Indizien in einer Fernsehdokumentation, ein Gegenstand, von dem aus Kneipendiskussionen und Zeitungsschlagzeilen in die falsche Richtung abdriften, anhand dessen Psychiater falsche Diagnosen stellen und den Kriminalisten falsch deuten. Der Mann hatte nur etwas vorgespielt, er schämte sich, den Supermarkt mit leeren Händen zu verlassen, er sehnte sich nach einem starken Gedanken für den Nachhauseweg, einen, der mit Trug und Fata Morgana die Schneewüste füllte.

Er wusste nicht, wohin mit sich und warum er in ein Haus zurückgekehrt war, in dem er nicht mehr bleiben konnte. Es hatte einfach am Weg gelegen, und so war er noch einmal eingetreten, ohne die Absicht, seine Dinge zu ordnen. Im Unterschied zu den meisten Männern versteckte Hasan nichts, was man hätte anfassen können, vor seiner Frau, keinerlei Liebesbriefe aus früheren Lebensabschnitten, weder pornografische Bildchen noch heimliche Reichtümer. Es gab nichts Materielles, mit dessen Hilfe er ein neues Leben hätte aufbauen können. Keines jener Wunder, die am Ende einer Ehe bleiben, nachdem einer – gewöhnlich ist es der Mann – Zigaretten kaufen geht und nie mehr zurückkommt. Wenn Hasan bei einem Flugzeugabsturz ums Leben gekommen wäre, wäre Angela von ihm nur das geblieben, was seit jeher ist. Und er, er kehrte vielleicht aus ganz ähnlichen Gründen noch einmal in das Haus zurück, aus denen sie ihn morgens, vom Theater heimgekommen, betrachtete und zu hoffen wagte, dass er unter ihrem Blick aufwachen würde. Aber das funktioniert nicht und kann nicht funktionieren, denn es wird nie im richtigen Moment und mit der nötigen Klarheit ausgesprochen. Sowenig er wusste, warum er unter ihrem Blick wach werden sollte, so wenig konnte sie wissen, dass sie an diesem Abend nicht nach Salem hätte gehen dürfen. Vielleicht hätte das nichts mehr geändert, aber es wäre beiden klarer gewesen, was zwischen ihnen eigentlich vorgefallen war.

Nachdem er den Brief durchgelesen hatte, nahm er den Stift vom Tisch, wollte etwas schreiben, zögerte über dem Weiß unter dem Wort Geli und zog die Hand wieder zurück, so dass auf dem Papier nur ein blauer Fleck blieb. Ihm fiel einfach nichts ein, er wusste nur, dass er etwas sagen, eine Erklärung hinterlassen musste, mit der er Angela in Erinnerung bleiben konnte und die ihr vermittelte, dass es aus und vorbei war und dass mit Buick Rivera, dem Einzigen, was hier wirklich ihm gehört hatte, auch er weg war. Er wollte auf keinen Fall, dass sie auf ihn wartete und hoffte, er käme wieder, wenn er ausgelebt hatte, was er jetzt offenbar ausleben musste. Aber es fielen ihm keine Worte ein, die zwischen ihnen beiden etwas bedeutet hätten oder die überhaupt etwas bedeuteten. Er scheute davor zurück, ihr etwas zu erklären, was sie bisher noch nicht begriffen hatte, oder ihr etwas zu erzählen, was er ihr bisher verschwiegen hatte. Schwerlich können Worte – ob ein paar wenige, auf die Schnelle hingekritzelte oder jahrelang bedachte, die ein ganzes Buch füllen könnten – etwas erklären, was man entweder sofort und vollständig versteht oder niemals begreifen wird.

Lange starrte er unverwandt vor sich hin, als wolle er versteinern und für immer so verharren, bis man ihn ins Altertumskunde-Museum brächte, dann schrieb er: »Ich gehe nach Kandahar. Such mich nicht. Du wirst mich nicht finden, und selbst wenn, würdest du mich nicht erkennen. Meine Sachen kannst du behalten oder der Militärhilfe schenken. Hasan.« Er hielt inne, dachte kurz nach und ergänzte »Hujdur«. Er sah sich das Geschriebene an, als suche er nach Rechtschreibfehlern oder sei mit der Handschrift nicht zufrieden. Er legte den Stift genau unter seine Unterschrift, so wie das Menschen tun, die sich in einem Mausoleum ins Gästebuch eintragen, damit der Nächste weiß, wo er sich verewigen kann. Die Grafologen werden später feststellen, dass er bei dem Wort Kandahar stärker aufgedrückt habe als bei den anderen Wörtern, und daraus werden sie herleiten, es käme vermutlich daher, dass er nicht genau gewusst habe, wie man das schreibt, oder das Wort zum ersten Mal geschrieben hätte oder dass ihm dieses Wort wichtiger als die anderen Wörter gewesen sei, was auf eine Fixierung hindeuten könnte. Faktisch werden die Grafologen zu dem Schluss kommen, dass sie über seine Gründe nichts sagen könnten.

Und was nun? Vor ihm stand das grüne Sofa, dessen Weichheit er mit allen Fasern seines Körpers spürte. Er war schrecklich müde, eine Müdigkeit, die jeden anderen Gedanken und jedes andere Gefühl überwog. Er hätte sich dort hingelegt und geschlafen, und er wusste, dass er in diesem Schlaf nichts Böses denken und ihm auch nichts Schlimmes passieren würde, aber nur unter der Bedingung, dass nach dem Schlaf keine neue Zeit anfinge, die lange, bis zum nächsten derartigen

Schlaf andauern und nicht von Frieden erfüllt sein würde, sondern nur von einer unendlichen Erniedrigung, einer erneuten Bestätigung seiner Schwäche.

Er nahm die Tasche aus dem Schrank, stopfte aufs Geratewohl Wäsche und Winterkleidung hinein, holte aus der Schublade seine Geburtsurkunde und den Pass, nahm die Amateur-Videokamera, überlegte es sich anders und legte sie zurück, warf eine Schuhschachtel voller Familienbilder aus Bosnien-Herzegowina in einen schwarzen Müllsack und fing dann an, Papiere wegzuwerfen, die ihm zufällig in die Hand fielen, Videokassetten mit Filmen, bei denen er Regie geführt hatte, Ansichtskarten aus der Heimat; er warf die Wanduhr in Form einer goldenen Lilie weg, einen gestickten Wimpel vom Fußballklub Velež, der ihn vor einigen Jahren zusammen mit einem Brief seines ehemaligen Mathelehrers aus der Oberstufe erreicht hatte, alte Zeugnisse, die Todesanzeigen von Vater und Mutter, die längst kaputte Armbanduhr, die er zum bestandenen Abitur geschenkt bekommen hatte, sein altes jugoslawisches Soldbuch, eine Sammlung von Etiketten dalmatinischer und herzegowinischer Weine, ein zerrissenes T-Shirt mit dem Gesicht von Duško Bajević, einen ledernen Tabaksbeutel, ein zu irgendwelchen Zwecken angefordertes Führungszeugnis, ausgestellt vom Polizeipräsidium in Mostar am 23.01.1979, einen Berghüttenführer für Jugoslawien, Einwickelpapier von Kraš-Schokoladen, den Impfpass, mehrere Bescheinungen seiner Staatsbürgerschaft, Katasterauszüge der Gemeinde Stolac, einen Gipsabguss des Turms in Počitelj, Werbung für die Riviera bei Makarska aus dem Jahr 1973, einen Stadtplan von New York, eine retuschierte und kolorierte Schwarzweißfotografie der Alten Brücke in Mostar, einen Set Buntstifte, vollgeknipste Filme, die nie entwickelt worden waren, die Titelseite der *Oslobođenje* mit der fett gedruckten Schlagzeile: »Unser Genosse Tito gestorben«, eine Sammlung Polaroid-Bilder, Anstecknadeln vom Roten Kreuz, ein Fläschchen Lavendelöl, eine Diskette mit Fotografien bosnisch-herzegowinischer Städte, ein Bündel Prospekte von Filmfestivals, einen Glücksstein mit einem kreisrunden Loch, eine Fotografie mit der eigenhändigen Unterschrift John Hustons, einen Straßenatlas von Deutschland, eine Videokassette mit dem Film *Einer ist Sarajevo*, das alte Portemonnaie seines Vaters, das Parteibuch des Bundes der Kommunisten Jugoslawiens, Zeitungsausschnitte aus Sarajevo über seine Erfolge in Amerika, eine aus der *Newsweek* ausgeschnittene Aufnahme mit den zerfetzten Menschen, die vor einer Bäckerei in Sarajevo um Brot angestanden hatten, eine Karikatur von Zuko Džumhur, die Marx am Schreibtisch sitzend zeigt, über dem ein Bild von Stalin hängt, einen Stadtplan von Belgrad, einen Kothaufen aus Plastik, gekauft in Amsterdam, das Buch *Der Derwisch und der Tod*, einen roten Hundert-Dinar-Schein, einen goldenen Füllfederhalter in einer Holzschachtel mit der Aufschrift RMK Zenica, eine Videokassette mit dem Film *Man liebt nur einmal*, eine Fotografie von Miroslav Krleža, drei Schallplatten von Johnny Cash und eine vom Ensemble Mostarske kiše. Als der Sack voll war, hörte er auf, Dinge aufzuhäufen, obwohl er das Wichtigste vergessen hatte. Ein Sack, das war sein Maß. Die Schlüssel ließ er auf dem Tisch liegen.

Den vollen Müllsack zog er über hundert Meter weit hinter sich her, bevor ihm klar wurde, dass er ihn nirgendwo hinwerfen konnte. Er hätte zum Container ins Stadtzentrum gehen und jede Erinnerung nach strengen Umweltgesichtspunkten sortieren müssen. Zu einer so gründlichen Säuberung seines Lebens war er nicht bereit. Gehören in der Herzegowina vor seinem Elternhaus aufgenommene Polaroid-Fotografien zum Papierabfall oder in den Plastikmüll? Und was war mit den Dingen, die sich aus den Materialien für alle fünf Container zusammensetzten und nicht nur aus Papier, Glas, Metall, Plastik oder Stoff bestanden? In einer idealen Welt hätte jedes Ding seinen Ort gehabt, aber in einer Welt, in der alles aus einem Stück gemacht ist, gibt es keinen Platz für das, was aus mehreren Materialien besteht und für das kein Container vorgesehen ist.

Schließlich warf er den Sack die Straßenböschung hinunter. Nach der Schneeschmelze würde ohnehin nichts davon übrig bleiben. Alles würde aufweichen, sich auflösen und in normalen Müll verwandeln, den keiner anschaut, weil niemand Verdacht schöpft, dass es irgendetwas anderes als eben Müll sein könnte. Endlich konnte er gehen. Niemand, der ihn bisher gekannt hatte, sah ihn je wieder.

Eine halbe Stunde nachdem Hasan zum letzten Mal das Haus verlassen hatte, in dem er gelebt hatte, hielt vor diesem der silberne Buick Rivera. Vuko war entschlossen, es dem falschgläubigen Landsmann heimzuzahlen, der ihn um 15 000 Dollar geprellt hatte. Dabei rechnete er auf seine physische Kraft, den schweren Kreuzschlüssel, den er im Kofferraum gefunden hatte, und auf die Tatsache, dass er vor Gott und den Menschen und vor der amerikanischen Verfassung im Recht war. Von allen drei Punkten war er fest überzeugt. Er klingelte und wartete. Drinnen brannte Licht, und sie konnten nicht so tun, als wären sie nicht da. Er klingelte noch einmal. Dann legte er den Finger auf die Klingel, entschlossen, ihn erst wieder runterzunehmen, wenn ihm geöffnet wurde. In seinem gerechten Zorn erinnerte er sich nicht mehr daran, dass im Haus immer das gleiche Schubert-Wiegenlied ertönte, gleichgültig, wie oft er auf den Klingelknopf drückte. Er hörte es, als ihn die Geduld verließ und er die Klinke drückte, um einzubrechen. Aber die Tür öffnete sich von allein. Er ging ohne Zögern durch den Flur, entschlossen wie John Wayne in seinen besten Tagen, trat ins Wohnzimmer und rief im schönsten Serbisch: »Hasan, komm her, wenn du ein Mann bist!«

Nun, als Hasan nicht herkam, dachte Vuko nicht, er sei kein Mann, sondern vermutete einen Hinterhalt, der wartet bestimmt mit einer Pistole oder wenigstens einem Baseballschläger in der Hand und will mich auf seinem Territorium einen Kopf kürzer machen. Vor dem Gesetz war die Sache klar. Er war hereingekommen, obwohl sie ihn nicht hereingelassen hatten. Auf deinem Sofa kannst du einen unbekannten Eindringling töten. So ist es jedenfalls in den Filmen. Und in der Wirklichkeit kann es doch nicht anders sein. Aber er wird weder wanken noch weichen. Er hatte auch im Krieg nicht gekniffen, als es so eine Situation viel öfter gegeben hatte. Er schauspielerte sich von einem Zimmer ins andere, mit dem eisernen Werkzeug in Bereitschaft und einer Choreografie folgend, die eher aus Filmen als aus dem Krieg stammte; er suchte das ganze Haus ab, fand aber keine lebende Seele. Und während er mitten im Wohnzimmer stand und überlegte, was besser wäre, ihnen den gesamten Hausrat zu zertrümmern oder auf sie zu warten und sich dann ein bisschen zu unterhalten, sah er den Zettel auf dem Tisch. Nach dem Satz: »Ich gehe nach Kandahar« entfuhr ihm ein lautes »Oha!«. Er holte sein Handy aus der Hosentasche und rief die Polizei an. Sein Herz klopfte laut, und er wusste nicht, was er von der Sache halten sollte. Was, wenn Kandahar der Name eines Cafés war? Aber das konnte nicht sein. Bilder von Verfolgungsjagden schossen ihm durch den Kopf, er stellte sich Hasan in orangefarbener Gefängniskleidung vor, in Ketten geschmiedet, und fand das völlig logisch. Nachdem er sich einen Whisky eingeschenkt hatte, wartete er auf die Polizei.

Zehn Minuten später war der Streifenwagen da, die Besatzung bestand aus einem Dünnen und einem Dicken, der eine schwarz, der andere weiß. Vuko erwartete sie mit dem Zettel in der Hand.

»Ist das Ihr Haus?«, fragte der Chef.

Vuko versuchte zu erklären, dass sie nicht viel Zeit hätten.

»Ich gehe mal davon aus, dass das nicht Ihr Haus ist, und ich denke, ich weiß auch, wem es gehört«, unterbrach ihn der Chef, während der Hagere einen Block herausholte und etwas aufschrieb.

»Wie sind Sie hereingekommen?«, der Chef ließ nicht locker und weigerte sich hartnäckig, die Nachrichten auf dem Zettel zu lesen, den ihm Vuko, inzwischen ziemlich aufgeregt, unter die Nase hielt.

»Sind Sie ein Verwandter von Frau Raubal oder ihres Mannes?«

Vuko gab zu, dass die Tür nicht abgeschlossen war.

»Was haben Sie noch getan, außer das zu lesen?«, fragte der Hagere.

Er wusste nicht, was er darauf antworten sollte.

»Warum sind Sie hereingekommen, wenn Ihnen nicht geöffnet wurde?«

Er durfte ihnen nicht sagen, dass ihn der Mann von Frau Raubal um 15 000 Dollar betrogen hatte: »Sie werden mich doch nicht verhaften?«

Dieses war das Letzte, was Vuko sagte, bevor der Chef befand, dass der Ort des Verbrechens, genau genommen des Einbruchs, nicht besonders günstig für eine ausführliche Befragung war.

Bevor er schließlich, vollkommen übermüdet und erschöpft von dem, was ihm in den letzten 24 Stunden widerfahren war, einschlief, versuchte Vuko Šalipur dem Dienst habenden Leiter der Polizeiwache in Toledo zu erklären, wo Kandahar lag, was sich gerade in Afghanistan abspielte und was Hasan Hujdur seiner Frau mitgeteilt hatte. Er erzählte ihm, dass er diesen Menschen schon seit einiger Zeit verfolge, log, er habe ihn im Krieg in Bosnien als gefährlichen islamischen Terroristen kennen gelernt, er sei in das Haus eingedrungen, um genau das zu verhindern, was nun doch passiert sei, aber er sei zu spät gekommen ... Je länger er redete, desto undurchsichtiger wurde das Gesicht des Diensthabenden und desto mehr büßte Vuko seine Selbstsicherheit ein. Den Diensthabenden interessierte der Krieg in Bosnien nicht im Geringsten, er konnte auch keine Verbindung zwischen dem Einbruch in irgendjemands Haus und den Geschehnissen in Afghanistan herstellen. Es war ihm offensichtlich überhaupt nicht recht, dass er Dienst hatte. Seit er bei der Polizei war, hatte er schon viele solche Geschichten gehört und weigerte sich irgendetwas zu glauben, was nicht unmittelbar mit dem Verbrechen zu tun hatte. Zeitweilig erwachte er aus seiner Erstarrung und unterbrach Vukos Erzählung mit Fragen wie: »Womit sind Sie in das Haus von Frau Raubal eingedrungen?«, oder: »Haben Sie Wertsachen gefunden?«, und da er keine Antwort bekam, hüllte er sich wieder in Schweigen und hoffte auf das baldige Ende seiner Schicht. Nichts konnte die Tatsache ändern, dass Vuko ein Einbrecher war, der sich selbst angezeigt hatte, was recht seltsam sein mochte oder auf geistige Verwirrung oder etwas Vergleichbares hinwies, aber das interessierte den Polizisten nicht, und er hielt es auch nicht für seine Aufgabe, dem nachzugehen. Sollten sich die damit befassen, die dafür bezahlt wurden, ihm kam so was nicht in den Sinn. Der Abgeführte war ein Langweiler, der unzusammenhängend sprach und nervös war, also ein für die Nachtschicht typischer Fall. Es war unterhaltsamer, Kreuzworträtsel zu lösen, als diesem Gestammel länger zuzuhören. Auf die Frage, ob er eine Telefonnummer anrufen wolle, worauf er nach dem Gesetz das Recht habe, antwortete Vuko, er würde gern Frau Angela Raubal anrufen, habe aber deren Nummer nicht.

»Außerdem?«, fragte ihn der Polizist.

»Jemand, der mir glaubt!«, es war Vukos letzter pathetisch-ernsthafter Versuch.

Das weckte den Polizisten aus seiner Erstarrung. Er lachte freundlich und ohne die leiseste Ironie, als sähe er gerade einen kleinen Hund, der aus einem Pappkarton herausschaut, oder als erzähle ihm seine dreijährige Tochter den Witz vom Waschbär und vom Leoparden.

Am nächsten Morgen taute es plötzlich. Binnen weniger Stunden schmolz der ganze Schnee, und es gab riesige Überschwemmungen in Oregon, die größten seit hundert Jahren. Apokalyptische Meteorologen interpretierten es als Folge der globalen Erwärmung. Wahrscheinlich würde es von nun an jedes Frühjahr so sein. Beim Gebet in der kleinen Kirche oberhalb der Stadt, die Einzige, die noch in Funktion war, gedachten die Gläubigen Noahs und seiner Arche, und der Geistliche stieg nach der Messe in ein Schlauchboot und ruderte zum Pfarrhaus. Während sie ihm nachsahen, waren alle in aufrichtiger Sorge. Vuko erwachte in einer Zelle voller Wasser. Wegen der Evakuierung von Computersystem und Waffen aus dem Erdgeschoss hatten sie ihn völlig vergessen. Er saß auf dem Bett mit den Füßen im eisigen Wasser, das ihm bis zu den Knöcheln reichte, und war davon überzeugt, nach so vielen Jahren wieder zu träumen. Nur war er sich nicht sicher, ob alles ein Traum war: auch das, was sich gestern zugetragen hatte, oder nur, dass er sich in einem winzigen vergitterten Raum befand und an den Füßen fror.

Im Zentrum von Toledo standen alle Keller- und Erdgeschosse tagelang unter Wasser, im Alhambra wurde das ganze Inventar vernichtet, darunter auch der einzige Billardtisch der Stadt. Der Supermarkt verwandelte sich in ein großes Becken, in dem Gläser mit sauer eingelegtem Gemüse, Windelpakete, vakuumverpackte Brote und Gebrauchsgegenstände aller Art herumschwammen, während übermüdete Kassiererinnen in grünen Angler-Gummistiefeln, die bis zur Hüfte reichten, versuchten, die Waren auf den oberen Regalbrettern zu retten. Mitten im Geschäft trieb das orangefarbene Käserad, das gestern dem Mitarbeiter der Spedition beim Ausladen auf den Fuß gefallen war. Es war einer jungen Blondine im Weg, die sich zur Abteilung mit technischen Artikeln durchschlug. Sie gab ihm einen Tritt, und der Käse schwamm davon.

Angela wartete den ganzen Tag auf Hasan, und nachdem er nicht kam, meldete sie ihn bei der Polizei als vermisst.

»Wir haben hier einen Mann, der ist bei Ihnen eingebrochen«, sagten sie ihr.

»Mit dem will ich nichts zu tun haben«, antwortete sie, »ich suche meinen Mann.«

Mindestens zehnmal las sie seine Nachricht und versuchte sich über den schlechten Scherz zu ärgern, aber es gelang ihr nicht. Dann ging sie zum Fenster, zog den Vorhang zurück und sah auf die Straße, die unter Wasser stand, und hoffte die ganze Zeit, Hasan würde kommen. Am Ende der Straße, dort, wo die Ebene begann, entstand plötzlich ein See, und je größer dieser See wurde, desto sinnloser wurde ihr Warten. Sie begann, gleichzeitig zu weinen und zu lachen: Sie lachte über sich, weil sie darauf wartete, dass er aus dem See stieg, und weinte um ihn, weil er fort war und nie mehr kommen würde. Sie fand nichts mehr, hinter dem sie sich verstecken und an das sie glauben konnte.

Nachdem sich das Wasser zurückgezogen hatte, suchten sie Hasan in den umliegenden Wäldern und an Aussichtspunkten, den Lieblingsorten von Selbstmördern. Sie fanden siebzehn Leichen, die sich alle während der sechs Schneemonate umgebracht hatten, aber keine entsprach der Personenbeschreibung von Hasan Hujdur. Die meisten der männlichen Toten waren jünger, größer, dicker oder älter als er gewesen. Ungeachtet dessen meldete sich die Polizei jedes Mal bei Angela, sobald eine neue Leiche gefunden wurde.

»Er hat sich nicht umgebracht, rufen Sie mich nicht wegen jedem Selbstmörder an«, sagte sie ihnen.

Sie suchten ihn an den Stellen, an denen Landstreicher in Oregon gewöhnlich übernachten, sie suchten entlang der gesamten Westküste. Man nahm an, dass er einen Gedächtnisverlust erlitten haben könne und irgendwo darauf wartete, dass ihn jemand erkannte. Sozialarbeiter trugen zwei Fotografien von ihm bei sich, eins mit, eins ohne Bart, auf dem einen lachte er, auf dem anderen war er ernst, und sie zeigten diese Bilder Säufern und Drogenabhängigen, Mexikanern ohne Aufenthaltserlaubnis, Immigranten und Sonderlingen, die in Gräbern oder der Kanalisation schliefen, Puertoricanern und Bosniern, Obdachlosen, Irren, Kranken, zufälligen Passanten, Politessen und Zeitungsreportern, Busfahrern, Förstern und Straßenbauarbeitern, Jägern und Anglern, Wildpflegern und Tierpflegern im Zoo, Imamen in Islam-Zentren, Gläubigen beim Verlassen der Moschee und Gläubigen beim Verlassen der Kirche, aber niemand erkannte ihn. Innerhalb weniger Tage sahen mehrere hunderttausend Menschen Hasans Gesicht. Vielleicht war der große Alte mit dem langen weißen Bart unter ihnen, die Hoffnung des baltischen Basketballs in den dreißiger Jahren. Wenn das so gewesen sein sollte, hat er ihnen nichts gesagt.

Anschließend suchten ihn Grenzbeamte und Mitarbeiter der Flughäfen, die Polizei und das FBI. Amerikanische Soldaten bekamen vor dem Einsatz in Afghanistan sein Bild, aber was sie tun sollten, falls sie ihn treffen sollten, sagte man ihnen nicht. Vielleicht sei er gefährlich, vielleicht auch nicht. So etwas kann man im Vorhinein nicht wissen. Von keinem Menschen auf der Welt weiß man im Vorhinein, ob er gefährlich ist, ob er jemanden umbringen oder sich Sprengstoff um den Leib binden wird und in ein Kaufhaus geht. Man kann es nur voraussetzen oder unterstellen, aber auf diese Weise richtet man immer großes Unheil an, und der Schaden ist viel größer, als wenn man erst zum gegebenen Zeitpunkt erfährt, dass ein gefährlicher Mensch gefährlich war. Bestimmte Menschen für gefährlich zu halten, nur weil sie so aussehen, wie sie aussehen, weil sie eine bestimmte Sprache sprechen oder auf eine bestimmte Weise zu Gott beten, ist mit Sicherheit ein Schritt Richtung Untergang, erst gehen wir unter und dann sie, oder erst gehen sie unter und dann wir. Die Reihenfolge ist nicht wichtig, denn jeder wird jedem gefährlich. Den Soldaten zeigte man Hasans Bild für alle Fälle. Es ist ihre Aufgabe, Zweifel auszuräumen. Schließlich kann irgendetwas passieren, und der Mann wird gefährlich sein. Vorläufig zeigten sie ihnen nur die Fotografie, die ernste und die lächelnde, und sagten: »Merkt euch den und stellt ihn euch vor, wie er mit einem Bart bis zum Nabel und einem Turban aussieht.« Die Soldaten prägten ihn sich ein und stellten ihn sich vor. In ihrer Fantasie dunkelte Hasans Haut schneller nach, als wenn er tage- oder monatelang ins Solarium gegangen wäre. Sollten sie ihn je treffen, wüssten die Soldaten schon, was sie von ihm zu halten hätten.

Kaum aus dem Gefängnis entlassen, marschierte Vuko in die nächstbeste Zeitungsredaktion und erzählte seine Geschichte, aber sie glaubten ihm nicht. Er ging zu einer anderen Zeitung, aber dort glaubten sie ihm auch nicht. Die siebte Zeitung nahm ihm seine Geschichte ab, weil ihnen für diesen Tag eine Schlagzeile fehlte. Reißerisch aufgemacht prangte auf der Titelseite des Lokalblatts der schockierende Bericht über einen Mann, einem ruhigen Bürger aus Toledo, Oregon, der nach Afghanistan geht und sich den Taliban anschließt. Am folgenden Tag füllte dasselbe Thema mit neuen Einzelheiten die Titelseite einer anderen Zeitung, um dann wie ein Virus eine Zeitung nach der anderen zu befallen. Die Kassiererinnen im Supermarkt sagten über Hasan aus – jene, von denen er gedacht hatte, sie hätten sich in all den Jahren sein Gesicht nicht merken können – und erinnerten sich an seine Einkaufsgewohnheiten; eine wusste angeblich, dass er nie Alkohol oder Produkte aus Schweinefleisch im Einkaufskorb hatte, vielleicht hatten sich das auch die Redakteure ausgedacht, um mehr Informationen als die Konkurrenz zu bringen; Sozialkundelehrer legten ihre Ansichten über ihn dar; im Raster zwischen Reportage und Kommentar fanden auch historische Betrachtungen zur Rolle des »ruhigen Nachbarn« ihren Platz, angefangen bei dem Gerichtsassessor James Gordon Wordhaus, der zwischen 1849 und 1857 elf Frauen in Portland vergewaltigt und erwürgt hatte, und trotzdem stand hinter jedem Artikel als wichtigster Informant und nie versiegende Quelle neuer Hasan-Hujdur-Angaben Vuko Šalipur. So wie Sergej Bubka den Weltrekord im Stabhochsprung zentimeterweise nach oben trieb, so ergänzte Vuko die erzählte Geschichte um immer neue Details; einmal erinnerte er sich an Hasans Worte, als sie sich kennen lernten, ein andermal erwähnte er, wie er die Reiskörner über das Tischtuch geschoben hatte. Jede scheinbar noch so belanglose Kleinigkeit kommentierte Vuko sehr tiefsinnig und steuerte dann auf das große Finale los: Der Mann, von dem ihr geglaubt habt, er sei vor über zwanzig Jahren nach Amerika gekommen und habe sich vollkommen angepasst, ist nach Afghanistan gegangen, um von dort aus eure Häuser zu zerstören, die Wasserfälle zu vergiften und eure Kinder abzufangen, wenn sie von der Schule heimkommen.

Vuko Šalipurs neues Leben setzte sich auf eine Weise fort, die seine Vorstellungskraft überstieg. Er wurde zum Hasan-Hujdur-Experten, geschätzt und geachtet als eine für ganz Oregon wichtige Persönlichkeit. Wie der Manager eines Sportklubs machte er Karriere mit einem, den es nicht gab, der verschwunden war und nie wieder auftauchen würde. Aber selbst wenn das Wunder geschehen, Hasan zurückgekommen wäre und gesagt hätte, ich bin Hasan und nichts von dem, was ihr über mich zu wissen meint, stimmt, sie hätten ihm nicht geglaubt. Oder nur der Teil des Publikums hätte ihm geglaubt, der Vukos Berichte mit Abscheu und Verachtung las oder überblätterte, wenn er in der Zeitung darauf stieß. Dass es solche gab, regte Vuko überhaupt nicht auf. Weder zählte er auf sie noch berührten ihn ihre Leserbriefe oder die zahlreichen beunruhigenden Berichte über den wachsenden Hass und dergleichen Blödsinnigkeiten, die, Hand aufs Herz, mit der Geschichte vom ruhigen Nachbarn, der nach Kandahar geht, nichts zu tun hatten. Sie hatten auch nichts mit Vuko Šalipur zu tun.

Vuko hatte seinen Platz unter der Sonne gefunden und unterschied sich darin nicht von vielen anderen Menschen, die das Glück hatten, an Ereignissen von allgemeinem Interesse Anteil zu haben. Er ließ sich in Portland nieder und arbeitete sehr ernsthaft daran, dass die Öffentlichkeit Hasan Hujdur nicht aus dem Blick verlor. »Er ist mehr ein Symbol als ein realer Mensch. Er ist der Teufel, der unter oder in uns lebt«, rief er auf dem Podium des Portland Center for Intercultural Studies aus, und seine Worte wurden von den meisten amerikanischen Zeitungen zitiert. »Vielleicht ist Hasan Hujdur kein schlechter Mensch, aber wir reden hier über das, was Hasan

Hujdur bedeutet. Darüber, dass nicht jeder die Freiheit für ein Geschenk Gottes hält, darüber, dass einige Menschen unter uns davon träumen, unfrei zu sein und als Beleidigung empfinden, dass es auf dieser Welt Orte gibt, an denen jeder Mensch frei und kein Raum für Unfreiheit ist«, sagte er, und den Zuhörern traten die Tränen in die Augen – weil Vukos Worte Wahrheit ausstrahlten, aber auch, weil er sie in schlechtem Englisch aussprach. Über sich und sein eigenes Leben wollte er nicht reden. Er betrachtete sich als einen von Millionen Menschen, die sich ängstigen. Nur das. Sich ängstigen. Er sagte weder, wovor noch warum, aber das verstand sich sowieso von selbst. Alle großen Wahrheiten verstehen sich bis zu dem Moment von selbst, in dem sie aufhören wahr zu sein, und selbst dann werden sie nicht zu Lügen, sondern ziehen in die Geschichte oder ins Museum um. Nicht die Lüge lenkt und erfüllt die Gesellschaft, auch wenn es aus dem zeitlichen Abstand so aussieht.

Wenn er nicht am Projekt Hasan Hujdur arbeitete, saß Vuko in seiner Portlander Wohnung, trank in Maßen und versuchte sich an Football zu gewöhnen, was ihm nicht gelang. Dieser Sport unterschied sich in nichts von dem Geschubse im Bus. Oder er saß in der Ecke des italienischen Restaurants im Erdgeschoss des Gebäudes, in dem er wohnte, las die Zeitung und beobachtete die Menschen um sich herum. Mit der Zeit vergaß er Pašin-Gaj und die Buslinie Titovo Užice–Sarajevo. Binnen weniger Wochen rückte mehr in die ferne Vergangenheit als in fünf kompletten amerikanischen Jahren. Er erkannte sich in den Rollen seiner früheren Leben – Busfahrer und Kämpfer – nicht mehr wieder; sie glichen so vielen anderen Bildern, echten wie erfundenen, die ihn nichts angingen. Zwei Monate Ruhm in Portland verschoben einige seiner wichtigsten Lebensgrundsätze, jene, derentwegen er den blinden Weisen gehasst hatte und in den Krieg gezogen war. Er wusste nicht, wie ihm das passierte, wann und wieso er weicher geworden war, aber je mehr er log und erfand und anschließend in den Zeitungen las, desto schwächer wurde sein Zorn. Je mehr er über die Muslime redete – natürlich stets die Unterschiede zwischen Pašin-Gaj und Amerika berücksichtigend – und dass man in Bosnien Dinge offen aussprechen durfte, für die man in Amerika im Gefängnis landen konnte, je mehr Eigenschaften er der Figur Hasan Hujdur andichtete und zuschrieb, immer nach dem Motto: Auf drei schlechte kommen zwei gute, sonst wird die Geschichte uninteressant, und je weiter er die Illusion trieb, Hujdur sei kein Einzelfall, Hujdur stehe vielmehr für eine ganze Gesellschaft, desto mehr vergaß ihn Vuko. Er hatte ein echtes Leben, das angefüllt war mit Grobheit und Hass und dem einen Glauben, der vielleicht nur ein Glaube war, weil kein echtes, tief verankertes Gefühl dahinter stand, durch ein beinahe edles, reines Hirngespinst ersetzt. Denn so gefährlich und böse sein Hujdur war, er hielt ihn für besser, als der blinde Weise einst in seinen Augen gewesen war. Indem er die Geschichte in einen gesellschaftlich annehmbaren Rahmen stellte, rückte er unvermeidlich auch sich selbst in diesen Rahmen. Er trieb sich nicht mehr herum, suchte nicht mehr Leute, die ihn bewunderten; er hatte aufgehört, irgendetwas von irgendjemand zu erwarten. Es kam eine Zeit, in der er anfing, nachzudenken und sich auf Servietten Details über Hujdur zu notieren, die er für Zeitungstexte, Vorträge und Fernsehsendungen nicht verwenden konnte. Entweder hätten die Amerikaner nichts damit anfangen können, oder sie hätten den Faden zerrissen, an dem entlang sich sein Projekt entwickelte. Aber es lag ihm persönlich etwas daran, sich solche Details zu merken und aufzubewahren, einfach, um sie zu haben. Deswegen schrieb er die Geschichte über Hujdurs Großmutter, die sich frühmorgens erhebt, um das erste Gebet des Tages zu sprechen, leise, damit sie niemanden weckt. Aus jener Fotografie im Portemonnaie hatte er völlig korrekt abgeleitet, dass Hasans Eltern nicht gläubig sein konnten, weshalb diese Oma wunderbar in die Familiengeschichte passte. Schade, dass sich niemand dafür interessierte oder wenn, vermutlich die falschen Schlüsse daraus gezogen hätte, dass eine alte Frau jeden Morgen sehr, sehr früh, früher als in Amerika je jemand aufgestanden ist, ohne besonderen Anlass zu ihrem Gott betet, obwohl sie weder eine Nonne noch ein Geistlicher noch sonst irgendein Profi in Sachen Religion ist. So seltsam sie sein mochte, Vuko war stolz auf diese Geschichte und auf sich selbst, weil er sie sich aus dem Etwas ausgedacht hatte. Eigentlich nicht ausgedacht, sondern ausgearbeitet, denn diese Geschichte gab es bestimmt, sie war Teil seiner Welt.

Nachdem er die Serviette voll geschrieben hatte, rief er den Kellner. Der junge Kerl, gerade mal zwanzig Jahre alt, blond und groß, mit von Natur entstelltem, zynisch wirkendem Gesicht, Folge einer Kinderkrankheit, derentwegen ihm die Gäste selten Trinkgeld daließen, war der Einzige in Portland, den Vuko immerhin so gut kannte, dass er ihn beim Namen rufen konnte. Er brachte ihm eine neue Serviette. Vuko war noch etwas zu Hasan Hujdur eingefallen, wieder etwas, das sich für die Zeitungen nicht verwenden ließ. So wuchs auf den Servietten eine Erzählung, die in Oregon niemandem etwas bedeutete, aus der aber das neue Leben Vuko Šalipurs lugte, gesättigt mit Realität und glaubwürdiger als das alte, wenn auch eins, an dem er selbst keinen Anteil hatte. Doch je ruhiger er wurde, desto seltener war er glücklich. Er würde nie mehr dieselbe Freude erleben, und das Leben würde nie mehr so einfach sein wie vor Hujdur. Selbst wenn das ein Fluch war, mit dem ihn der blinde Weise Almas Džafić belegt hatte, er konnte ihm nicht böse sein, hatte er sich doch selbst, wenn auch ohne es zu wissen, daran beteiligt, während er auf der Strecke Titovo Užice–Sarajevo fuhr. Ohne Amerika hätte er nicht seinen Frieden mit Pašin-Gaj gemacht. Der Kellner, der ihm die Serviette gebracht hatte, war praktisch der einzige Mensch auf der Welt, der – zwar nur am Rande und in einer ziemlich trivialen Rolle – Bewohner von und Teilhaber an Vukos zweitem Leben war, und der einzige überlebende Bewohner des niedergebrannten Dorfes.

Die Türen von Angelas Haus blieben in diesen Monaten verschlossen. Tagelang wartete ein Trupp von Journalisten davor, ein Privatsender aus Salem stellte ein Zelt auf den ehemaligen Parkplatz von Buick Rivera, aber vergebens. Als sie merkte, dass man ihr nichts glauben würde und alles, was sie über Hasan sagte, nur die Geschichte vom ruhigen Nachbarn, der nach Kandahar geht, bestätigen sollte, und dass alles Schöne, was sie über Hasan sagen konnte, aus einer Reihe von Allgemeinplätzen aus den Geschichten über Massenmörder und Kriegsverbrecher bestand, schwieg sie einfach. Sie hoffte, Hasan würde eines Tages wiederkommen, sie befragte ihr Gewissen und versuchte zu verstehen, womit sie ihn verjagt hatte oder wenigstens, warum sie ihn nicht hatte halten können und warum ihre Liebe ihm weniger wichtig war als das, weswegen er sie verlassen hatte. Je mehr Zeit verstrich, desto weiter entfernte sich Angela Raubal von den möglichen Antworten, und Hasan wurde in ihrem Kopf immer besser und lieber und hatte am Ende keinerlei Ähnlichkeit mehr mit dem lebenden Hasan Hujdur, der bei ihr gewohnt hatte. In langen nächtlichen Gesprächen, wenn sie das Licht löschte und ihr die Tränen ins Ohr liefen, erklärte sie ihm, dem idealen Hasan, er hätte ihr sagen müssen, dass ihm dieses Auto so viel bedeute, und er hätte sie mitnehmen müssen, wo immer dieses Kandahar liegen und was auch immer mit diesem Namen bezeichnet werden mochte. In diesen Momenten kurz vorm Einschlafen verstand er Angela und versicherte ihr, er werde zurückkommen, falls er noch lebte und wenn sie lange genug warten würde.

Fast jeden Morgen oder Abend holte Al Rahimi sie ab, legte den Arm um ihre Schultern und führte sie, ihr Gesicht mit seinem Mantel verdeckt, durch die Meute der Journalisten und Kameraleute. Während der Fahrt zum Theater bestätigte er sie in ihren Hoffnungen und gewann allen Erklärungsversuchen, die Angelas Kopf entsprangen, eine gewisse Wahrscheinlichkeit ab. Vielleicht war es einfach nur seine Gutherzigkeit, vielleicht glaubte er auch an ihre Erklärungen, das lässt sich schwer sagen. Um es zu erfahren, müsste man sich auf eine ganz andere Geschichte über Hasan Hujdur einlassen, die nicht viel kürzer wäre als Angelas. In einigen Zeitungen wurde ein Bild von Al Rahimi veröffentlicht, wie er aus dem Grand Voyager aussteigt, mit der Unterschrift, er sei Hujdurs Bruder. Angela hatte sich schrecklich aufgeregt, aber ihm war es ganz recht gewesen. Sie schickte ein Dementi, das nicht veröffentlicht wurde.

Sie war nicht mehr dazu gekommen, die Echtheit von Vukos Dollars prüfen zu lassen. Der Anruf der Polizei wegen des Einbruchs hatte sie erreicht, bevor die Wechselstuben öffneten, und später interessierte sie das Geld nicht mehr, sie hatte Gewissensbisse deswegen und ihr erschien der bloße Gedanke an die 15 000 Dollar als Ehebruch. Wahrscheinlich werden sie für immer und ewig in der Schublade mit den Wischtüchern liegen, unter dem Regal mit den Gewürzen, die schon den Geruch verloren, obwohl einige keimten und austrieben, so dass sie die Gläschen nur hätte aufschrauben müssen, und schon hätten sie sich ausgesät und die Küche in einen botanischen Garten mit den Gerüchen der Welt verwandelt.

Eine Off-Broadway-Truppe kündigte das Musical *Der amerikanische Godot* nach Motiven aus dem Leben von Hasan Hujdur an. Am Drehbuch arbeitete Vuko Šalipur mit, die Musik orientierte sich an nahöstlichen Motiven, und man bot Angela Raubal an, sich selbst zu spielen. Sie lehnte entrüstet ab und drohte mit einer Klage. Sie antworteten ihr, kein Mensch hätte ein Urheberrecht auf seinen Vor- und Nachnamen und eine Ehefrau erst recht kein Urheberrecht auf ihren Mann.

José und Piero wurden von mehreren Journalisten zu Stellungnahmen aufgefordert, aber weder der eine noch der andere wollte sich äußern. Der Spanier brüllte aus dem Fenster: »Ihr seid nichts als eine gewöhnliche Bande von Murmeltieren«, man konnte es auf den Fernsehbildern deutlich sehen. Erläuternd wurden Archivbilder mit Tierchen eingeblendet, die auf der Straße im Nationalpark überfahren worden waren. In nur drei Jahren blieben in den Vereinigten Staaten weniger Murmeltiere am Leben als es afrikanische Löwen in amerikanischen Zoos gab. Es folgte noch ein Standbild von Josés verkniffenem Gesicht und der darüber geschriebenen Frage: »Darf schweigen, wer Bescheid weiß?«

Piero verlangte für ein Statement über Hasan zwei Millionen Dollar in bar, in Scheinen à zehn Dollar. Wofür Hasan Hujdurs Freund dieses Geld verwenden wolle, fragte die junge Reporterin in die Kamera. Im Hintergrund sah man das Alhambra, den Ort, an dem Hasan seine Tage verbracht hatte. Was jahrelang in Toledo keinem aufgefallen oder gar aufgestoßen war, wirkte im Fernsehen wie eine Drohung. Die Form der Buchstaben, das erkannten alle Zuschauer des Berichts, ließ schon ahnen, dass dieser Mann eines Tages nach Afghanistan gehen würde. Zeichen werden offenbar mit Verspätung erkannt und dienen nur dazu, den Menschen ihre Irrtümer vor Augen zu führen.

Das Alhambra öffnete nach der Überschwemmung nicht mehr. Die Neonschrift leuchtete jedoch jede Nacht. Die stilisierten arabischen Buchstaben brannten einer nach dem anderen durch, einige wurden wahrscheinlich von Kindern mit Steinen zerschlagen, und ein Jahr später war nur noch ein A, Alef oder Elif, wie man's mag, übrig.

Buick Rivera liegt noch immer neben der Straße, auf halbem Weg zwischen Toledo und Portland, an der Stelle, an der ihm zum letzten Mal das Benzin ausging, nachdem Vuko, aus dem Gefängnis entlassen, in sein neues Leben aufbrach. Wenn es bewölkt ist, wirkt er wie toter Schrott, aber sobald die Sonne herauskommt, glitzert er silberhell, so dass die Fahrgäste im Bus sich nach ihm umdrehen und jenen, die zu lange hinschauen, die Tränen in die Augen treten.

Juli Zeh
Die Stille ist ein Geräusch
Eine Fahrt durch Bosnien
264 Seiten. Gebunden.
ISBN 3-89561-055-5

»Juli Zeh gelingt das Paradox, das versehrte, entzauberte Bosnien momentweise in einen prekären Zustand poetischer Gnade überzuführen.«

Neue Zürcher Zeitung

»Das Land hat Juli Zeh verdient: Sie ist die erste deutsche Autorin, der ideologische Spiegelfechtereien ebenso fern liegen wie die gedankliche Unschärfe. Ihre Reisereportage ist gründlich unverkitscht, gescheit und gedankenreich und in der wunderbar lapidaren und prägnanten Sprache erzählt, die schon ihren Roman *Adler und Engel* auszeichnet.«

Freitag

»Dieses Buch öffnet die Augen für die Rätsel eines Krieges und eines prekären Friedens jenseits der gängigen Ideologien, die für alles eine Antwort und einen Schuldigen bereitstellen.«

Focus

Schöffling & Co.

Ein Hund läuft durch die Republik
Geschichten aus Bosnien
Herausgegeben von Juli Zeh, David Finck und Oskar Terš
160 Seiten. Gebunden.
ISBN 3-89561-057-7

Die Anthologie *Ein Hund läuft durch die Republik* versammelt Texte, in denen sich junge Bosnier und Bosnierinnen auf literarische Weise mit den aktuellen Lebensbedingungen, mit Freuden und Problemen, Erfahrungen von Flucht und Rückkehr, mit enttäuschter und bestätigter Liebe zu Bosnien Herzegowina auseinandersetzen.

Vor allem ein Element verbindet die Beiträge der Autoren und Autorinnen miteinander: Sie sind in deutscher Sprache verfaßt. Für unzählige junge Menschen in Bosnien ist das Deutsche zur zweiten Sprache geworden, zu einer Sprache der Flucht und des Überlebens.

»Unprätentiöse, aufrichtige und auch anrührende Texte, die sich zwischen Kurzgeschichte und Essay, zwischen Märchen und Erfahrungsbericht bewegen. Man darf in dieser an Erfahrung so reichen jungen Generation zu Recht einen Hoffnungsträger sehen.«

Neue Zürcher Zeitung

Schöffling & Co.

Juli Zeh
Adler und Engel
Roman
448 Seiten. Gebunden.
ISBN 3-89561-054-2

»Die Ausnahme-Juristin hat einen sensationellen Debüt-Roman geschrieben: aufregend, mutig, kompromißlos.«

Brigitte

»Mit ihrem Debüt-Roman hat Juli Zeh den lang ersehnten großen realistischen Roman geschrieben. Snapshots von halluzinatorischer Klarheit, die zum Schönsten und Wildesten zählen, was in den letzten Jahren an deutscher Prosa erschienen ist. Eine Literatur, die der bildmächtigen Magie des Gabriel García Márquez ebenso entspricht wie dem harten, mitleidlosen Realismus der amerikanischen Short-Story-Legende Raymond Carver.«

Die Weltwoche

»Ein Buch, das viele für das beste deutsche Debüt des Jahres halten – mindestens.«

Focus

Schöffling & Co.

Arne Roß

Pauls Fall

192 Seiten. Gebunden.

ISBN 3-89561-211-1

Unruhig sitzt der alte Mann in der Küche seines Hauses, er scheint auf etwas zu warten, fast erdrückend ist die Spannung, die sich um ihn herum aufbaut. Seine Unruhe hält an, als er aufbricht, um »noch ein paar Dinge zu erledigen.« Er geht durch sein Dorf, macht Besuche, durchwandert die umliegende Landschaft, an einem warmen, windigen Oktobertag. Es ist die Zeit der Herbstmanöver. Eine unbestimmte Furcht zieht sich durch Pauls Wahrnehmungen, und mehrmals nimmt er Haltung an, so »als müsse er sich vor jemandem zeigen.« Warum schreckt er immer wieder auf?

»Dieser Text ist anrührend, aber nicht sentimental: Er ist zart durch Genauigkeit.«

Heinrich Detering

Mirko Bonné
Der eiskalte Himmel
Roman
432 Seiten. Gebunden.
ISBN 3-89561-401-9

August 1914. Während über Europa der »große Krieg« aufzieht, beginnt Sir Ernest Shackleton eine gewagte Expedition. Als Erster will er den antarktischen Kontinent zu Fuß durchqueren. Mit an Bord seines Schiffes ENDURANCE: 69 Schlittenhunde, ein Grammophon, ein Fahrrad – und ein blinder Passagier. Zwischen Ölzeug und Gummistiefeln versteckt, nimmt der 17jährige Merce Blackboro Kurs auf den Südpol.

Der eiskalte Himmel ist ein moderner Abenteuerroman, fesselnd bis zur letzten Seite, voll klirrender Polarluft, voller Lebendigkeit in seinen Figuren und Geschichten. In ebenso genauer wie poetischer Sprache folgt Mirko Bonnés Roman Shackletons legendärer Imperial Trans-Antarctic Expedition durch das Eis und spürt den Beziehungen unter jenen Männern nach, die für 635 Tage aus der Welt fielen.

Schöffling & Co.